Schattogri

FSC
www.fsc.org
MIX
Papier aus ver-
antwortungsvollen
Quellen
Paper from
responsible sources
FSC® C105338

RONALD KADUK

Schattogri

Verspätete Reise im Frühen Mittelalter

Erzählung

Umschlagfoto und Umschlagentwurf: Ronald Kaduk

Korrigierte Neuauflage 2025
© 2024 Ronald Kaduk
Alle Rechte vorbehalten. Wir behalten uns auch eine Nutzung
des Werks für Text und Data Mining
im Sinne von § 44b UHrG vor.
Lektorat: Charis Mahnke
Verlag: BoD · Books on Demand GmbH, In de Tarpen 42,
22848 Norderstedt, bod@bod.de
Druck: Libri Plureos GmbH, Friedensallee 273,
22763 Hamburg
ISBN: 978-3-7597-7737-9

für Muna und Bela
ohne die es diese Geschichte nie gegeben hätte

Wer sucht, der geht leicht selber verloren.
Friedrich Nietzsche, Zarathustra

But you found what you wanted?
I have accepted what I found. Is that the same?
Evelyn Waugh, Helena

1

Wie froh bin ich, bald wieder daheim zu sein! Habe ich mir das doch alles ganz anders vorgestellt und weigere mich noch immer, dies als Niederlage zu begreifen. Wie ein Feldherr rede ich mir ein, dass die missliche Lage sicher etwas Gutes habe, dies noch nicht das Ende und die letzte Schlacht noch nicht geschlagen sei. Und kehre ich denn wirklich mit leeren Händen zurück? Bei dieser Frage gerate ich unweigerlich ins Philosophieren. Danach bin ich zumeist noch verwirrter, und dennoch begehe ich diesen Fehler immer wieder. Anton mag diese großen Fragen nicht. Er meint, das führe zu nichts und lenke vom Wesentlichen ab. Während ich neben Anton stehe und auf die im Mondlicht nur schemenhaft erkennbaren schneebedeckten Berge blicke, muss ich ihm Recht geben.

Erstaunlicherweise hat er fast immer recht. Ich weiß auch nicht, wie er das macht. Dabei hat er weniger von der Welt gesehen als ich und kann weder lesen noch schreiben. Dafür scheint er die richtigen Instinkte zu haben. Er hatte hier oben jedenfalls genug Zeit zum Nachdenken. Zudem ist er ein guter Zuhörer. Deshalb erzähle ich ihm gern meine Geschichte und versuche dabei, mich an das zu halten, was ich wirklich gesehen, gehört und gedacht habe. Zugleich weiß ich inzwischen besser als früher, dass man sich nicht immer auf seine Sinne verlassen kann und der Übergang zwischen der Wirklichkeit und dem Reich der Einbildung selbst ausgeruht und mit vollem Magen nicht immer ganz klar ist, so wie sich hier oben morgens und abends oftmals die Berge kaum von den Wolken unterscheiden lassen. Dabei hat Anton meine Geschichte bereits mehr als einmal gehört. Er ist eine so schlichte und gute Seele und ich wünschte, ich könnte sein wie er. Wie einfach wäre das Leben!

Anderen würde es in meiner Erzählung womöglich an dramatischen Wendungen fehlen, habe ich doch, so sehr ich dazu bereit war, weder mit Drachen und Löwen gekämpft noch mich mit dem Schwert in der Hand Schurken und Rittern entgegengestellt. Anspruchsvollere Zuhörer würden sich womöglich beschweren, dass nicht genug passiert. Denen erwidere ich: Ich bin zwar kein Odysseus, aber das ist die Geschichte *meiner* Suche und diese folgt nicht bestimmten Regeln. Wie langweilig wäre die Welt, wenn wir brav alle Regeln befolgen würden!

Dafür biete ich etwas anderes: Einblicke in mein Seelenleben. Nicht alles davon versteht Anton, und wenn ich redlich Rechenschaft vor mir ablege, erzähle ich diese Geschichte nicht nur ihm, sondern auch mir.

Und während ich noch einmal den Pfaden meiner bisherigen Reise folge, ahne ich, dass ich, ohne es zu wissen, vom ersten Tag an mehr als nur meine Mutter gesucht habe.

*

Es ist gar nicht so lange her, doch wenn ich nun daran zurückdenke, scheint es mir wie eine andere, längst untergegangene Welt, damals, als ich mich auf den Weg machte und diese Reise begann. Und obwohl alles nun schon so weit zurückliegt, kann ich mich noch gut an meine Empfindungen erinnern, selbst an meine Aufregung kurz vor der Abreise.

Bereits am Vorabend hatte ich alles gepackt und die wenigen Reisesachen lagen in meiner Schlafkammer gleich neben dem Bett, wollte ich doch mit möglichst wenig Gepäck reisen, um freier und beweglicher zu sein. Daher war es mir auch recht, dass Berta nicht mit mir kam. Es war kein Bauchgefühl, sondern eine kühle Verstandesentscheidung, die Suche ohne meine Schwester zu wagen. Vater hätte es ohnehin nicht gestattet. Ich hatte ihm versprochen, Mutter wiederzufinden, aber sein Blick verriet mir, dass er nicht daran glaubte. Ohne dass er es aussprach, wusste ich, dass mein Vater mir das nicht zutraute. Er war vielmehr davon überzeugt, dass weder Mutter noch ich zurückkehren würden und ihm dann nur noch Berta und seine Vögel blieben. Daher wollte er sie keinesfalls mit mir gehen lassen und ich konnte es ihm kaum verdenken.

Noch einmal war ich am Tag vor meiner Abreise gemeinsam mit Berta am See. Während wir von der Burg über die bereits abgeernteten Felder liefen, kam ein kühler Wind auf. Das nahe Birkenwäldchen war zwar noch grün und frisch wie im Sommer, aber der dunkle, feuchte Boden roch bereits nach Herbst. Während wir uns auf unserem Lieblingsfelsen am See auszogen, bat Berta mich erneut, mit der Suche bis zum Frühjahr zu warten. Niemand, sagte sie, beginne eine solche Reise im Herbst.

Uns war schon kalt, bevor wir uns auszogen. Frierend standen wir nackt auf dem kühlen Stein und blickten in das dunkelblaue, fast schwarze Wasser. Wie immer zählten wir gemeinsam bis drei und sprangen dann zusammen von dem Felsvorsprung. Ich öffnete die Augen erst unter Wasser und suchte meine Schwester. Endlich sah ich sie vor mir und bewunderte ihre eleganten Schwimmbewegungen. Sonst liebte ich dieses Gefühl, wenn die Kälte des Wassers scharf in den Kopf zog, sodass es beinahe schmerzte. Doch damals empfand ich es als unangenehm. Ich war noch nicht bereit für den Herbst. Rascher als sonst kletterten wir wieder auf den Felsen und kleideten uns zitternd an. Mir war kalt und ich wollte zurück zur Burg. Berta bat mich jedoch, noch ein wenig mit ihr auf dem Felsen zu verweilen. Sie nahm meine Hand und wir blickten zusammen über das dunkle Wasser auf das gegenüberliegende Ufer. Gelegentlich flatterte ein farbiges Herbstblatt wie ein kleiner Vogel auf das Wasser. Ein Blatt schwamm direkt unter unseren Füßen vorbei. Berta rieb sich die frierenden Arme und fragte mich, ob ich lieber ein Fisch oder ein Vogel wäre. Da wir beide, wie unser Vater, Vögel besonders liebten, nahm ich die Frage nicht ernst und antwortete, dass ich am liebsten ein Vogel wäre, der auch schwimmen und tauchen kann wie ein Fisch. Sie umarmte mich und erwiderte lachend: „Dann wärst du wohl am liebsten eine Ente, Baldur."

Auf dem Heimweg sprachen wir wenig. Ich hatte Hunger und dachte an Mutters Apfelbrötchen. Wie gern hätte ich eines davon gegessen. Jörg mühte sich redlich, ähnliche Brötchen zu backen. Aber sie schmeckten einfach anders. Niemand kannte ihr Rezept. Wir wussten nicht einmal, woher sie das Rezept hatte.

Als wir an der Burg ankamen, verschwand die Sonne bereits hinter dem Wald. Dabei war es noch gar nicht spät. Ohne Berta davon wissen zu lassen, zweifelte ich nun selbst, ob es eine gute Idee sei, meine Suche so kurz vor dem Winter zu beginnen.

*

Das Abendessen war zugleich mein Abschiedsessen und Jörg hatte sich besondere Mühe gegeben. Ohnehin ein vorzüglicher Koch, zeigte er noch einmal seine ganze Kunst. Wie immer saßen wir gemeinsam im Speisesaal der Burg: mein Vater an der Stirnseite, rechts von ihm meine Schwester und Ubu der Stallknecht, links Jörg und ich. Die meinem Vater gegenüberliegende Seite des Tischs blieb leer. Dort war der Platz meiner Mutter.

Jörgs Rehbraten in Pilzsoße war makellos. Die Pilze hatten Berta und ich im nahen Wald gesammelt. Dazu gab es gebratene Forellen, frisch gebackenes Roggenbrot und kleine Eierkuchen mit Pflaumenmus. Vater hatte einen besseren Wein als gewöhnlich auf den Tisch stellen lassen. Als ich mir mehr von dem köstlichen Rehbraten nahm, merkte ich, dass mir der Wein rascher als gewohnt zu Kopf stieg und ich mich kaum noch darauf konzentrieren konnte, was mein Vater erzählte. Er nutzte unser letztes gemeinsames Mahl, mir noch einmal Ratschläge für die bevorstehende Reise zu erteilen:

Statt eines Schwertes sollte ich nur einen Jagddolch mit mir führen, der sei leichter und vielseitiger. Obst und rohes Gemüse sollte ich nur selbstgepflückt oder eigenhändig abgewaschen verzehren, denn ein verdorbener Magen sei auf Reisen verheerend. Die Goldmünzen sollte ich an mindestens drei verschiedenen Orten verstauen und Räubern bei einem Überfall nur den kleinsten Sack aushändigen. Sich mir anschließende Reisegefährten sollte ich mir sehr genau ansehen und überhaupt am besten möglichst meiden, denn Räuber und Diebe erkenne man nicht immer an ihrem Aussehen. Wenn ich nach einem Nachtlager fragte, solle ich nicht unbedingt das größte Haus im Dorf auswählen, da Reichtum oft geizig mache. Großzügige Menschen hätten keine Hofhunde oder wenn, dann seien diese friedlich. Nur Geizhälse wollten sich mit einem Kläffer ungebetene Gäste vom Leibe halten. Seine Ratschläge vermischte er immer wieder mit uns längst bekannten Reiseanekdoten.

Ich nickte, ohne ihm genau zuzuhören und nahm mir noch mehr von dem Wein.

Berta und Ubu interessierten sich ebenfalls wenig für die Ratschläge und Erinnerungen meines Vaters und unterhielten sich stattdessen über das Pferd meiner Schwester, welches seit einigen Tagen einen entzündeten Vorderhuf hatte.

Jörg hingegen widmete sich ganz dem Essen. Er bevorzugte es ohnehin, dass seine aufwendigen Kochkreationen schweigend und konzentriert genossen wurden. Es war ihm ein Gräuel, wenn wir kaum darauf achteten, was wir uns gerade in den Mund schoben.

Ohne dabei auf seine Worte zu achten, betrachtete ich meinen Vater. Er war noch immer eine eindrucksvolle Erscheinung, doch seine Schultern und Arme wirkten weniger kräftig als früher und mir schien, als ob sein Bart nach dem Verschwinden meiner Mutter noch grauer schimmerte.

Während mein Vater von einem Jugendabenteuer in einem fernen Gebirgszug tief im Osten des Reiches erzählte, bei dem er sich dank seines Pferdes vor dem Erfrieren retten konnte, dachte ich an meinen Besuch in der nahen Stadt. Ich hatte dort vor einigen Tagen gemeinsam mit Berta die letzten Bestellungen für meine Reise abgeholt: Einen leichten, aber warmen Wollmantel in einem dunklen Grünton, den ich sowohl ob seines guten Schnitts als auch wegen seiner Unempfindlichkeit gegen Schmutz und seiner Unauffälligkeit ausgewählt hatte. Meine Schwester hatte die Gelegenheit genutzt, für sich ein neues Kleid zu bestellen, welches noch vom Schneider angepasst werden musste. Während der Schneider die letzten Änderungen vornahm, ging ich meine neuen Reisehandschuhe abholen.

Das Geschäft des Handschuhmachers befand sich in einer schmalen und unauffälligen Gasse der Stadt. Niemand kam hier zufällig vorbei. So unscheinbar Laden und Werkstatt von außen aussahen, so überraschend groß und eindrucksvoll waren beide von innen. Der Meister saß an seinem Tisch und nähte an einem feinen Damenhandschuh. Auf dem Tisch saß eine Katze und schaute mich an. Ich war nicht sicher, ob ihr Blick Neugier oder Langeweile ausstrahlte. Gab es so etwas wie gelangweilte Neugierde? Es roch nach Leder. Ich mochte den Geruch und er schien etwas in mir auszulösen. Er machte mich weicher und empfindsamer.

Ich kannte den Handschuhmacher nur von den wenigen Besuchen in seinem Laden. So selten, wie meine Familie seine Dienste in Anspruch nahm, wäre es übertrieben von einer Vertrautheit zu reden, und doch fühlte ich eine Nähe und Verbundenheit. Er war noch älter als mein Vater und sein Kopf war vollkommen kahl. Seine Augen waren in dem faltigen Gesicht, unter den buschigen, vollkommen weißen Augenbrauen kaum zu sehen und schienen doch zu leuchten. Ich war bereits vor drei Wochen bei ihm, um die Bestellung aufzugeben, Maß nehmen zu lassen und ein passendes Leder auszusuchen. Die Katze hatte ich damals nicht bemerkt.

Meine neuen Handschuhe aus dem Regal holend, erkundigte er sich nach meinem Vater und meiner bevorstehenden Reise. Er kannte meine Mutter und wusste bereits von ihrem Verschwinden. Erneut lobte er die Schönheit ihrer Hände und wünschte mir viel Glück bei der Suche nach ihr. Die neuen Handschuhe passten hervorragend. Das Hirschleder war so weich und angenehm, dass ich sie gar nicht mehr ausziehen wollte und immer wieder an ihnen roch. Ich zahlte und wollte bereits wieder gehen, als er mich fragte, ob ich noch kurz Zeit hätte. Er wolle mir gern etwas zeigen. Und weil ich mir sicher war, dass Berta noch länger beim Schneider zubringen würde, stimmte ich zu.

Fast feierlich präsentierte er mir zwei Paar Handschuhe. Das eine Paar waren fein gearbeitete Fingerhandschuhe aus Ziegenleder mit farbig gestickten Verzierungen auf dem Handschuhrücken, das andere ein Paar grobe Fäustlinge aus Lammfell, wie Kutscher sie im Winter trugen. Der

Meister ermutigte mich, beide anzuprobieren, und fragte mich dann nach meinem Urteil, welches das Bessere sei. Fragend blickte ich ihn an: ein edler Handschuh, der die Hand eines Königs schmücken könnte, und ein plumper Bauernhandschuh? Ungeduldig zeigte ich auf die Feinen und fragte ihn, was seine Frage bezwecke, die Antwort sei doch wohl klar. Der Meister lächelte und nahm mir beide Paare wieder ab. Fast zärtlich strich er über das Leder der Fingerhandschuhe:

„Ja, natürlich, dieser feine Ziegenlederhandschuh mit den Verzierungen und den fünf sauber gearbeiteten Fingern kostet mich mindestens drei Mal so viel Arbeitszeit wie dieser einfache Fäustling. Das Leder ist ebenfalls deutlich teurer. Und so verkaufe ich ihn auch für einen vielfachen Preis. Doch nun sag mir, welchen Handschuh du lieber hättest, wenn du im Winter den ganzen Tag draußen bist und dir Schnee und Wind um die Ohren pfeifen?" Ich nickte verständig und dachte zugleich, dass ich schon daheim genug Ratschläge bekäme und nicht noch mehr davon brauchte. Doch der Meister ließ mich immer noch nicht gehen. Er blickte mich prüfend an und fragte, ob ich schon mal darüber nachgedacht hätte, warum Urin gelb sei; selbst wenn man den ganzen Tag klares Wasser trinke. Ich schüttelte den Kopf und wollte nun wirklich lieber gehen. Ich hatte die Klinke bereits in der Hand, als er mich noch fragte, ob ich schon einmal probiert hätte, einen Kopfstand zu machen und dabei ein Glas Wasser zu trinken. Ich solle es mal versuchen, auf meiner Reise hätte ich ja genug Zeit darüber nachzudenken. Vielleicht auch darüber, warum man selbst auf dem Rücken liegend pinkeln könne. Das sei doch wohl eigentlich nicht möglich, da alle Flüssigkeiten immer von oben nach unten flössen. Als ich ihn fragend anblickte, lächelte er kaum merklich und es schien mir, als ob mich auch seine Katze nun spöttisch musterte. Ihr Blick verunsicherte mich. Rasch verabschiedete ich mich und versprach, über seine Fragen nachzudenken.

*

Erneut bemühte ich mich, meinem Vater für einen Moment zuzuhören. Er erklärte mir gerade, dass es wichtig sei, nicht in Gräben zu übernachten, da sich die Feuchtigkeit dort sammle und dies schlecht für die Gelenke sei. Nur bei Sturm könne man von dieser Regel abweichen, da dann die Vorteile überwögen.

Ich schenkte mir vom Wein nach und dachte über die Fragen des Handschuhmachers nach. Vermutlich würde ich bei Aristoteles Antworten dazu finden. Ich erinnerte mich, wie erschrocken ich war, als ich einst als Kind nach einer Rote-Beete-Suppe draußen vor der Burg in den Schnee gepinkelt hatte. Der rote Urin hatte mich zum Weinen gebracht, denn ich dachte, ich würde innerlich verbluten. Ich nahm mir vor, morgen früh darauf zu achten, ob sich die Farbe des Urins auch veränderte, nachdem man große Mengen Rotwein getrunken hatte. Der Wein war kräftig und seine Farbe dunkler als Blut. Ich wurde immer betrunkener und verlor endgültig meine Geduld für weitere gute Ratschläge und seltsame Fragen.

Endlich bemerkte dies auch mein Vater. Er räusperte sich und meinte, es sei nun wohl an der Zeit, schlafen zu gehen. Morgen früh würde er sich von mir verabschieden. Damit stand er auf und ging in sein Zimmer. Sein Gang schien mir schwerer als gewöhnlich. Bevor er zu Bett ging, schrieb er oftmals noch an seinem Vogelbuch, allerdings nie lange, da er es für Verschwendung hielt, dafür zu viele Kerzen zu verbrauchen. Er hatte sich vorgenommen, den ersten vollständigen Überblick über alle Vogelarten im Reich zu verfassen, und arbeitete an diesem Vorhaben bereits mehrere Jahre. Berta und ich waren von seinen Studien weniger überzeugt, da er dazu immer wieder Vögel einfing und gelegentlich auch tötete. Achselzuckend meinte er dann, schließlich sei es ihm nur so möglich, im Dienste der Wissenschaft die besonderen Merkmale jeder Art genau zu beschreiben. Es erschien uns als ein seltsamer Widerspruch, Vögel zu lieben und doch nicht davor zurückzuschrecken, seltene Exemplare gelegentlich zu töten.

Nachdem Ubu und Jörg das restliche Essen abgeräumt und sich anschließend ebenfalls in ihre Kammern zurückgezogen hatten, blieben nur Berta und ich allein an der Tafel zurück. Scheinbar unbeteiligt saß sie mir gegenüber. Ich wusste, dass sie es mir übelnahm, mich nicht bei der Suche begleiten zu dürfen. Wir hatten in letzter Zeit oft darüber gestritten. Unseren letzten gemeinsamen Abend wollte ich gern versöhnlich mit ihr ausklingen lassen, auch wenn mir der Wein bereits schwer zu schaffen machte.

Berta war zwei Jahre jünger als ich; in den letzten Jahren war sie jedoch in Vielem eher wie eine große Schwester. Zum einen war sie für eine Frau erstaunlich groß gewachsen, zum anderen liebte sie es, über Dinge zu bestimmen und Verantwortung zu übernehmen. Seit dem Verschwinden unserer Mutter war dies noch ausgeprägter. Erst jetzt fiel mir auf, dass sie an diesem Abend keine Haube trug und ihre dunkelblonden, leicht lockigen Haare frei auf ihr grünes

Hauskleid fielen. Unser Vater sah das nicht gern. Sie kam allmählich in das Alter, in dem sie sich einen Bräutigam suchen sollte. Auf den wenigen umliegenden Burgen gab es allerdings kaum Männer im heiratsfähigen Alter, und die Söhne der Kaufleute in der Stadt kamen für sie nicht infrage. Sie meinte, die meisten von ihnen könnten nicht mal vernünftig reiten oder einen Bären erlegen. Und nur weil jemand ein wenig Latein könne, sei er noch lange nicht gebildet oder gar interessant.

Wir saßen uns schweigend gegenüber. Gern hätte ich an unserem letzten Abend etwas Feierliches und Bedeutendes gesagt, aber ich wusste nicht, wie ich beginnen sollte, und so blickten wir einander nur über den Tisch hinweg an. Wir hatten beide dieselbe grau-grüne Augenfarbe. Manchmal, wenn ich in Bertas Augen schaute, bekam ich das Gefühl, mir selbst in die Augen zu sehen. Gelegentlich hatten wir uns früher zur Aufgabe gemacht, die Gedanken des Anderen zu erraten. Das war uns erstaunlich oft gelungen, und auch jetzt schienen wir genau zu wissen, was der Andere gerade dachte. Es war kein verlegenes, sondern ein vertrautes Schweigen. Irgendwann beendete ich es trotzdem und sagte, dass es heute schön mit ihr am See gewesen sei und dass ich sie vermissen würde. Sie nickte und lächelte ihr Berta-Lächeln, das alles bedeuten konnte. Dann bat sie mich kurz zu warten, denn sie habe noch ein Geschenk für mich. In der Zwischenzeit trank ich den verbleibenden Wein aus meinem Becher.

Das Esszimmer war der prunkvollste Raum der Burg. Der Boden war mit Fellen ausgelegt und auch die Wände zierten die Felle erlegter Hirsche und Bären. Zu jedem davon gab es eine Jagdgeschichte, die Vater uns mehr als einmal zum

Besten gegeben hatte. Heute erschien mir der Raum trotzdem seltsam kahl. Fast so, als ob etwas fehlte. Dann erschien Berta mit ihrem Geschenk. Sie überreichte mir ein feines Wollhemd. Sie sagte, sie habe es selbst genäht und hoffe, dass es mich nicht nur wärmen, sondern auch beschützen würde. Ich probierte es sogleich an. Es passte ganz wunderbar; wie eine zweite Haut. Als ich sie dankend umarmte, kamen mir Tränen in die Augen. Verlegen zur Seite blickend erklärte ich, dass der Kaminrauch heute wohl stärker als sonst sei. Nach der Umarmung hielt sie meine Hand weiterhin fest und blickte mich ernst an: „Baldur, meiner Liebe kannst du stets gewiss sein. Daher darf ich es sagen: Ich glaube, ich wäre besser geeignet, Mutter zu finden. Du bist ein guter Bruder und hast ein gutes Herz. Doch fehlt es dir an jenen Eigenschaften, die ein solches Unternehmen erfordert. Es ist weniger fehlender Scharfsinn und fehlender Mut als fehlende Aufmerksamkeit und Wachsamkeit. Du magst ein passabler Vogelbeobachter sein, ein guter Menschenbeobachter bist du nicht. Sonst hättest du sicher bemerkt, dass Mutters Verschwinden vielleicht gar nicht so überraschend war, wie es schien.“

Noch immer hielt sie meine Hand. Ich sah sie fragend an, doch sie gab mir nur einen Kuss auf die Stirn, drehte sich um und ging in ihre Schlafkammer.

Ich blickte ihr nach und stand anschließend allein im Gang. Derlei Unklarheiten mochte ich nicht. Was meinte sie damit? Ich überlegte, ob ich ihr hinterhergehen sollte. Aber ich war inzwischen so betrunken, dass mir nicht nur das Denken, sondern auch das Laufen schwerfiel. Mühsam ging ich in meine Kammer und legte mich aufs Bett. Ich konnte nicht die Augen schließen, ohne dass sich alles drehte. Daher hielt ich sie gewaltsam offen und starrte auf mein winziges Fenster, hinter dem sich hell und klar ein leuchtendgelber Mond zeigte. Ich dachte über Bertas Worte, Vaters Ratschläge und die seltsamen Fragen des Handschuhmachers nach. Dabei fiel mir auf, dass der Mond und Urin dieselbe Farbe hatten. Ich liebte diese Erkenntnis. Womöglich war ich der Erste, dem diese Gemeinsamkeit aufgefallen war. Zufrieden mit mir schlief ich ein.

*

Bei meinem Abschied am nächsten Morgen wollte keine feierliche Stimmung aufkommen. Mein Kopf schmerzte und die Morgenluft war kalt und feucht. Fröstelnd umarmte ich meinen Vater und Berta, schüttelte Ubu und Jörg die Hand, saß auf und ritt los. Nur noch einmal blickte ich mich um und winkte. Die vertraute Burg mit dem etwas schief hängenden Tor und dem nicht besonders hohen Turm, in dem Berta und ich als Kinder immer am liebsten gespielt hatten, wirkte im frühen Licht dieses Herbsttages malerischer als sonst. Ich war gerührt, wie Vater und Berta gemeinsam mit Ubu und Jörg vor dem Tor standen und mir nachschauten. Dabei bemerkte ich, dass mein Vater eher nach oben als zu mir blickte. Meinem Pferd Suri die Mähne streichelnd folgte ich seinem Blick und sah einen Turmfalken, der unseren Burgturm weiträumig umkreiste. Ich hoffte, er würde dort nisten und ein Weibchen finden. Bei meiner Rückkehr könnte ich dann vielleicht Turmfalkenjunge sehen.

Mehr als einmal hatte ich in den vergangenen Wochen mit meinem Vater und Berta besprochen, wo ich am besten nach Mutter suchen solle. Eigentlich gab es nur zwei

Möglichkeiten: jenseits der Stadt im Westen oder im Süden, wo irgendwann die großen Berge kämen. Vater und Berta waren sich einig, dass sie nicht in den Norden oder Osten verschwunden sei. Zwar gab es auch dort, mehrere Tagesreisen entfernt, einige Siedlungen. Aber was sollte sie dort, in dieser kaum besiedelten unwirtlichen Gegend, und wer hätte sie dorthin entführen sollen? Da auch in der Stadt und näheren Umgebung jede Spur von ihr fehlte, hatte ich mich entschlossen, weit im Süden, wo die vielbereisten Handelswege und großen Städte lagen, nach ihr zu suchen. Dort lag allerdings auch das gewaltige Gebirge.

In den ersten Dörfern, durch die ich kam, hatte niemand meine Mutter gesehen und es gab auch keinerlei Hinweise auf ihren möglichen Verbleib. Weil die Bauern zu unserem Lehen gehörten und mich kannten, wurde ich stets gut aufgenommen und musste mir um Unterkunft und Verpflegung keine Sorgen machen. Am dritten Tag gelangte ich schließlich in eine Gegend, in der ich nie zuvor war. Lange ritt ich durch einen gewaltigen Buchenwald, der immer wieder von Feuchtmooren durchzogen war. Ich achtete darauf, nicht vom Weg abzukommen, und bereitete mich bereits darauf vor, im Wald mein Nachtlager aufzuschlagen, als ich Rauch riechen konnte. Ich folgte dem Geruch, auch wenn ich dafür den Hauptweg verlassen musste. So traf ich auf einen schmalen Pfad und musste bald gar absteigen und Suri am Halfter führen. Zweige und Dornen schlugen mir entgegen. Kurz erwog ich, zum breiten Weg zurückzukehren, doch meine Neugier war größer als meine Furcht. Schließlich gelangte ich an eine Lichtung, auf der eine einfache Hütte aus Lehm und Holz und ein Stall standen. Am Ende der Lichtung sah ich einen Fluss, an dem ein Mädchen gerade

Wäsche zu waschen schien. Alles wirkte noch ärmlicher als in den Dörfern, die ich bisher gesehen hatte. Ich nahm mir vor, nur nach meiner Mutter zu fragen und dann rasch weiterzureiten. Das Mädchen hatte mich erblickt und kam auf mich zu. Sie war kaum älter als ich und hatte ein schmales, schönes Gesicht. Ihr Haar war blond und ihre Haut von einer fast durchscheinenden Helligkeit. Noch bevor einer von uns etwas sagen konnte, kam eine ältere Frau, offenbar die Mutter des Mädchens, aus der Hütte. Beide waren in schmutzige Lumpen gekleidet, die sie allerdings mit mehr Kunstfertigkeit trugen als gewöhnliche Bauern. So hatte die Alte um ihr sackartiges verschlissenes Kleid einen feinen roten Gürtel gebunden, und die Füße des Mädchens steckten in ein paar echten Lederstiefeln, wie sie sonst nur wohlhabende Herren oder Kaufleute besaßen. Entweder hatte sie ungewöhnlich große Füße oder die Stiefel mussten ihr viel zu groß sein. Ich dachte unwillkürlich an die Ratschläge meines Vaters und überprüfte durch unauffälliges Tasten, ob mein Geldbeutel noch fest an meinem Gürtel hing. Die anderen Geldbeutel hatte ich in den Satteltaschen versteckt. Unwillkürlich blickte ich mich nach meinem Pferd um. Dieses schien die Pause zu genießen und graste in der Nähe des Flusses. Möglichst unauffällig prüfte ich, ob mein Dolch noch an der richtigen Stelle hing, und nahm mir vor, achtsam zu sein. Dann berichtete ich vom Verschwinden meiner Mutter.

Während ich erzählte, befühlte das Mädchen ungeniert meinen Umhang. Ich versuchte es zu ignorieren. Immerhin waren ihre Hände vom Waschen am Fluss weniger dreckig als die ihrer Mutter. Bis auf Worte des Bedauerns konnten sie mir keinerlei Hinweise zum Verbleib meiner Mutter geben. Allerdings meinte die ältere Frau, nachdem sie ihren Kopf mehrfach hin und her gewiegt hatte, dass ich doch auch noch ihrem Vater von meiner Suche erzählen solle, vielleicht wisse dieser ja mehr. Dann führte sie mich in die Hütte.

Dort war es so dunkel, dass ich anfangs gar nichts sehen konnte. Nur langsam erkannte ich die Umrisse einer Feuerstelle und einiger Schlafplätze. Über allem lag der Gestank von Rauch und Ziege.

Aus der Ecke vernahm ich ein Räuspern. Beim Nähertreten gab das Dämmerlicht allmählich einen alten Mann frei, der eine mit Federn verzierte Fellmütze trug. Um sein Gesicht deutlich zu erkennen, war es zu dunkel, jedoch schien es von tiefen Falten durchzogen und ich ahnte, dass der Mann sehr alt sein musste. Er hatte ein Schafsfell um die Schultern gelegt. Die Frau brachte mir einen Schemel, sodass ich mich ihm gegenüber hinsetzen konnte. Ich hätte mich lieber draußen unterhalten, denn ich hatte das Gefühl, in der Hütte kaum Luft zum Atmen zu bekommen. Immerhin war es warm und so legte ich meinen Reisemantel ab und ließ ihn auf meinen Schoß gleiten. Dabei achtete ich darauf, dass er nicht den vollkommen verdreckten Boden berührte.

Der Mann schien mich trotz der Dunkelheit genau zu beobachten. Noch immer schwieg er. Das Mädchen bot mir Ziegenmilch und einen Apfel an. Ich begann zu schwitzen. Den Mantel auf dem Schoß, in der einen Hand eine Holzschale mit Milch, in der anderen Hand den Apfel, fühlte ich mich zunehmend unwohler. Der Ziegengeruch war so stark, dass ich kaum noch klar denken konnte. Immer wieder blickte ich mich um, konnte aber keine Ziegen in der Hütte entdecken. Ich wollte so schnell wie möglich hier raus. Zum Glück war es so dunkel, dass niemand zu bemerken schien, wie unwohl ich mich fühlte. Endlich begrüßte mich der Großvater und erkundigte sich nach meinem Begehr. Seine Stimme klang rau und zugleich seltsam melodisch. Fast schien er in Versen zu sprechen. Im Gegensatz zu der Frau und dem Mädchen schien er ernsthaft zu überlegen, ob er meine Mutter gesehen hatte. Ich hätte ihn gern gefragt, ob er jemals die Hütte verließ, dies schien mir allerdings unpassend. Der Alte erzählte mir, dass sich hier im Frühling und Sommer gelegentlich Reisende in den nahen Sümpfen verirrten. Zuweilen fänden sie dann die Leichen oder ihre herrenlos umherirrenden Pferde. Eine Frau, auf die die Beschreibung meiner Mutter passen würde, hätten sie in den letzten Monaten jedoch nicht im Moor gefunden. Ich wollte meine Erleichterung darüber ausdrücken, brachte aber nur ein kratzendes Räuspern heraus. Der Ziegengestank wurde nun von einer Rauchschwade der offenen Feuerstelle übertönt. Kurz fürchtete ich ohnmächtig zu werden. Der Alte fuhr fort und sagte, dass er mir eventuell trotzdem weiterhelfen könne. Er erinnere sich, im Frühsommer eine Frauenstimme im Wald gehört zu haben. Den Geräuschen nach war die Frau mit einer kleinen Gruppe von Reitern unterwegs, gesehen habe er jedoch niemanden. Aber es sei ein für die Jahreszeit ungewöhnlich kalter und nebliger Tag gewesen, deswegen war er ernstlich besorgt, dass die Reisegesellschaft sich im Moor verirren könnte. Diese hätten jedoch auf seine warnenden Rufe nicht reagiert, sondern seien in hohem Tempo weitergeritten. Sich über sein hageres Kinn streichend ergänzte er, es habe nach einer Gruppe von vier oder fünf Reitern geklungen, und er hätte sich gewundert, warum sie wohl bei Nebel in so großer Eile durch den Wald ritten; ganz im Gegensatz zu den wenigen Händlern, die den Weg gelegentlich entlangreisten und selbst bei guter Sicht stets mit großer Vorsicht darauf achteten, nicht vom rechten Weg abzukommen. Der Alte strich sich noch einmal über das Kinn und nickte dann mehrmals mit seinem Kopf, was offenbar bedeuten sollte, dass er mir nicht mehr dazu sagen könne.

Das erste Mal hatte ich nun einen, wenn auch unendlich vagen, Hinweis auf meine Mutter erhalten und spürte Hoffnung, ja, fast Glück. Schließlich hätte der Alte mir genauso gut erzählen können, dass eine der Leichen im Moor meiner Mutter ähnelte, und das Mädchen würde nun womöglich ohne Scham und schlechtes Gewissen die Kette meiner Mutter mit den kleinen roten Edelsteinen tragen. Dann wäre meine Suche bereits hier beendet gewesen. So aber gab es eine erste, wenngleich schwache Spur. Die Nachricht gab mir neuen Mut und ich fragte, ob wir nicht draußen weiterreden könnten, denn schließlich sei es doch ein so schöner Herbstabend. Überraschenderweise hatte der Alte nichts dagegen und so nahmen wir alle vor der Hütte Platz. Gierig atmete ich die frische Abendluft ein. Die noch warme Ziegenmilch schmeckte mir gleich viel besser und die Kombination mit dem Apfel passte unerwartet ganz vorzüglich. Beim Hinausgehen fiel mir auf, dass sich das Mädchen trotz der großen Stiefel sehr anmutig bewegte. Sicher konnte sie gut tanzen. Ich stellte mir vor, wie sie sich auf einem Erntefest zum Klang der Trommeln mit erhobenen Armen drehen würde, nicht in diesen Stiefeln und Lumpen, sondern barfuß und in einem schönen Sommerkleid.

Nachdem ich mein Pferd abgesattelt hatte, stellten das Mädchen und ihre Mutter mir immer neue Fragen zum Leben auf der Burg und in der Stadt. Und obwohl ich selbst bisher kaum etwas von der Welt gesehen hatte, fühlte ich mich ihnen gegenüber zunehmend wie ein weitgereister und weltgewandter Mann. Besonders interessiert waren sie an allen Einzelheiten zum Alltag von Berta, sogar von unserem Tuchmacher in der Stadt musste ich ihnen erzählen und die Schnitte und Farben ihrer Kleider beschreiben. Dabei fiel mir erst auf, wie wenig ich über Frauenkleider wusste. Oftmals fehlten mir die passenden Worte. Vermutlich hätten die beiden diese ohnehin nicht verstanden. Auch zu unserem früheren Unterricht bei Bruder Matthias stellten sie zahlreiche Fragen. Sie zeigten sich sichtlich beeindruckt, als ich erzählte, dass ich sogar Latein lesen und schreiben konnte. Ich antwortete gern und ausführlich auf all ihre Fragen, denn ich spürte, wie das Mädchen mich immer bewundernder anblickte. Zusammen mit der warmen Ziegenmilch verursachte dies ein wohliges Gefühl nicht nur in meinem Magen.

Sobald die Herbstsonne hinter den Bäumen verschwand, wurde es feucht und kühl und Mutter und Großvater zogen sich alsbald in die Hütte zurück. Das Mädchen, ihr Name war Branka, hatte unterdessen Brot und Ziegenkäse aus der Hütte gebracht und so saßen wir zu zweit auf der Bank, blickten auf die dunkler werdenden Bäume und unterhielten uns. Möglichst unverfänglich fragte ich sie, woher sie denn die schönen Stiefel und ihre Mutter den feinen roten Gürtel hätte. Ganz ohne Scheu erwiderte sie, dass diese von armen Seelen seien, die sich im nahen Moor verirrt hätten. Es habe sie einige Mühe gekostet, die Stiefel von den schon steifen

Füßen zu streifen und zu reinigen, aber wie ich sehen könne, habe es sich gelohnt. Ich lobte die gute Qualität des Leders und aß nachdenklich von dem Ziegenkäse.

Es war längst entschieden, dass ich die Nacht hier verbringen würde, und die Mutter hatte mir bereits eine Schlafstelle im Haus angeboten. Nun fragte ich Branka, ob ich vielleicht im Stall übernachten dürfe, denn ich wolle ihrer Familie nicht in der kleinen Hütte zur Last fallen. Ein Dach über dem Kopf und ein Platz im Stroh würden mir reichen, schließlich hätte ich ja meinen wärmenden Reisemantel. Sie nickte kaum wahrnehmbar und ich hatte den Eindruck, dass sie dabei verlegen wurde. Unser Gespräch wollte nun nicht mehr so recht in Schwung kommen und die abendliche Kälte tat ihr Übriges. Sie zeigte mir eine Stelle im Stall, wo ich ungestört von den Ziegen und Hühnern mein Nachtlager errichten konnte, wünschte mir eine gute Nacht und ging zurück zur Hütte. Während ich ihr nachblickte, stellte ich mir einmal mehr vor, wie sie wohl ohne die Stiefel laufen würde, und hätte zu gern ihre Füße gesehen.

Im Stall war es fast so kühl wie draußen, doch das störte mich nicht. Die durch die zahlreichen Ritzen hereinströmende Kälte war mir lieber als die stickige Luft in der Hütte, und das Stroh war trocken und sauber. Ich wickelte mich in meinen Reisemantel und dachte über den Tag nach: Eine erste Spur zu meiner Mutter, guter Käse und frisches Brot, ein Dach über dem Kopf und eine freundliche Unterhaltung mit einem gutherzigen und schönen Mädchen. Ich war zufrieden mit mir und dem Tag und fiel rasch in einen tiefen, traumlosen Schlaf.

Ohne zu wissen wie viel Zeit vergangen war, wurde ich durch ein Krabbeln zwischen meinen Beinen aufgeweckt.

Ich vermutete einen Käfer und versuchte diesen mit den Händen fortzujagen. Unvermittelt berührte meine Hand jedoch eine andere Hand. In der vollkommenen Dunkelheit spürte ich, wie mein Herz schnell und hart zu schlagen anfing. Ich war zu schlaftrunken und zu überrascht, um mich geschickt zu wehren. Hastig griff ich nach meinem Geldsack. Schließlich ahnte ich, dass es Branka war. Ich spürte ihren warmen, nach Ziegenkäse riechenden Atem direkt über mir. Während sie rasch und geschickt unter meinen Mantel schlüpfte, sagte sie kichernd: „Du musst keine Angst um Dein Geldbeutelchen haben. Das interessiert mich nicht. Wir nehmen nur Sachen von Toten." Sie trug ein grobes Nachthemd und darunter spürte ich ihre warme Haut. Sie roch nach Schweiß. Es störte mich nicht. Ganz im Gegenteil: Der Geruch erinnerte mich an meine Kinderspiele mit Berta, wenn wir im Sommer Fangen gespielt hatten und ich sie endlich, nachdem wir beide ganz verschwitzt vom schnellen Laufen waren, zu fassen bekam.

Ich drückte Branka sanft an mich und wir wärmten uns gegenseitig. Sie flüsterte mir ins Ohr: „Baldur ... Baldur und Branka ... Wie schön das klingt!" Dann spürte ich, wie ihre rauen Hände über meinen Bauch glitten. Erst schob sie den Geldbeutel und dann meinen Dolch zur Seite: „Den brauchst du jetzt nicht, Baldur. Schließlich willst du mir doch nicht wehtun, ... oder?"

*

Wie anders erschien mir plötzlich die Welt! Nach meiner Nacht mit Branka besah ich alles mit neuen Augen. Mein Herz schien in einem anderen Takt zu schlagen und meine

Kindheit so weit zurückzuliegen wie der Trojanische Krieg. Das erste Mal hatte ich den Körper einer Frau erkundet und ohne viele Worte hatte sich alles wie von allein gefügt. Ihre Berührungen hatten mich in einen Glücksrausch versetzt, der sogar noch anhielt, als sie bereits längst wieder von meinem Lager verschwunden war.

Bei meinem Abschied am nächsten Morgen standen nur Branka und ihre Mutter vor der Hütte. Der Großvater schien noch zu schlafen. Obwohl es ein milder Herbstmorgen war, zog ich den Reisemantel fest um mich, als hoffte ich, dass der Mantel mich vor den prüfenden Blicken der Mutter schützen würde. Ich bedankte mich artig für die Bewirtung und das Nachtlager, versprach, auf der Rückreise wieder vorbeizukommen; warf Branka einen letzten zärtlichen Blick zu, stieg auf mein Pferd und ritt davon. Die Mutter hatte mir zuvor ausführlich den Weg bis zum großen Fluss beschrieben, den ich überqueren musste, um zur Bischofsstadt zu gelangen. Drei weitere Tagesreisen sollte diese entfernt sein. Branka gab mir Brot und Ziegenkäse als Wegzehrung mit.

So süß die Erinnerung an Branka auch war, spürte ich mit zunehmender Entfernung von ihrem Haus, wie das Gefühl der Freiheit meine erst in der vergangenen Nacht entfachte Leidenschaft allmählich übertrumpfte. Den sumpfigen Wald hatte ich bereits zur Mittagszeit hinter mir gelassen und gelangte nun in eine öde Heidelandschaft. Die Ruhe und Einsamkeit taten mir gut und ich mochte es, auf dem einzigen Weg einfach nur dahinzureiten, ohne eine Entscheidung fällen zu müssen. Die gleichförmige Landschaft mit ihren spärlichen Büschen und Gräsern breitete sich bis zum Horizont aus und meine Gedanken folgten einem ähnlich gleichförmigen Rhythmus. Immer wieder dachte ich an Branka und ihre rauen Hände, die so ganz anders waren als ihre Füße, so zart und glatt wie die eines Säuglings. Und während ich in meiner Vorstellung noch einmal diese Füße liebkoste, fuhr ich mir mit der Zunge über meine Lippen in der unbestimmten Hoffnung, dort noch etwas von ihrem Geschmack wiederzufinden. Ich hatte ganz vergessen, sie nach ihrem Vater zu fragen. War er tot oder fortgegangen?

Dann dachte ich an meine Mutter und jenen Tag, an dem sie verschwand. Es war einer dieser schönen Tage Ende Mai, wenn der Frühling in den Sommer übergeht. Die Sonne schien, neben unserem Burggarten blühten die Maiglöckchen und Margeriten, die Amseln sangen und nichts deutete darauf hin, dass ein so einschneidendes Ereignis in der Luft lag. Wir hatten gemeinsam gefrühstückt und sie war am Vormittag ausgeritten, wie sie es oft und gern zu tun pflegte. Normalerweise kehrte sie spätestens zur Mittagszeit wieder zur Burg zurück. Nicht an diesem Tag. Langsam stieg unsere Unruhe und wir dachten zuerst an einen Reitunfall. Gemeinsam mit meinem Vater suchten Berta und ich alle Orte ab, zu denen Mutter für gewöhnlich ritt. Von ihr und ihrem Pferd fehlte jedoch jede Spur. Da es lange nicht geregnet hatte, war es uns unmöglich, auf dem harten und trockenen Boden ihre Hufspuren weiter als bis zum nahen Birkenwald zu verfolgen.

In den Tagen nach ihrem Verschwinden zog sich Vater in seine Stube zurück. Gelegentlich hörten wir ihn dort stöhnen und rastlos auf und ab gehen, die meiste Zeit schien er jedoch still an seinem Tisch zu sitzen. Seine einzige Ablenkung war die Arbeit an seinem Vogelbuch. Berta und ich ritten zu allen umliegenden Dörfern und in die Stadt. Niemand hatte unsere Mutter gesehen. War sie womöglich im See ertrunken? Aber hätten wir dann nicht wenigstens ihr Pferd entdecken müssen?

Einige ältere Dorfbewohner berichteten von Feen und Elfen, die gelegentlich Kinder oder auch Frauen und Männer verschwinden ließen. Ein bereits etwas entrückt blickender Bauer erzählte eine Geschichte von Nebelrittern in grauen Umhängen, die in Jahren mit einer besonderen Sternenkonstellation von ihrer grauen Nebelburg hoch in den Bergen kämen und wenige ausgewählte reine und unschuldige Seelen mit auf ihre Burg nähmen. Ohne deren Herzenswärme würden die Ritter an Kraft verlieren und sterben. Uns erinnerte dies an die Spukgeschichten, die uns unser Lehrer Bruder Matthias gern erzählte, wenn er keine Lust mehr hatte, eine neue Lektion zu beginnen.

Durch die eintönige Heidelandschaft reitend, überlegte ich, ob meine Mutter ein besonders warmherziger Mensch war. Ich war mir nicht sicher. Sie hatte stets stolz betont, dass sie entgegen allen Gepflogenheiten Berta und mich selbst gestillt hatte, statt die Dienste einer Amme in Anspruch zu nehmen. Und ich konnte mich noch gut daran erinnern, wie sie uns jeden Abend, an unseren Betten sitzend, eine Gute-Nacht-Geschichte erzählt hatte. Am liebsten hörten wir die Abenteuer einer kleinen Haselnuss, die sprechen konnte und Kindern in Not half. Dank der kleinen Haselnuss konnten sich diese immer aus den Fängen der grausamsten Räuber und Schurken befreien.

Auf der anderen Seite gab sich meine Mutter gerade in den letzten Jahren oft kühl und reserviert, sowohl uns Kindern als auch Vater gegenüber. Ihre Ausritte machte sie am liebsten allein und je länger ich darüber nachdachte, desto mehr konnte ich mir vorstellen, dass sie sich ein anderes Leben gewünscht hätte; nicht eines auf einer abgelegenen Burg mit uns als einziger Gesellschaft. Über ihre eigene Kindheit redete sie fast nie. Wir wussten nur, dass ihre Eltern sehr wohlhabend und angesehen, jedoch früh verstorben waren. Sie war daher bei einem Verwandten aufgewachsen, auf einer viel größeren Burg als der unsrigen. Dort hatte mein Vater sie auf einer seiner Reisen kennengelernt und um ihre Hand gebeten. Sie hatte nie den Wunsch geäußert, an den Ort ihrer Kindheit zurückzukehren. Ich konnte mich nicht einmal an den Namen der Burg erinnern. Selbst wenn meine Mutter den Ort anscheinend nicht mochte, war es eine Spur und ich hätte meinen Vater danach fragen sollen. Mir wurde klar, wie wenig ich über meine Mutter wusste, und ich machte mir Vorwürfe, sie nicht häufiger nach ihrer Kindheit und ihren Erlebnissen befragt zu haben. Wie gern hätte ich ihr nun so viele Fragen gestellt!

Mir fiel nun auf, dass auch Vater nach ihrem Verschwinden wenig von ihr gesprochen hatte. Wir Kinder spürten, dass sie ihm sehr fehlte, doch in Worte kleiden konnte er dies nicht. Stattdessen erzählte er uns abends von den unterschiedlichen Brutgewohnheiten von Schwarz- und Braunkehlchen. Wahrscheinlich wusste er mehr über Braunkehlchen als über meine Mutter.

Die Landschaft veränderte sich kaum und ich war nun bereits viele Stunden im Sattel. Während ich Suri eine kurze Pause gönnte, erinnerte ich mich an den Handschuhmacher und seine seltsamen Fragen. Offenbar gab es bestimmte Lebensmittel, die die Farbe des Urins beeinflussten. Am stärksten wirkte Rote Beete. Nach dem Trinken von Rotwein bemerkte ich keine Veränderung der Farbe. Aber woher kam diese gelbliche Färbung, selbst wenn ich tagelang nur Wasser trank? Es musste ein Farbstoff sein, den der Körper selbst bildete, so wie ja auch jenen Farbstoff, der dafür sorgte, dass Blut rot war. Was hätte wohl unser Lehrer Bruder Matthias auf diese Fragen geantwortet? Obwohl er im Kloster lebte, hatte er Berta und mich stets darin ermutigt, selbstständig zu denken. Er meinte, auf eine Frage zu antworten: „Weil es Gottes Wille ist", sei zwar als Antwort nie verkehrt, aber doch etwas bequem und man solle jeder Sache ruhig ein wenig tiefer auf den Grund gehen und sich nicht mit der göttlichen Fügung als Erklärung zufriedengeben. Es sei jedenfalls keine Gotteslästerung, seinen eigenen Verstand zu benutzen, und schließlich sei es doch die Aufgabe der Wissenschaft, selbst die abwegigsten Fragen zu beantworten. Er erzählte uns immer wieder von den großen griechischen Denkern, die bereits vor vielen Jahrhunderten über all die wichtigen Fragen des Lebens nachgedacht hatten. Bruder Matthias meinte, dass zwar Platon und Aristoteles die vermutlich wichtigsten Denker dieser vorchristlichen Zeit mit ihren merkwürdig menschenhaften, unvollkommenen Göttern seien; Sokrates würde ihm jedoch besonders am Herzen liegen. Ein aufs andere Mal berief er sich auf ihn und Berta und mir wurde schnell klar, warum er ihn so mochte: Seine eigene Art des Unterrichts entsprach in großen Teilen der Methode des Sokrates. Er versuchte uns mittels immer neuer und detaillierter Fragen selbst auf Lösungen und Ideen zu bringen. Das Wissen sollte von uns selbst ans Licht der Welt geholt werden, so wie Kinder, denen eine Hebamme auf die Welt hilft. Zugleich schaffte er es mit diesen Fragen, uns unsere Unwissenheit unter die Nase zu reiben und zu zeigen, wie wenig wir eigentlich wussten.

Er nannte das seine „Schule der Demut". Er behandelte Berta und mich als einzigartige Individuen, kannte unsere Stärken und Schwächen und stellte Berta andere Fragen als mir. Neidlos musste ich anerkennen, dass Berta schärfer und klarer denken konnte als ich. Im Gegensatz zu ihr folgte ich eher meinem Bauchgefühl als einer kühlen Verstandeslogik. Und oftmals war ich einfach zu bequem, eine Sache zu Ende zu denken. Vermutlich hätte ich mich sonst auch nicht kurz vor dem Beginn des Winters auf die Suche nach meiner Mutter begeben.

*

Die eintönige Heidelandschaft und das Grübeln begannen mich zunehmend zu ermüden und obwohl ich noch Zeit bis zum Einbruch der Dunkelheit hatte und meine letzte Rast noch nicht lange zurücklag, entschied ich mich, an einem kleinen See, eher ein großer Teich, mein Nachtlager aufzuschlagen. Ich fand eine durch das Schilf geschützte Stelle am Ufer und sattelte Suri ab. Bis auf den gelegentlich kräftigschnarrenden Gesang eines Schilfrohrsängers herrschte eine ungewöhnliche Ruhe. Ich setzte mich ans Ufer, aß mein Brot mit Ziegenkäse, blickte auf den Teich und genoss das Lied des Schilfrohrsängers. Dieser stand so nah bei mir auf einer Schilfspitze, dass ich selbst den hellen Streifen über seinen Augen deutlich erkennen konnte. Nach einer Weile wunderte ich mich, dass er überhaupt jetzt noch sang, denn die Brutzeit war lange vorüber und er hätte sich längst auf den Weg Richtung Süden machen müssen. Vielleicht hatte er diesen Sommer kein Weibchen gefunden und seine Suche noch nicht aufgegeben? Sein unverzagt vorgetragener

werbender Gesang in die Stille des Abends hinein berührte
mich und ich fühlte eine ungewohnte Traurigkeit in mir aufsteigen.

Auf das still vor mir liegende Wasser blickend, dachte ich
an einen Abend mit Berta am heimatlichen See zurück. Wir
hatten im Frühling, noch vor dem Verschwinden unserer
Mutter, gemeinsam im Abendlicht auf unserem Felsen am
See gesessen, als unvermittelt am Ufer, keine zwanzig
Schritte entfernt, eine Schleiereule landete. Fasziniert betrachteten wir ihren herzförmigen Gesichtsschleier, ihr zar-
tes helles Federkleid und ihre schöne rundliche Form. Obwohl wir kaum zu atmen wagten, bemerkte sie uns und flog
geräuschlos davon. Ihr plötzliches Erscheinen und ihr genauso rasches Verschwinden ließen die Szene wie einen
Traum erscheinen, und hätten wir uns nicht gegenseitig der
Echtheit des soeben Erlebten versichert, hätten wir die Eule
womöglich für eine Fantasieerscheinung gehalten. Anschließend hatte ich bedauert, die Eule nicht länger gesehen zu
haben. Wie gern hätte ich noch mehr Details betrachtet und
ihre Schönheit genossen. Berta hingegen schüttelte nur ver-
ständnislos über mein Lamentieren den Kopf und meinte,
ich solle froh sein, dass ich die Eule überhaupt aus solcher
Nähe betrachten durfte und was für ein Glückstag dies sei!
Ich hätte sie ja, wie Vater, totschlagen und dann ganz aus
der Nähe jede Feder einzeln betrachten können. Dabei war
sie rot und zornig geworden; wusste sie doch genau, dass ich
niemals einen Vogel töten würde. Sie hatte mir danach klar-
gemacht, dass es wichtig sei, sich an diesem kurzen Moment
zu erfreuen, anstatt seine Kürze zu bedauern. Es sei doch ein
großes Glück, dass die Eule kurz bei uns war, und es gebe
keinen Grund, nur weil es bereits beendet sei, dem

nachzutrauern. Das gelte ebenso für all die anderen schönen Dinge im Leben.

Fernab der Burg, auf den Teich blickend und dem unverdrossenen Vogelgesang lauschend, fragte ich mich, ob Berta nun, nach dem Verschwinden unserer Mutter, noch immer so denken würde. Waren die Jahre mit ihr dann nicht auch wie der kurze Moment mit der Eule, entscheidender und wichtiger als der anschließende Verlust? Und sollten wir, statt zu klagen und sie verzweifelt zu suchen, nicht einfach das Schicksal akzeptieren und uns an die schöne gemeinsame Zeit erinnern?

Während ich den Ziegenkäse aß, musste ich an Branka denken. Gern hätte ich gemeinsam mit ihr hier gesessen, auf den Teich geblickt und sie erneut in der Nacht unter meinem Mantel in den Arm genommen. Wie schade, dass ich nicht mehr Zeit mit ihr verbringen konnte. Und wie gern hätte ich ihre zarten Füße bei Tageslicht gesehen! Dann kam mir wieder die Schleiereule in den Sinn, und ich biss leichten Herzens in das Brot und den Käse und bereitete mein Nachtlager vor. Währenddessen hatte sich auch der Schilfrohrsänger zur Ruhe begeben, und ich war mir unsicher, ob mich die nun herrschende Stille eher beruhigte oder beängstigte.

Wie in der Nacht zuvor wurde mein Schlaf unerwartet unterbrochen, diesmal jedoch nicht durch Brankas raue Hand, sondern durch einen aufziehenden Sturm mit Regen. Abrupt wurde ich von fast waagerecht auf mich niederschlagenden Regentropfen aus meiner traumlosen Nachtruhe gerissen und mein Versuch, das Unwetter durch festeres Einwickeln in meinen Reisemantel zu ignorieren, scheiterte kläglich. Spätestens als mein Mantel und meine übrige

Kleidung vom Regen durchgeweicht waren, musste ich mich der Lage stellen und aufstehen. Es war noch immer dunkle Nacht und an eine Weiterreise war nicht zu denken, hatte ich doch in der Dunkelheit bereits Schwierigkeiten, meine Stute zu finden. Nach einiger Zeit fand ich sie noch an derselben Stelle, an der ich sie abgesattelt hatte. Stoisch erduldete sie den Regen. Weit und breit gab es keinen Baum, der uns hätte Schutz bieten können. Ich erinnerte mich an die Geschichte meines Vaters, wie ihn sein Pferd einst vor dem Erfrieren bewahrt hatte. Nun überlegte ich, ob mich Suri auch vor den Unannehmlichkeiten eines heftigen Regens schützen könnte. Ich hockte mich eng neben, ja, fast unter sie, sodass wenigstens ein Teil des Regens von ihr abgefangen wurde. Vom Regen durchweicht, frierend und müde kauerte ich so die verbleibende Nacht bei meinem Pferd. Es war eine unwürdige Pose und mein einziger Trost war, dass niemand mich, Baldur von Rackenstein, den Sohn von Rudolf von Rackenstein, Lehnsherr über zwölf Dörfer und zweiunddreißig Bauernhöfe, so sehen konnte.

Endlich brach der Morgen an und ich konnte meine Reise fortsetzen. Ich bot sicher einen erbärmlichen Anblick, wie ich tief in den durchgeweichten Mantel gehüllt, nass und frierend mit hängendem Kopf im strömenden Regen durch die karge Heidelandschaft ritt. Immerhin hatte der Wind nachgelassen, sodass die Tropfen nun senkrecht statt waagerecht vom Himmel fielen. Ich bewunderte den Gleichmut meiner Stute, die wacker ein Bein vor das andere setzend durch den immer morastiger werdenden Boden einem unbekannten Ziel entgegenlief. Ich war so verfroren, durchnässt und müde, dass ich nicht klar denken konnte. Es kostete mich bereits unendlich viel Kraft, auf den Weg zu achten, dessen Verlauf oftmals kaum auszumachen war. Wehmütig wanderten meine Gedanken in das warme und gemütliche Speisezimmer der Burg. Und selbst Brankas stickige, rauchige Hütte erschien mir plötzlich wie ein Sehnsuchtsort. Brankas Mutter hatte gemeint, dass es bis zur Bischofsstadt drei Tagesreisen seien. Und ich war nun gerade den zweiten Tag unterwegs. Bei der Vorstellung, noch eine weitere Nacht ohne ein Dach über dem Kopf, und vielleicht im Regen verbringen zu müssen, kämpfte ich kurz mit den Tränen. Ich starrte auf die kaum sichtbaren Wegspuren vor mir und versuchte, alle Gedanken auszuschalten. Bald gelangte ich so in einen tranceartigen Zustand, der mich Regen und Kälte vergessen ließ. Ich machte nur kurze Pausen, mehr für mein Pferd als für mich, und spürte weder Hunger noch Durst.

Allmählich wurde die Heidelandschaft abwechslungsreicher und häufiger von einzelnen Baumgruppen durchbrochen. Als sich die Dämmerung ankündigte, suchte ich mir einen Baum mit dichtem Laubdach und schlug dort mein Nachtlager auf. Mit meinem Jagddolch schnitt ich ein paar Äste von umliegenden Bäumen ab und baute mir und meinem Pferd so gut es ging ein Dach. Obwohl ich noch Brot und Käse hatte, trank ich nur etwas Regenwasser; mein Magen war wie verschlossen. Dafür spürte ich eine zunehmende Leichtigkeit in meinem Kopf, die sich zwar gar nicht so schlecht anfühlte, mich aber ahnen ließ, dass ich krank wurde.

Die Nacht verbrachte ich in einem Wechsel aus fiebrigen Träumen und zitterndem Dämmerzustand. Einige meiner Träume waren schön, andere rätselhaft oder gar verstörend. So träumte ich, wie ich mit Berta und meiner Mutter in unserem See badete. Wir tauchten so lange und tief wir wollten. Wie Fische glitten wir durch das Wasser, tiefer und tiefer dem Grund entgegen. Im Gegensatz zur Wirklichkeit, wurde es, je tiefer wir tauchten, immer heller. In kräftigen Zügen schwammen wir einem diffusen Licht entgegen, konnten die Quelle dieses Lichts allerdings nie erreichen. Wenn ich zur Seite blickte, lächelten meine Mutter und Berta mich an, so als wüssten sie etwas, was ich nicht wusste. Irgendwann begann dieses Lächeln mich wütend zu machen und ich entschloss mich, zurück an die Oberfläche zu schwimmen. Auf dem Rückweg fühlte ich mich einsam und verlassen. Das Wasser war nun dunkel und kalt. Weiter in die Tiefe zu tauchen fühlte sich genauso falsch an, wie an die Oberfläche zurückzukehren. Als ich aufwachte, war ich vollkommen nass und zitterte. Ich wusste nicht, ob mich der Regen oder mein Fieberschweiß so durchnässt hatte. Danach konnte ich nicht mehr einschlafen und da sich zwischen den dunklen Regenwolken im Osten bereits das erste graue Licht des neuen Tages zeigte, packte ich mit schmerzenden Gliedern meine Sachen und ritt weiter.

Der Regen wurde im Laufe des Tages eher stärker als schwächer, und der ohnehin kaum sichtbare schmale Weg war inzwischen zu einem kleinen Bach geworden. Mein Zustand hatte sich weiter verschlechtert und ich starrte mit fiebrigen Augen auf den Horizont, in der Hoffnung auf ein Dorf oder Spuren einer menschlichen Siedlung. Stattdessen sah ich nur tiefhängende Regenwolken, die schwer über der herbstlichen Landschaft hingen. Ich versuchte erneut in die gestrige entrückte Stimmung zu kommen, in der ich fast alles um mich herum vergessen hatte und einfach nur dem Weg folgte. Dieses Gefühl wollte sich jedoch nicht wieder einstellen, und so ritt ich zitternd und missmutig über die vom Regen aufgeweichte Heidelandschaft und wartete voller Ungeduld auf Erlösung. Immer wieder malte ich mir aus, wie schön es doch wäre, in trockener Kleidung an einem warmen Feuer zu sitzen.

Am späten Nachmittag gelangte ich an einen gewaltigen Fluss. Dieser war vom Regenwasser angeschwollen und breiter als gewöhnlich, und sein fast schwarz wirkendes Wasser jagte mit einer für die flache Gegend erstaunlichen Geschwindigkeit an mir vorüber. An einigen Stellen hatte das Wasser bereits das Flussbett verlassen und die umliegenden Wiesen überschwemmt. An eine Überquerung war nicht zu denken und so musste ich wählen, ob ich dem Fluss nach links oder rechts folgen wollte. Ich entschied mich, nach links und damit flussaufwärts zu reiten, denn Bruder Matthias hatte uns früher von Flüssen erzählt, die als kleine Quelle in den Bergen entsprängen und als gewaltige Ströme im Meer endeten. Ich hoffte daher, weiter oben am Fluss eher eine passierbare Furt zu finden. Es wurde immer schwerer, dem Flusslauf zu folgen, denn immer wieder musste ich einen weiten Bogen um überschwemmte Feuchtwiesen machen und meine Stute beäugte den morastigen Boden immer häufiger misstrauisch, bevor sie den nächsten Schritt wagte. So kamen wir nur mühsam voran. Durch den starken Regen und die dunklen Wolken war es den ganzen Tag nie richtig hell geworden, und nun mischte sich in das graue Tageslicht ein noch dunklerer Grauton, der das Ende des Tages ankündigte. Der Übergang zwischen Himmel und Erde ließ sich kaum noch ausmachen und ich stellte mich bereits darauf ein, eine weitere Nacht unter freiem Himmel im Regen zu verbringen, als ich endlich in der Ferne das

Dach eines Hauses und aufsteigenden Rauch sah. Zunehmend fiebrig stellte ich mir vor, dass dort meine Mutter und Branka auf mich warteten. Um nicht vollkommen entkräftet an dem Haus anzukommen, suchte ich nach dem verbleibenden Ziegenkäse und Brot. Das Brot war vom Regen jedoch vollkommen aufgeweicht und ungenießbar geworden und auch der Käse wollte mir nicht recht schmecken. Endlich gelangte ich auf einen breiten und offenbar vielgenutzten Weg, der sich von der linken Seite dem Fluss näherte und direkt auf das Haus zuführte. Darauf zureitend, wunderte ich mich über die Größe und Form des Hauses. Es war zu groß für einen gewöhnlichen Bauernhof und doch nicht das Anwesen eines Herren. Zum Teil aus massiven Feldsteinen gebaut, waren die Stallungen erstaunlich geräumig. Ich konnte die Geräusche von Pferden vernehmen, aber ebenso von Kühen und Hühnern, und trotzdem entsprach der ganze Aufbau nicht dem Hof eines Bauern. Aus den winzigen Fenstern leuchtete schwaches Licht. In der Hoffnung, meinen fiebrigen Kopf so etwas klarer zu bekommen, atmete ich tief ein und aus. Das bewusste Atmen schien mein luftiges Schwindelgefühl allerdings eher noch zu verstärken. Als ich von meinem Pferd abstieg, knickten mir die Beine weg und ich musste mich am Halfter festhalten, um nicht zu fallen. Mein vom Regen vollgesogener Mantel erschien mir plötzlich so unendlich schwer, dass ich unter dieser Last Mühe hatte, zur Tür zu gelangen. Ich klopfte an und ohne eine Antwort abzuwarten, trat ich ein.

Durch einen dunklen Vorraum gelangte ich an einen Vorhang, den ich vorsichtig zur Seite schob. Dahinter blickte ich in einen großen Raum, der mich mit seinem großen, langgezogenen Tisch in der Mitte, um den mehr als ein Dutzend

Schemel herumstanden, an ein Wirtshaus erinnerte. An diesem Tisch saßen drei Männer, die offenbar nicht zusammengehörten, denn sie saßen weit verteilt und schwiegen. Der Älteste von ihnen war wie ein Edelmann gekleidet. Er trug elegante, enge Wildlederhosen und eine dunkelgrüne Weste aus Rohseide. Neben ihm lag ein schmal geschnittener Hut, mit zwei Greifvogelfedern geschmückt, wie ihn auch mein Vater gern trug. Der zweite Mann erinnerte mich in seinem einfachen, aber guten Rock an die wohlhabenderen Händler unserer Stadt. Alles an ihm war solide und unauffällig. Der jüngste der Männer schien sogar noch jünger als ich zu sein. Sein Gesicht hatte noch die Weichheit eines Knaben, ganz ohne Bartwuchs; den Rest seines Körpers verhüllte eine dunkelbraune Mönchsrobe. Alle drei hatten einen Krug, vermutlich gefüllt mit Bier, vor sich stehen. Die Ecken des Raumes waren mit Fellen und Decken ausgelegt. In dem offenen Kamin brannte ein kräftiges Feuer und es war wohlig warm in dem Raum. Während ich noch unbemerkt von den drei Männern den Raum musterte, merkte ich, wie mir fiebrige Hitze in den Kopf stieg und ich zu schwitzen begann.

Der Junge in der Mönchsrobe bemerkte mich zuerst. Seine großen, etwas verträumt dreinblickenden Augen schauten mich fragend an. Ich trat einige Schritte vor, um ihn zu fragen, wer der Hausherr sei, doch weder meine Zunge noch meine Beine wollten mir noch recht gehorchen. Nun hatten mich auch die beiden anderen Männer entdeckt und ich spürte die fremden Augenpaare fragend auf mir ruhen. Fiebrig, von einem Gesicht zum anderen blickend, überlegte ich verwirrt, an wen ich mich jetzt wohl mit meiner Frage wenden sollte, während die Hitze und die Leichtigkeit in meinem Kopf immer größer wurden. Ich entschloss mich, den Edelmann, mit seinem mich an meinen Vater erinnernden Hütchen, anzusprechen. Während ich erneut versuchte, den Mund zu öffnen, merkte ich, dass ich nicht mehr in der Lage war, einen Satz zu formulieren. Schwach wedelte ich nur noch mit meinen Händen, taumelte mit letzter Kraft die wenigen Schritte in die nächste Ecke und ließ mich auf die dort liegenden Felle fallen.

2

Ich wurde von einem Geruch geweckt, der mir fremd und vertraut zugleich schien. Er erinnerte mich an Geborgenheit und Sauberkeit und verursachte ein wohliges Kribbeln auf meiner Haut. Vorsichtig öffnete ich die Augen. Über mir sah ich zwei beachtliche Brüste, die sich nicht ganz in ein schlichtes Hauskleid pressen lassen wollten. Als ich meinen Kopf etwas zu heben versuchte, um zu sehen, wo ich war und zu wem die Brüste gehörten, fehlte mir die Kraft. Ich ließ den Kopf wieder fallen, betrachtete die Brüste und überlegte, woran mich dieser Geruch erinnerte. Seit ich mich auf die Suche nach meiner Mutter gemacht hatte, schien mein Geruchssinn feiner und empfindlicher als früher. Ja, all meine Sinne schienen seitdem seltsam geschärft. Bis zu meinem Aufbruch vor wenigen Tagen hatte ich fast alles über meine Augen aufgenommen. Geruch und Gehör erschienen mir zuvor stets weniger wichtig. Mein Vater schaute mich immer mitleidig an, wenn ich versuchte, einen Vogel an seinem Gesang zu erkennen. Für mich klang alles ähnlich und ich vergaß schnell die einzelnen Gesangscharakteristika. Und wenn Bruder Matthias uns etwas erklärte, konnte ich es mir erst dann wirklich merken, wenn ich es auf meiner Schreibtafel fixiert hatte. Meine Mutter hingegen hatte schon immer einen ausgeprägten und feinen Geruchssinn. Dies war auch einer der Gründe, warum sie nicht gern in die Stadt fuhr. Sie hasste es, ob des Gestanks, durch die mit Unrat verschmutzten Gassen zu gehen. Deshalb legte sie auch auf der Burg größten Wert auf Reinlichkeit. Jede Woche gab es am Samstag einen ausgiebigen Waschtag, dem sich niemand entziehen durfte. Jörg hatte dazu im größten Topf Wasser zu erwärmen und dann badete ein Burgbewohner nach dem anderen. Die Reihenfolge war dabei immer dieselbe: zuerst meine Mutter, dann Berta, anschließend mein Vater, ich, Jörg und als letzter Ubu. Sein Körper war so stark behaart, dass wir ihn gern scherzhaft den Fellmenschen nannten. Weil er zugleich die schwerste körperliche Arbeit auf der Burg ausführte, war er auch stets der Schmutzigste von uns. Niemand wäre je auf die Idee gekommen, diese Badereihenfolge infrage zu stellen.

Während ich neben den Brüsten nun auch die schönen kräftigen Arme der Frau sah, die meine nassgeschwitzte Decke wendeten, überlegte ich immer noch, woran mich ihr Geruch erinnerte. Vielleicht hätte ich jetzt sogar durch ein leichtes Drehen meines Kopfes ihr Gesicht sehen können, doch das Gefühl der trockenen Decke auf meiner fiebrig-feuchten Haut war so schön, dass ich stattdessen die Augen genussvoll schloss. Ich dachte kurz an mein Pferd und die Satteltaschen und hoffte, dass sich jemand darum gekümmert hatte. Dann betastete ich vorsichtig unter der Decke meinen fiebrigen Körper. Offenbar hatte ich nur noch Bertas Unterhemd an. Jemand musste mich ausgezogen haben. Ich versuchte mir vorzustellen, wie die kräftigen Frauenarme mir meine Stiefel und Hose abgestreift hatten. Immerhin hatte ich noch keine Leichenstarre, wie der Mann, dessen Stiefel Branka nun trug. Mit weiterhin geschlossenen Augen hoffte ich, dass meine Sachen, vor allem meine Goldstücke noch da waren. Um mich ernsthaft darum zu sorgen fehlte mir allerdings die Kraft. Dann erinnerte ich mich wieder an die drei um den großen Tisch versammelten Männer und fragte mich, ob sie wohl immer noch da wären. Ich lauschte auf Geräusche oder Stimmen, aber bis auf die Regentropfen, die mit unverminderter Heftigkeit auf das Dach hämmerten, konnte ich nichts hören.

Das Regengeräusch machte mich müde und ich schlief wieder ein. Ich träumte, dass ich gemeinsam mit den drei Männern an dem Tisch saß. Meine Mutter, Berta und Branka saßen ebenfalls dort. Irgendetwas wurde gefeiert und wir aßen Ziegenkäse und tranken Bier. Ab und zu warf mir meine Mutter einen vorwurfsvollen Blick zu, weil ich immer mehr von dem Bier trank. Ich versuchte, ihre Blicke zu ignorieren, und trank noch schneller. Dann wollte Branka mit mir tanzen. Ich versuchte aufzustehen, doch gelang es mir nicht. Meine Beine wollten mir nicht gehorchten. Mir wurde heißer und heißer und zunehmend verzweifelt blickte ich zu Branka hinüber; ich wollte so gern mit ihr tanzen und ihre etwas rauen Hände halten. Nun saß auch noch der Handschuhmacher mit am Tisch. Er schaute mich genauso vorwurfsvoll wie meine Mutter an und sagte, ich hätte noch immer nicht seine Fragen beantwortet. Ärgerlich wollte ich ihm zurufen, dass mir die Farbe meiner Pisse vollkommen egal sei und ich jetzt mit Branka tanzen werde. Im selben Moment merkte ich jedoch, dass ich plötzlich dringend pinkeln musste. Ich schwitzte immer stärker und spürte verzweifelt, dass ich gar nicht aufstehen konnte, weder um zu tanzen noch um zu pinkeln. Es wurde immer schlimmer.

Branka streckte mir ihre Hand entgegen und sprach: „Baldur... Baldur und Branka ... Wie schön das klingt. Komm endlich tanzen." Und obwohl ich so nötig pinkeln musste, trank ich in meiner Verzweiflung immer weiter noch mehr Bier. Nun schauten mich nicht nur meine Mutter, Branka und der Handschuhmacher mit vorwurfsvollen Augen an, sondern auch die drei Männer. Endlich wachte ich aus dem Traum auf. Meine Decke war nun von beiden Seiten nassgeschwitzt. Sie war so nass, dass ich kurz glaubte, eingemacht zu haben, zum Glück war es nur mein Schweiß. Mit zittrigen Beinen stand ich auf und stolperte durch den Vorraum auf den Hof. Überall waren riesige Pfützen und es regnete weiterhin in Strömen. Ich stellte mich an den Rand einer Pfütze und erblickte darin mein Spiegelbild. Nur mit meinem Wollhemd bekleidet sah ich aus wie ein Gespenst. Aus einem der Stallverschläge beobachtete Suri mich neugierig. Ich betrachtete noch einmal mein Spiegelbild mit den fiebrigen Augen in der Pfütze, ging langsam und vorsichtig hinüber zu meinem Pferd und streichelte ihm sanft die Mähne. Während ich den Atem meiner Stute auf meiner fieberfeuchten Haut spürte, wusste ich, dass das Schlimmste überstanden war.

Ich hatte mich nicht getäuscht. Bereits am nächsten Tag ging es mir besser. Das Fieber war gesunken und ich hatte bereits genug Kraft, mit den anderen Reisenden zusammen am Tisch zu essen. Nun wusste ich auch, dass die schönen Arme und Brüste der Frau des Hausherrn gehörten. In der geräumigen Stube war es so dunkel, dass ich ihr Gesicht nie ganz genau betrachten konnte, aber aus ihrer Haube fielen immer wieder ein paar dunkle Haarsträhnen. Das gefiel mir sehr, so wie ihr herzliches Lachen. Immer wieder war es im ganzen Haus zu hören, selbst wenn sie nicht im Gastraum war. Den Hausherrn, einen freundlichen, wenn auch nicht sehr gesprächigen Mann, hatte ich nur zwei Mal kurz gesehen. Er war Fährmann und betrieb hier an der Fährstelle zugleich eine kleine Herberge für die Reisenden.

Während ich kalten Hirsebrei mit hartgekochten Eiern aß, redete der ältere Edelmann auf mich ein. Er hatte sich als Graf Harald von Erpenbrink vorgestellt. Nun erzählte er mir, dass der Regen den Fluss so weit über die Ufer treten lassen habe, dass eine Überquerung mit der Fähre derzeit unmöglich sei. Gemeinsam müssten wir auf ein Absinken des Wasserpegels warten. Da es weiterhin regnete, sei eine Vorhersage, wann das eintreten könnte, schwierig. Immerhin hätten wir Glück, da die Bewirtung hier besser als in anderen Gasthäusern sei. Fast nach jedem Satz unterbrach er seine Rede, um Bier aus einem gewaltigen Krug zu trinken. Ich mochte ihn nicht.

Durch das Fieber und meinen langen Schlaf hatte ich mein Zeitgefühl verloren. Vermutlich war es Vormittag, konnte aber genauso gut auch schon Nachmittag sein. Ich überlegte, ob ich ebenfalls ein Bier trinken sollte, entschied mich dann aber dagegen und aß weiter meinen Hirsebrei mit Ei. Der Graf sprach mit dröhnender Stimme, sodass die beiden anderen Reisenden unserem Gespräch sogar von ihren abgelegenen Schlafecken aus mühelos folgen konnten. Die meiste Zeit sprach nur er. Ich stellte ab und zu eine Frage. Nicht ohne Stolz in der Stimme erzählte er, dass er größere Ländereien für die Jagd und Landwirtschaft von der Kirche pachten wolle und sein guter Freund, der Erzbischof, sicher keinerlei Einwände hätte. Als ich erstaunt fragte, wieso er denn ganz ohne Diener reise, lachte er laut auf, bevor er mir entgegnete: „Ich reise gern allein. Ich brauche niemanden, der mir die Stiefel wichst, den Mantel ausbürstet, dumme Fragen stellt, das falsche Essen bestellt und ein zusätzliches Nachtlager benötigt. Ich selbst bin mir stets die beste Gesellschaft und genieße die Zeit ohne Hausangestellte, meine anstrengende Frau und die noch anstrengenderen Kinder. Zudem kostet ein Diener mich Geld, das ich so stattdessen für mich arbeiten lassen kann. Ein Diener kann Ballast sein, Geld niemals!"

Ich nahm einen Bissen von dem Ei und antwortete schmatzend, dass auch ich das Alleinreisen liebe. Dabei bemerkte ich, dass er mich das erste Mal mit seinen grauen, etwas wässrig tränenden Augen aufmerksam, ja, vielleicht sogar misstrauisch musterte. Es hätte mich nicht überrascht, wenn er mich wie mein Vater darauf hingewiesen hätte, dass man nicht mit vollem Mund rede. Stattdessen fragte er mit seiner mächtigen, etwas scharf klingenden Stimme, wohin ich denn überhaupt so allein reise. Aus dem Augenwinkel bemerkte ich, wie daraufhin der Händler und der Mönch, auf ihren Fellen liegend, ihre Köpfe hoben, um meine Antwort nicht zu verpassen. Um Zeit zu gewinnen, steckte ich mir rasch ein weiteres Ei in den Mund und überlegte beim Kauen, was und wie viel ich den drei Männern erzählen wollte. Einerseits konnte mir womöglich einer der Gäste einen Hinweis zum Verbleib meiner Mutter geben. Andererseits hatte ich kein Verlangen, zu viele neugierige Fragen zu beantworten. Genau genommen hatte ich nach dem Brei und den Eiern überhaupt keine Lust, irgendwelche Fragen zu beantworten. Ich entschied mich daher, vorerst eine Antwort schuldig zu bleiben, stand auf, gähnte und sagte, dass dies eine lange Geschichte sei, die ich gern später erzählen könne; zudem sei ich noch immer vom Fieber geschwächt.

Als ich mich anschließend wieder in meine Schlafecke begab, spürte ich, wie mir die Blicke aller drei Männer auf dem Weg folgten. In meiner Unerfahrenheit hatte ich unterschätzt, dass ich mit dieser Nicht-Antwort die Neugier meiner vorübergehenden Reisegesellschaft erst recht geweckt hatte. Es mir in meiner Schlafecke gemütlich machend, dachte ich über diese interessante Erkenntnis nach: Nicht durch eine abenteuerliche Geschichte, sondern durch mein Schweigen war ich von einem durchnässten, fiebrigen, bedauernswerten Häufchen Elend zu einer interessanten Person geworden.

Brei und Eier lagen mir schwer im Magen und mich überkam eine große Müdigkeit. Zugleich spürte ich eine tiefe Zufriedenheit und ich war mir nicht sicher, ob diese vom Essen oder den auf mir ruhenden neugierigen Blicken herrührte.

Erst das Klappern von Schüsseln und Krügen auf dem Tisch weckte mich wieder. Die Frau des Fährmanns trug erneut Essen auf, und es roch nach Fisch und gebratenem Fleisch. Ich folgte den Bewegungen ihrer Arme und spürte, dass ich erneut Hunger hatte. Vermutlich war es bereits Abend. Ich streckte und räusperte mich und blickte dann zu ihr. Während sie mir freundlich zunickte, fiel eine Strähne ihrer Haare aus ihrer Haube, die sie rasch und scheinbar verlegen wieder zurückschob. Dieses kurze Nicken tat mir gut. Es zeigte mir, dass sie mich beobachtete, dass sie wusste, dass ich hungrig sein musste, für mich mitdeckte und darauf achtete, dass ich gut versorgt war. Ihr kurzer Blick hatte etwas Mütterliches und zugleich Komplizenhaftes.

Die Forellen waren ganz vorzüglich und hätten auch von Jörg kaum besser zubereitet werden können. Dazu gab es frisches Brot. Dieses war heller und weniger nahrhaft als daheim, jedoch sehr schmackhaft. Vom Fleisch aß ich nur wenig. Es war Wild und für meinen Geschmack zu trocken, dem Grafen und dem Händler schien es jedoch bestens zu munden. Die fehlende Soße kompensierten sie durch regelmäßige Griffe zu ihren Bierkrügen, während der Mönch sich, so wie ich, eher an die Forellen hielt. Die Stimmung am Tisch war gut, obwohl es weiterhin regnete und wir daher vermutlich auch morgen den Fluss noch nicht überqueren konnten. Der Graf sprach ausführlich über seinen weit verzweigten Familienstammbaum und den Einfluss der Erpenbrinks auf die Geschicke des Reichs. Wenn ich gelegentlich versuchte, ihn zu unterbrechen und andere Themen anzuschlagen, redete er einfach weiter. Dem Mönch schien es gleichgültig, worüber gesprochen wurde. Er konzentrierte sich ganz auf das Entgräten der Forellen und zeigte wenig Interesse, an dem Gespräch teilzunehmen. Während der Graf lautstark immer tiefer in seinen Stammbaum eintauchte, musterte ich den wortkargen Händler genauer. Mir fiel auf, dass nichts an ihm markant oder besonders war. Sein Gesicht war weder alt noch jung, weder schön noch hässlich. Seine Gestalt weder groß noch klein. Und selbst seine Kleidung war von so einfacher und gewöhnlicher Machart, dass meine Augen nichts, aber auch gar nichts fanden, was dem Mann ein besonderes Gepräge verlieh. Das galt ebenso für seine Stimme und das wenige, was er sagte. Gerade wegen dieses Fehlens jeglicher markanten Eigenschaften hatte er jedoch schon wieder etwas Faszinierendes. Ich versuchte, dieses scheinbare Paradox weiter zu ergründen. Je länger ich den Händler betrachtete, desto mehr verlieh ihm diese an Perfektion grenzende Durchschnittlichkeit etwas Besonderes, geradezu Göttliches oder auch Diabolisches. In meiner von der Wärme, dem guten Essen und dem kräftigen Bier angeregten Fantasie malte ich mir aus, dass Gott oder der Teufel, kämen sie in Menschengestalt auf die Erde, bei diesem Auftritt vermutlich genauso erscheinen würden wie dieser Händler – zumindest, wenn sie sicherstellen wollten, nicht aufzufallen. Oder fiel man mit zu viel Durchschnittlichkeit doch wieder auf?

Der Mönch schien sich auch bei genauerer Betrachtung noch am Übergang vom Kind zum Manne zu befinden. Sein Gesicht mit den großen braunen Augen und der sehr kleinen Nase hatte noch kindliche Züge, die ungewöhnlich glatte Haut war auch von Nahem ohne sichtbaren Bartwuchs, der dickliche Körper mit einem sich unter der Robe abzeichnenden Bäuchlein, die helle, schüchterne Stimme – je länger ich ihn betrachtete, desto mehr erschien er mir eher wie ein zu rasch gewachsenes Kind als wie ein junger Mann.

Das Bier schmeckte milder und vollmundiger als in meiner Heimat und ich fühlte Wärme in meine Wangen steigen; mochte es wohl auch noch das Fieber sein – es fühlte es sich gut an. Der Graf redete immer schneller und ohne Pause. Ich beobachtete die Gesichter des Händlers und des Mönchs und hatte den Eindruck, dass sie ihm ebenfalls nicht mehr zuhörten. Das Ganze erinnerte mich an jenen Abend vor meiner Abreise, als mein Vater mir einen Ratschlag nach dem anderen erteilte. Die Rede des Grafen ignorierend, wandte ich mich an den Mönch und fragte ihn, wohin er denn reise. Bereitwillig erzählte er, dass er von einem benachbarten Kloster zurückkäme, in dem es Probleme mit der Klostermühle gegeben hätte. Nun war er auf dem Heimweg zu seinem eigenen Kloster. Bevor er mehr erzählen konnte, wurden wir von dem Grafen rüde zurechtgewiesen:

„Ich mag es nicht, von Juvenilen unterbrochen zu werden. Das hätte es in meiner Jugendzeit nicht gegeben, dass ein grünes Junkerchen einen Harald von Erpenbrink nicht ausreden lässt. Glaube er nicht, dass ich seine Respektlosigkeiten nicht bemerkt hätte. Die heutige Jugend scheint in der Tat nicht mal die einfachsten Manieren gelernt zu haben. Alles befindet sich im Niedergang! Ich kann und will das nicht akzeptieren! Gern können wir auf dem Hof unsere Klingen kreuzen. Obwohl ich bisher noch nicht einmal ein Schwert in seinem Reisegepäck entdecken konnte. Wahrscheinlich weiß er nicht einmal, wie eine Klinge zu führen ist. Und glaube er ja nicht, dass ich nicht bemerkt hätte, wie er auf seinem Fieberbett die Brüste der Wirtin angestarrt hat. Wahrscheinlich hätte er am liebsten noch Milch aus diesen getrunken. Ich will daher noch einmal darauf verzichten, ihm mit dem Schwert eine Lektion zu erteilen." Dann schlug er hart mit der Hand auf den Tisch und blickte sich triumphierend um.

Der Wutausbruch des Grafen und die erschrockenen Blicke des Händlers und Mönches amüsierten mich. Ich konnte das alles nicht recht ernst nehmen, war aber vernünftig genug, die Situation nicht weiter eskalieren lassen. Daher lenkte ich ein: „Herr Graf, verzeiht die rüde Unterbrechung. Es war nicht meine Absicht, Euch das Wort abzuschneiden. Nur dachte ich, dass eine allgemeine Unterhaltung, in der jeder seinen Standpunkt äußert, zu einem noch erbaulicheren Gespräch beitragen könnte. Gern wollen wir, und ich spreche hier sicher auch im Namen der anderen Gäste, nun wieder Euch das Wort übergeben."

Der Graf war von meinem versöhnlichen Ton sichtlich überrascht und wusste anscheinend nicht so recht, wie er darauf reagieren sollte. Nach einem Moment angespannter Stille erwiderte er, dass er meine Entschuldigung annehme, um kurz danach hinzuzufügen: „Schließlich müssen wenigstens wir Adligen zusammenhalten. Wo kommen wir denn hin, wenn wir uns vor den Augen des einfachen Volkes gegenseitig die Köpfe einschlagen?!" Bei seinen Worten beobachtete ich den Händler und den Mönch. Aber diese ließen sich nichts anmerken und hielten ihre Köpfe schweigend gesenkt.

Der Graf fuhr sich durch das Haar, so als wolle er damit auch die Verhältnisse im Raum sortieren, und fragte: „Wo war ich stehen geblieben?" Ich zuckte mit den Schultern. Er blickte mich mit seinen wässrigen Augen eindringlich an und ich konnte ahnen, wie er seinen Ärger hinunterschluckte, bevor er fortfuhr: „Wahrscheinlich wird mein Vortrag hier ohnehin nicht gewürdigt. Trotzdem will ich euch, mit eurer Jugend und Einfachheit, noch etwas von meiner Lebensweisheit weitergeben. Alle Vier reisen wir allein und ohne Begleitung. Das ist ungewöhnlich und kommt in diesen unsicheren Zeiten nur selten vor. Vergeht doch kaum ein Tag im Reich, an dem nicht geraubt und gemordet wird. Sollten wir da nicht in Gruppen reisen, einander schützend und verteidigend? Aber nein. Wir reisen allein! Ich verzichte sogar auf die Gesellschaft eines Dieners. Warum reisen wir allein? Könnte man darin nicht den Beginn eines Zerfalls der Gesellschaft sehen? Ein Zerbrechen der alten Ordnung? Hier ein Mönch, der ohne den Schutz seiner

Brüder allein durch das Reich reist. Hier ein Händler, der im Streben nach Gewinn diesen mit niemandem teilen will. Und dann dieser jugendliche Junker, der uns nicht einmal über den Sinn und Zweck seiner Reise Rechenschaft ablegt. Womöglich ist er auf der Flucht! Auf der Flucht vor seiner Familie oder gar vor sich selbst."

Ich wollte etwas zu meiner Verteidigung einwerfen, doch er fuhr bereits fort: „Wenn ich in seine Augen blicke, sehe ich keine Bosheit. Dafür sehe ich Verlegenheit, Unsicherheit und ein schlechtes Gewissen. Sein Blick ist nicht rein. Er hat etwas zu verbergen und will es nicht mit uns teilen. Ich werde nicht mit Fragen in ihn dringen und gern kann er sein Geheimnis für sich behalten. Morgen werden sich ohnehin unsere Wege für immer trennen. Einen Ratschlag will ich ihm trotzdem mit auf den Weg geben: Der größte Fehler der Jugend ist Selbstüberschätzung. Höre er auf die Ratschläge seiner Eltern und ihm wird viel Schmerz und Leid erspart. Ich habe in meiner Jugend auch nicht immer auf den Rat der Alten gehört. Nun kann ich sagen: Sie hatten *immer* recht." Am liebsten hätte ich ihm geantwortet, dass er nun in der Tat wie mein Vater klang. Stattdessen nahm ich einen Schluck von meinem Bier und schwieg.

Anschließend kam das Gespräch für einen kurzen Moment zum Erliegen. Ich empfand diesen Moment der Ruhe als angenehm, obwohl mich sonst lange Gesprächspausen immer verlegen machten. Alle nutzten die Pause, um sich von dem Essen nachzunehmen. Der Graf konnte, wie so viele Menschen, die Stille nicht lange ertragen. Ich wusste, dass er gleich weiterreden würde, wenn auch nur, um nicht länger mit diesem Schweigen konfrontiert zu sein. Eigentlich erschien es mir merkwürdig, dass gerade er allein reiste.

War er doch genau jene Sorte Mensch, die immer in Gesellschaft sein musste, schon allein, um Zuhörer zu haben. Mitleidig dachte ich an seine Familie und seine Diener. Sicher würde er mir gleich weitere Ratschläge geben, und wenn ihm keine mehr einfielen, über das Wetter oder die schlechten Wege reden. Ihm zuvorkommend, wandte ich mich an den Mönch und fragte ihn, wann er sich denn dafür entschieden habe, Gott zu dienen und ins Kloster zu gehen. Der Mönch sah erst mich und dann den Grafen an. In seinem kindlichen Gesicht spielte sich ein Kampf zwischen Scheu und Mitteilungsdrang ab. Letzterer siegte und er blickte uns mit seinen großen Augen unerwartet stolz an, bevor er zu erzählen begann:

Die Geschichte des Mönchs

„Gern will ich euch meine Geschichte erzählen, denn ich glaube sie ist es wert, erzählt zu werden. Ich wuchs als Sohn einer Müllers auf; fünf Tagesreisen nördlich von hier. Es ist keine reiche Gegend. Der Boden ist karg und die wenigen Bauern, die dort leben, führen ein hartes und einfaches Leben. Die Winter sind immer zu lang und die Sommer immer zu kurz. Als meine Eltern vor einigen Jahren, im Abstand nur weniger Monde, verstarben, blieb ich allein in der Mühle zurück. All meine Geschwister waren schon vor langer Zeit als Kinder gestorben. Oft lag ich nach dem Tod meiner Eltern nachts wach und blickte aus der kleinen Öffnung in meiner Schlafkammer auf die Sterne und den Mond. Meine Einsamkeit schien mir größer und unendlicher als der

Himmel mit all seinen Sternen. Ich fühlte mich klein und verloren. Ganz so, als wenn die Welt, ich vermeide das Wort Gott, mich vergessen hätte. Wenn die Bauern das Getreide in meine Mühle brachten, hätte ich mich eigentlich über den Umgang mit anderen Menschen freuen sollen. Stattdessen wurde ich immer scheuer und ängstlicher, sobald ich das nahende Knarren der Räder und Schnaufen der Pferde hörte. Die Bauern waren gut zu mir. Sie brachten mir Gemüse von ihren Feldern und erzählten, welche Bauernfamilie ein Mädchen hatte, das noch keinem Burschen versprochen war. Und manch Bauer brachte seine Tochter gleich mit zur Mühle und ich wusste, dass er es nicht zufällig tat. Doch meine Schwermut war so groß, dass ich kaum ein Wort mit den Mädchen wechselte. Oft wagte ich kaum, sie anzusehen, obwohl ich als Kind nie schüchtern war. Rasch sprach sich herum, dass ich seit dem Tod meiner Eltern verschlossen und sonderbar geworden war. Bald brachte kein Bauer mehr seine Töchter mit, wenn er sein Getreide von mir mahlen ließ. Mein Leben wurde immer einsamer und selbst mit den Bauern redete ich nur noch das Nötigste.

Meine Eltern waren keine sonderlich religiösen Menschen. Zwar hing ein Kreuz in der Stube und wir sprachen vor dem Zubettgehen unser Abendgebet, sonst redeten Vater und Mutter nicht häufiger von Gott als die Bauern, wenn sie sich von ihm mehr Regen oder den Frühlingsbeginn erhofften. Je weniger ich jedoch mit den Menschen zu tun hatte, desto mehr wandte ich mich an Gott. Dauerten meine Abendgebete früher nur einen Augenblick, so verbrachte ich nun oft den ganzen Abend knieend im Gespräch mit dem Herrn. Ich meinte oft sogar, seine Stimme zu hören. Sie klang wie die Stimme meines Vaters. Diese Gespräche gaben mir Kraft und Ruhe. Ich war damals bereit, bis ans Ende meines Lebens allein die Mühle zu führen. Denn ich hatte ja Gott. Er ersetzte mir Vater und Mutter, Bruder und Schwester, Frau und Freund.

So lebte ich einige Jahre vor mich hin. Vielleicht nicht zufrieden aber doch in mir ruhend. Bis zu jenem Tag als zwei Mönche bei mir übernachteten. Es war ein windiger Sommertag und es hatte schon seit vielen Tagen nicht geregnet. Der Staub der Wege und Felder wirbelte durch die warme, trockene Luft, als die beiden an meine Mühle klopften und um Unterkunft für die Nacht baten. Sie hatten an einer Messe in der Bischofsstadt teilgenommen und waren auf dem Heimweg in ihr Kloster. Ich kannte das Kloster nur von einigen Berichten der Bauern, denn es war eine gute Tagesreise entfernt von der Mühle. Sicher glaubt ihr nun schon zu wissen, wie die Geschichte weitergeht; ihr glaubt, die Mönche erzählten mir von dem Leben in ihrem Kloster und ich als einsamer, gottesfürchtiger Müller spürte, dass dies auch meine Bestimmung sein müsste; dass ich so noch näher bei Gott und mehr in seinem Dienste leben könnte. So war es nicht! Nein! So simpel ist das Leben nicht! Es war ganz anders und ich weiß bis heute nicht, ob Gott oder der Teufel dabei seine Hände im Spiel hatte.

Auch wenn es mir nur schwer über die Lippen kommt, so muss ich es doch gestehen: Die beiden Mönche waren mir nicht sympathisch. Ihre staubigen Gesichter waren hager und mürrisch. Sie waren kaum älter als ich, wirkten jedoch wie alte Männer aus einer anderen Zeit. Sie saßen eng zusammen, tuschelten untereinander und sprachen nur wenig mit mir; nur die nötigsten Höflichkeitsformen. Ich befragte sie über das Leben im Kloster, sie antworteten jedoch nur kurz und lustlos. Offenbar spürten sie wenig Verlangen, sich mit mir zu unterhalten und den Abend in meiner Gesellschaft zu verbringen. Ich teilte mein Essen mit ihnen und bemühte mich, ein guter Gastgeber zu sein. Sie zogen sich jedoch gleich nach dem Essen zurück, obwohl es noch nicht spät war. Ich ließ sie gar im Bett meiner verstorbenen Eltern schlafen. Aus dem Schlafzimmer hörte ich dann merkwürdige Geräusche. Es klang nicht wie ein Gebet und es ekelte mich. Ich wollte kein neugieriger Lauscher sein und ging daher noch einmal hinaus, um nach dem Rechten zu sehen und zu prüfen, ob der starke Wind das Mühlrad beschädigt hatte. Der Wind hatte in der Zwischenzeit glücklicherweise nachgelassen und die Mühle war unversehrt.

Es war eine sternenklare Nacht und ich blickte abwechselnd auf die Sterne und meine Mühle. In meinem Herzen fühlte ich Unruhe und Enttäuschung. Mit diesen Gefühlen lief ich weiter auf dem an der Mühle vorbeiführenden Weg. Obwohl der Mond sich nur zur Hälfte zeigte, war es so hell, dass ich fast so weit wie am Tage blicken konnte. Ich war enttäuscht über die mangelnde Freundlichkeit und Offenheit der zwei Mönche. Bis dahin glaubte ich, dass, wer Gott dient, selbstverständlich ein gutes Herz und einen feinen Charakter haben müsse. Doch diese beiden waren unfreundlicher als die mürrischsten Bauern. So lief ich durch die Nacht und dachte über diese neue, bedrückende Erkenntnis nach: Auch die Diener Gottes sind nur Menschen und wie unter den Bauern gab es gute und weniger gute. Obwohl ich wusste, dass die Mönche im Bett meiner Eltern lagen, fühlte ich mich noch einsamer und verlorener als sonst; fast so, als ob mich nach meinen Eltern nun auch noch Gott verlassen hatte. Mein Herz schlug schnell und eine tiefe

Traurigkeit überkam mich, wie nach dem Tod eines geliebten Menschen. In dieser gedrückten Stimmung lief ich immer weiter durch die Nacht, bis ich mich endlich zur Umkehr entschloss. Ich spürte eine Unruhe in meinem Herzen und wollte die Gäste nicht zu lang allein in der Mühle lassen. Als ich umkehrte, sah ich einen hellen Feuerschein. Mein ohnehin schon schnell schlagendes Herz klopfte nun noch wilder. Es war ein Feuer, so groß wie ich noch keines gesehen hatte. Das konnte nur die Mühle sein. Ich lief so schnell es mein rasendes Herz erlaubte und rasch hatte ich Gewissheit: Im warmen Wind der Sommernacht brannte meine Mühle nieder. Ich erkannte sofort, dass hier nichts mehr zu retten war, und suchte nach den zwei Mönchen, doch von ihnen fehlte jede Spur. Laut schrie ich in die Nacht hinein. Niemand antwortete. Ich setzte mich auf einen Stein am Wegrand und schaute auf die Flammen. An zwei Dinge kann ich mich noch gut erinnern: An den Geruch der brennenden Mühle, nicht nur der Geruch von brennendem Holz, sondern auch von verbranntem Mehl und einen weiteren Geruch, den ich nicht weiter bestimmen konnte, der sich jedoch in meinem Kopf festgesetzt hat. Er war rauchig-süßlich und ekelhaft. Neben diesem Geruch kann ich mich noch genau an meine damaligen Gefühle erinnern. Ich spürte weder Trauer noch Zorn, weder Verzweiflung noch Angst. Das Einzige, was ich spürte, war eine große Leichtigkeit. Ich schien fast auf dem Stein zu schweben. So merkwürdig es klingen mag: Ich dachte kaum noch an die zwei Mönche. Es war mir in diesem Moment fast gleichgültig, ob sie fortgerannt oder in dem Haus verbrannt waren. Ich weiß, so sollte kein guter Christenmensch denken und erst recht nicht reden. Doch so fühlte ich. Bis zum Morgengrauen saß ich auf dem Stein. Die

Mühle war nun vollständig niedergebrannt und ohne die wärmenden Flammen begann ich zu frösteln. Unschlüssig lief ich herum, hier und dort mit dem Fuß einen der noch glühenden oder schwelenden Balken anstoßend. Nichts war von dem Ort meiner Kindheit, von dem Heim meiner Eltern und Großeltern übriggeblieben. Alles, was mir blieb, war diese schwindelerregende Leichtigkeit. Was sollte ich nun tun? Immer wieder lief ich um die verkohlten Reste der Mühle und hatte nicht die geringste Vorstellung, wie es weitergehen konnte. Wie ich bereits sagte, fühlte ich keinerlei Angst oder Verzweiflung. Doch neben die Leichtigkeit gesellte sich nun Ungewissheit. Einige Bauern hätten mir sicher beim Wiederaufbau der Mühle geholfen, war es schließlich auch für sie ein Verlust. Der Gedanke war mir jedoch vollkommen unerträglich. Und so entschied ich mich, noch am selben Tag fortzugehen und an einem anderen Ort ein neues Leben zu beginnen. Aber wo? Ohne so recht zu wissen warum, entschied ich mich erst einmal zum Kloster zu gehen. Nebenbei wollte ich schauen, ob die Mönche dorthin flüchten konnten oder in den Flammen verbrannt waren. Ich besaß nichts als die Kleider, die ich auf dem Leibe trug, und lief den ganzen Tag, ohne Müdigkeit, Hunger oder Durst zu spüren. Am frühen Abend erreichte ich das Kloster. Der Anblick mit seinem hübschen Glockenturm, der Kirche und all den eindrucksvollen Gebäuden, deren Namen ich damals nicht mal kannte, machte auf mich einen unbeschreiblich feierlichen Eindruck. So etwas Schönes hatte ich nie zuvor gesehen. Alles lag so friedlich und in vollster Harmonie im Abendlicht vor mir und ich fühlte mich sofort zu dem Ort hingezogen. Einem Mönch, der mich empfing, erzählte ich von den beiden Mönchen, die bei mir zu Gast waren, und man gab mir Brot und ein Nachtlager. Am nächsten Morgen kam der Abt zu mir. Mit seinem gütigen, runden Gesicht und spärlichen weißen Haar mochte ich ihn vom selben Augenblick, in dem er meine Kammer betrat. Er stellte mir Fragen zum Aussehen der Mönche und ob sie ihre Namen genannt hätten. Ich beschrieb sie, so gut ich konnte, und antwortete, dass ich ihre Namen nicht wüsste. Er strich mit seinen Händen über die Kutte und antwortete, dass es sich nur um Bruder Martin und Bruder Michael handeln konnte. Sie waren auf einer Messe in der Bischofsstadt und wurden bereits gestern zurückerwartet. Der Abt erklärte mir, dass Bruder Martin gern vor dem Schlafengehen etwas Weihrauch inhalierte und dazu Kerzen anzündete. In seiner Klosterzelle war ihm das streng verboten und so tat er es oft draußen im Klostergarten. Vermutlich hatte er diesem Ritual auch in der Schlafkammer meiner Eltern gefrönt und damit die Mühle in Brand gesteckt. Der Abt entschuldigte sich im Namen des Klosters für das mir entstandene Leid und bot mir an, als Gast im Kloster zu leben, bis ich wüsste, wohin ich mich wenden wolle. Ich nahm dankend an.

Das ist noch nicht das Ende meiner Geschichte. Das Kloster hat eine eigene Mühle und der zuständige Mönch war bereits alt und nicht nur seine Beine, sondern auch Arme und Augen versagten ihm immer häufiger den Dienst. Bereits in der ersten Woche bot ich ihm meine Hilfe an und es dauerte nicht lange, bis mich der Abt zu einem Gespräch bat. Er schlug mir vor, als Novize in das Kloster einzutreten und die Verantwortung für die Mühle zu übernehmen. Ohne zu zögern, stimmte ich zu. Und nun bin ich schon seit einiger Zeit Mönch und für die Klostermühle verantwortlich. Es ist ein gutes Leben. Ich bin Müller und ich diene Gott.“

*

Das Erste, was mir auffiel, als der Mönch seine Geschichte beendet hatte, war die unglaubliche Stille. Bis auf ein leichtes Knacken des Kaminfeuers war kein Laut zu hören. Ich überlegte, welches Geräusch nun fehlte. Weder hörte ich die Tiere in den Stallungen noch das Klappern aus der Küche. Aber noch etwas anderes fehlte. Ich brauchte eine Weile, um es zu realisieren: Es hatte aufgehört zu regnen. Das erste Mal seit meiner Ankunft beim Fährmann fielen keine schweren Regentropfen trommelnd auf das Dach. Die kindlichen Wangen des Mönchs waren von seiner Erzählung und den damit verbundenen Erinnerungen gerötet. Es war ihm anzusehen, dass ihn seine eigene Geschichte immer noch aufwühlte. Während der Händler seinen Blick gesenkt hielt, blickte der Graf, mit seinen nun noch feuchter scheinenden Augen, abwechselnd den Mönch und mich an. Der spöttische Zug um seinen Mund war verschwunden.

Nach der Erzählung des Mönches wollte das Gespräch nicht mehr recht in Gang kommen. Selbst der Graf saß endlich schweigsam am Tisch. Ich stellte mir die beiden Mönche im Bett der Eltern vor, entschuldigte mich und ging vor die Tür. Die Luft war nach dem Regen frisch und klar und hinter den letzten, rasch abziehenden Wolken zeigten sich die Sterne. Ich sog die reine Abendluft tief ein. Wieder einmal kamen mir unvermittelt die Fragen des Handschuhmachers in den Sinn. Ich verdrängte sie rasch wieder und dachte stattdessen an meinen Lehrer, Bruder Matthias, und seine Begeisterung für Pelagius, jenen britischen Mönch, der davon ausging, dass jeder Mensch frei und ohne Sünde

63

geboren wurde; ganz im Gegensatz zu Augustinus, für den nur Adam frei von Sünde war, während alle nachfolgenden Generationen bereits die Erbsünde mit sich herumtrugen. Ich hielt das für ziemlichen Unfug und war daher ganz auf der Seite meines ehemaligen Lehrers. Da ich noch keine Lust hatte, wieder zurück in die Gaststube zu gehen, lief ich, die klare vom Regen gereinigte Luft tief einatmend, über den Hof zu den Ställen. Mein Fieber schien endgültig verschwunden. Tastend öffnete ich den Verschlag und trotz der Dunkelheit erkannte ich Suri sofort. Ich prüfte, ob genug Futter und Wasser im Stall war, und fragte mein Pferd, ob es mir sagen könne, warum die Menschen so eine Freude daran hatten, sich das Leben auf Erden schwer zu machen. Suris Schnauben nahm ich als zustimmende Antwort, dass es sich nicht lohne, lange darüber nachzudenken.

Als ich wieder zurück ins Haus gehen wollte, bemerkte ich auf dem Hof einen Jungen. In der Dunkelheit konnte ich ihn nur schemenhaft erkennen und rief nach ihm. Er antwortete nicht gleich. Erst als ich ihn noch einmal und lauter anrief, kam er zögerlich aus der Dunkelheit auf mich zu. Es war der Sohn der Fährleute. Ich hatte ihn bereits einige Male in der Gaststube gesehen, ohne bisher ein Wort mit ihm zu wechseln. Er war klein und schmächtig und ähnelte in seinen Bewegungen eher seinem Vater. Ich gab ihm eine Silbermünze, bat ihn, sich gut um mein Pferd zu kümmern und wollte bereits wieder zurück in den Gastraum gehen, als ich bemerkte, dass der Knabe offenbar noch etwas sagen wollte. Wir standen uns in der Dunkelheit gegenüber und er fragte mich:

„Wohin reist ihr, Herr Ritter? Meine Mutter meinte gestern zu meinem Vater, ihr scheint ihr wie ein Reisender ohne Ziel oder wie jemand, der vor etwas davonläuft."

Ich blickte den Jungen an und antwortete: „Ich laufe nicht weg, ich laufe eher jemandem hinterher."

„Wem lauft ihr denn hinterher?"

„Meiner Mutter."

„Aber eine Mutter läuft doch nicht einfach so weg."

„Das habe ich auch immer geglaubt."

Der vielleicht zwölfjährige Knabe überlegte kurz, bevor er erwiderte: „Meine Mutter würde nie weglaufen. Wo sollte sie auch hinlaufen? Die Bauern hier in der Gegend sind alle viel ärmer als wir. Und die Stadt ist so weit weg, dass sie da nicht freiwillig hinlaufen würde."

Ich entgegnete: „Vielleicht ist meine Mutter auch gar nicht freiwillig weggelaufen, sondern wurde entführt."

Trotz der Dunkelheit bemerkte ich, dass das Wort „entführt" den Jungen beeindruckte. Er brauchte eine Weile, um es auf sich wirken zu lassen. Dann fragte er mich, wer denn meine Mutter entführt haben könnte. Ich zuckte mit den Schultern: „Böse Menschen? Die Nebelritter? Der Teufel? Ich weiß es nicht."

„Mutter sagt, die Nebelritter sind nur ein Ammenmärchen. Die gibt es nicht."

Ich lächelte und antwortete: „Dann bleiben ja nur noch böse Menschen oder der Teufel übrig. Dank dir wird meine Suche nun schon viel einfacher." Mir schien, als ob er noch etwas erwidern wollte, doch ließ ich ihn nicht mehr zu Wort kommen und ging zurück in den Gastraum.

*

Dort waren die Essensreste bereits abgeräumt und die vier Bierkrüge wirkten geradezu verloren auf dem großen Tisch. Noch immer war das Gespräch nach der Lebensgeschichte des Mönchs nicht wieder in Fahrt gekommen. Ich setzte mich an den Tisch und dachte über den Teufel nach. Selbst als Kind hatte ich nie Angst vor ihm gehabt. Die Geschichten von ihm schienen mir immer zu abstrakt und unglaubwürdig. Die Hölle konnte ich mir vorstellen, den Teufel nicht; egal ob mit Hörnern oder in Menschengestalt. Unwillkürlich schaute ich mir noch einmal den Händler genauer an. Mit seinem einfachen, gutmütigen Gesicht tat ich ihm sicher Unrecht, und wohl niemand würde ihm Boshaftigkeit unterstellen. Und doch wussten weder ich noch die anderen etwas zu seiner Vergangenheit. Ich hatte Freude daran, mir hinter dieser scheinbar harmlosen Maske einen kaltblütigen Mörder oder den Teufel vorzustellen, um dann festzustellen, dass dieses Gedankenspiel etwas Deprimierendes hatte. Wenn es schon unmöglich war, das Wesen eines Menschen an seinem Äußeren abzulesen, war es dann nicht noch ungleich schwieriger, meiner Mutter auf die Spur zu kommen? Bisher hatte ich immer geglaubt, das Böse zu erkennen. Das erschien mir, während ich weiterhin den nichtsahnenden Händler betrachtete, zunehmend naiv. Was unterschied das Antlitz eines Mörders oder Entführers vom Gesicht eines redlichen Handwerkers?

Ganz in diese Überlegungen versunken, hörte ich im Hintergrund, wie der Graf nun doch wieder das Gespräch fortführte: „Ist ihm eigentlich aufgefallen, dass er damit auch eine geradezu schwindelerregende Standesvermischung vorgenommen hat? Er ist vom einfachen Müller zum Mönch geworden und doch Müller geblieben. Das ist ja fast so, als wenn ein Schmied König wird, aber immer noch für sich und seinen Hof die Pferde selbst beschlägt!" Der Mönch errötete und sagte, es habe ja erst vor kurzem das Mönchsgelübde abgelegt und eigentlich fühle er sich noch wie ein Novize. Der Händler errötete ebenfalls. Wahrscheinlich fürchtete er, zum nächsten Angriffsziel des Grafen zu werden.

Dem Mönch zur Seite springend versetzte ich, dass mir dieser Vergleich etwas weit hergeholt schien, und erinnerte daran, dass so ein Kloster wie ein Staat in Miniatur sei und dort durchaus eine hochspezialisierte Arbeitsteilung herrsche. Schließlich gäbe es dort nicht nur Müller, sondern auch Tischler, Bäcker, Brauer und all die anderen Handwerke, um den Klosterbetrieb am Laufen zu halten. Dem Grafen missfiel meine Antwort. Er ignorierte mich daher und wandte sich nun, wie von diesem bereits befürchtet, an den Händler: „Es ist ja sicher eine schöne und ehrenwerte Sache, in so einem Kloster Gott zu dienen, auch wenn das nichts für mich wäre. Es ist auf jeden Fall besser und ehrlicher, als sein Geld mit Handel zu verdienen, ohne etwas zu schaffen, wie ein Bäcker oder Schumacher. Ihr als Händler lebt davon, etwas möglichst wohlfeil einzukaufen und möglichst teuer weiter zu verkaufen. Als Erwerbsquelle scheint mir das geradezu gotteswidrig und kaum besser, als von Wucherzinsen zu leben. Ein rechtschaffender Christenmensch sollte so jedenfalls nicht seinen Lebensunterhalt verdienen." Dabei blickte er den Händler mit herausforderndem Blick aus seinen wässrigen Augen an.

Wie vor ihm der Mönch wusste auch der Händler nicht so recht, wie er auf die Provokation reagieren sollte. Er entschied sich für ein mit gesenktem Kopf vorgetragenes unwirsches Gemurmel. Ich glaubte zu verstehen, dass ja niemand gezwungen sei, seine Handelswaren zu erwerben. Dem Grafen sei es freigestellt, sich alle Waren direkt bei der Manufaktur abzuholen. Er sehe sich als durchaus wichtiges Rädchen im Gesellschaftsgefüge, ja, als zuverlässiger Diener seiner treuen und stets zufriedenen Kundschaft.

Da trat die Frau des Fährmanns ein und fragte, ob wir noch einen weiteren Krug Bier wünschten, bevor sie sich zur Nachtruhe begäbe. Der Graf bat, ohne uns fragen, um mehr Bier und eine Süßspeise für alle. Die Frau zuckte mit den Schultern und verwies darauf, dass es schon sehr spät sei. Sie könne jedoch mal in der Küche nachschauen, ob sie noch etwas Passendes fände. Bis auf den Grafen schienen alle dankbar für diese Unterbrechung. Kurze Zeit später kehrte sie mit einigen süßen Apfelbrötchen zurück. Diese waren zwar nicht mehr warm, und doch erinnerten sie mich sofort an die Apfelbrötchen meiner Mutter. Während die Frau sich über den Tisch beugte, blickte ich in ihren Ausschnitt und mich überkam für einen Moment eine bittersüße Schwermut. Nun hatte ich auch endlich Gelegenheit, ihr Gesicht genauer zu betrachten. Ihre Züge waren ebenmäßig. Sie hatte volle Lippen, eine kleine wohlgeformte Nase und klare bräunliche Augen. Ihr hellbraunes glänzendes Haar war wieder nur nachlässig unter die Haube geschoben. Vermutlich war sie kaum jünger als meine Mutter, hatte sich jedoch etwas jugendlich Frisches bewahrt. Als sich unsere Blicke kurz trafen, errötete ich. Schließlich war sie es, die mir nach meinem fiebrigen Zusammenbruch die nassen Kleider ausgezogen hatte, und wusste daher mehr von mir als ich von ihr.

*

Am nächsten Morgen erwachte ich ohne Fieber, jedoch mit Übelkeit und Kopfschmerzen. Ich hatte zu viel Bier getrunken und lag mit geschlossenen Augen in meiner Fell-Ecke und lauschte auf die Geräusche. Der Regen hatte tatsächlich aufgehört und bis auf ein paar entfernte Küchen- und Stallgeräusche konnte ich nichts hören. Die anderen Reisenden schienen noch zu schlafen. Ich versuchte mich an den gestrigen Abend zu erinnern.

Gesprächsfetzen schwirrten in meinem Kopf herum.

Nach dem Apfelbrötchen und einem weiteren Bier hatten sich selbst der Händler und der Mönch eifrig an dem Gespräch beteiligt. Wir waren uns darüber einig, dass jeder Mensch einen von Gott vorgegebenen festen Platz in der Welt innehatte und es jedermanns Ziel sein sollte, diesen Platz und die damit verbundenen Aufgaben so gut wie möglich auszufüllen. Beim Mönch erschien das am einfachsten. Er hatte für gutes Mehl in seinem Kloster zu sorgen und diente damit in ehrbarer Aufgabe Gott und den Mönchen. Beim Händler war es schon schwieriger. Mit seinem Kauf und Verkauf von Waren schuf er nichts Neues. Und der erwirtschaftete Gewinn hatte daher – besonders für den Grafen – etwas Niederes, Schmutziges. Doch immerhin hatte auch er eine klare Aufgabe, und seine Waren von einem Ort zum anderen zu bringen, war weder einfach noch ungefährlich. Schließlich drohte ihm jederzeit, dass Waren verdarben oder gestohlen wurden. Dieses Risiko und die damit verbundene Mühe und Sorgfalt berechtigten ihn, die Waren zu einem höheren Preis zu verkaufen.

Niemand hatte gestern den Grafen gefragt, was seine von Gott vorgesehene Aufgabe auf Erden sei. Der Mönch und der Händler hätten das aufgrund des Standesunterschieds ohnehin nicht gewagt. Daher hätte ich ihn fragen müssen. Die Antwort konnte ich mir allerdings selbst geben. So über den Grafen nachdenkend, gelangte ich unweigerlich zu der Frage, was denn eigentlich meine Aufgabe und mein Platz auf Erden seien. Diese Frage hätte ich mir allerdings lieber nicht auf leeren Magen und mit Kopfschmerzen stellen sollen. War ich denn besser als der Graf? Gehörte ich nicht auf die Burg und hatte dafür zu sorgen, dass diese erhalten blieb? Wenn mein Vater nicht mehr lebte, würde ich der Burgherr und hätte sie zu verteidigen, die Bewohner zu versorgen und für Nachkommen zu sorgen. Es war eine klare Aufgabe. Aber war sie besser, wichtiger oder schwieriger als das, was ein Bäcker, Bauer oder Müller täglich zu tun hatte? Wenn ich es recht bedachte, waren das alles die falschen Kategorien. Ich musste die Frage anders stellen. Später wollte ich weiter darüber nachdenken. Ich stand auf und zog mich das erste Mal seit meiner Ankunft vollständig an. Es war ein schönes Gefühl, in trockene und warme Sachen zu steigen. Ich ging hinaus auf den Hof. Aus dem Augenwinkel sah ich, dass der Graf bereits wach war und mich von seine Schlafecke aus beobachtete.

Nachdem ich im Stall nach Suri gesehen hatte, begab ich mich hinunter zum Fluss. Die Luft war nach dem tagelangen Regen so feucht, dass schwerer dichter Nebel über dem Wasser und den angrenzenden Feldern hing. Der Fluss war erstaunlich breit und es war kaum möglich, unter den Nebelschwaden die andere Seite des Ufers zu erkennen. Schnell und kraftvoll floss das Wasser dahin, auf dem zahlreiche Äste und feineres Treibholz schwammen. Schwer vorstellbar, dass der Fährmann schon heute übersetzen würde. Auf den Fluss blickend, dachte ich an die Geschichte des Mönchs und wie es sein musste, sein Elternhaus über Nacht zu verlieren. Der Gedanke, auf solche Art Burg Rackenstein verschwinden zu sehen, war mir unvorstellbar und ließ mich erschauern. Während ich mich fragte, warum der Verlust von Dingen, die man liebte, zum Leben gehörte, spürte ich, wie mir Tränen in die Augen traten. Da hörte ich hinter mir Schritte. Ich drehte mich um und sah, wie die Frau des Fährmanns und ihr Sohn auf mich zukamen. Rasch wischte ich mir mit dem Handrücken die Tränen aus dem Gesicht und nickte beiden freundlich zu. Erstmals hatte ich nun Gelegenheit, die Frau bei Tageslicht zu betrachten. Sie hatte eine aufrechte Haltung und einen kräftigen Körper. In einer Hand hielt sie einen leeren Futterkorb, den sie neben sich abstellte. Ihre Haut war makellos glatt und weiß. Im Profil entdeckte ich ein leichtes Doppelkinn, welches ihr ausgezeichnet stand und mich an eines der Madonnenbilder in unserer Stadtkirche erinnerte.

Die braunen Augen strahlten eine leicht entrückte, weltabgewandte Wärme aus, die so gar nicht zu ihrer praktischen Art und ihrem Leben im steten Kontakt mit fremden Reisenden passen wollte. Der Junge hatte bis auf die sehr helle Haut wenig Ähnlichkeit mit ihr und kam ganz nach seinem Vater.

Wie bereits im Haus, rutschten der Frau erneut einige Haarsträhnen aus der Haube. Es gefiel mir, wie sie das Haar verlegen und zugleich routiniert wieder unter die Haube schob. Ihre Haare erinnerten mich mit ihrem hellbraunen Glanz an das Fell von Rehen. Gern hätte ich auch ihre Arme im Tageslicht betrachtet, doch trug sie einen Umhang. Keinesfalls wollte ich das Gespräch mit einer Bemerkung zum Wetter beginnen, obwohl sich dies nach dem Ende des tagelangen Regens ja irgendwie anbot. Um Zeit zu gewinnen, drehte ich mich etwas zur Seite, blickte auf den Fluss und fragte sie endlich, wann ihr Mann denn wohl wieder mit seiner Fähre über den Fluss fahren würde. Sie lächelte mit einem, wie mir schien, leicht spöttischem Zug, bevor sie antwortete, dass sie das auch nicht wisse. Ich möge ihn am besten selber fragen. Ihre Antwort und der Klang ihrer Stimme machten mich noch unsicherer und ich begann zu schwitzen, obwohl die morgendliche Luft noch immer kühl war.

Verlegen schaute ich auf den feuchten Boden und trat von einem Bein aufs andere. Schließlich wusste ich mir nicht anders zu helfen, als doch über das Wetter zu reden, und sagte mit möglichst ruhiger Stimme, ohne mein Zittern ganz verbergen zu können: „Schön, dass es nicht mehr regnet." Die Frau deutete ein Nicken an. Ich hoffte, dass sie noch ein, zwei ebenso belanglose Dinge sagen und dann weitergehen würde. Doch sie blickte mich prüfend an und sagte: „Mein Sohn hat mir von eurer Mutter erzählt. Er sagt, sie wurde *entführt*!"

Ich wendete mich zur Seite, schaute auf den Fluss und wünschte, dass der Nebel mich verschlingen würde. Die Frau lief im Halbkreis um mich herum, legte mir ihre Hand auf die Schulter, blickte mir mit einem mütterlich-mitleidigen Blick in die Augen und sagte: „Ihr müsst nicht davon sprechen, wenn es Euch bedrückt. Aber vielleicht kann ich helfen."

Die Hand der Fährfrau auf meiner Schulter hatte nicht den von ihr gewünschten Effekt. Statt mich zu beruhigen, wirkte die Berührung wie ein Peitschenschlag. Zwar zuckte ich nicht zusammen, spürte jedoch noch schneller Hitze in mir aufsteigen. Die Berührung verstieß nicht nur gegen alle Konventionen, sie kam auch gänzlich unerwartet. Fast schien sie zu erwarten, dass ich meinen Kopf an ihren Busen legen und weinend den Verlust meiner Mutter beklagen würde. Ich versuchte, meine Fassung zu bewahren, wusste allerdings weder, was ich erwidern, noch wo ich hinsehen sollte. Mein Blick landete immer wieder bei ihrem Sohn, der mich kühl und neugierig musterte.

Wie gern hätte ich meinen Kopf an ihre Schulter gelehnt und meinen Gefühlen freien Lauf gelassen! Aber was waren das denn überhaupt für Gefühle? Ich wusste es nicht und ahnte nur, dass es nicht der Verlust meiner Mutter war, der mir die Tränen in die Augen trieb. Vielmehr verbarg sich dahinter ein größeres, schwerer greifbares Gefühl; ein Gefühl von Einsamkeit und Überforderung, von Leere und Angst, von Zweifeln und Unsicherheit. Wie konnte ich der Frau des Fährmanns davon erzählen, wenn ich es doch selbst kaum benennen konnte? So blickte ich in den Nebel, schwieg und ließ sie in dem Glauben, dass mein Kummer nur im Verschwinden meiner Mutter begründet war.

Noch immer musterte mich der Sohn. Er schien über etwas nachzudenken und ich erwartete jeden Moment eine seiner seltsamen Fragen. Lange musste ich nicht warten: „Gibt es auch nette Entführer, Herr Ritter?" Ich schaute kurz und möglichst unauffällig auf das hübsche Doppelkinn der Frau und dann in die für meinen Geschmack ein wenig zu selbstbewussten Augen des Knaben, bevor ich antwortete:

„Jemanden zu entführen ist jedenfalls nicht nett." Er kratzte sich mit der Hand am Kopf, bevor er erwiderte: „Aber was, wenn eure Mutter gar nichts gegen die Entführung hatte?" Wenn ich mit dem Jungen allein gewesen wäre, hätte ich seine Frage vermutlich ignoriert und wäre einfach meiner Wege gegangen. So aber spürte ich nicht nur seinen, sondern auch den fragenden Blick seiner Mutter auf mir ruhen. Vermutlich müsste ich seine Frage als Beleidigung auffassen, zuckte jedoch nur mit den Schultern und antwortete: „Ich weiß es nicht. Obwohl ich meine Suche gerade erst begonnen habe, bin ich bereits an dem Punkt, wo ich nicht mehr weiß, was ich überhaupt glauben soll. Mit jedem weiteren Tag erscheint mir ihr Verschwinden seltsamer und schwerer zu erklären."

Ich hoffte, dass das Gespräch damit beendet sein würde und wollte gerade zurück zum Haus gehen, als der Junge fortfuhr: „Warum habt Ihr *mich* noch nicht nach eurer Mutter gefragt? Wer über den Fluss will, muss bei uns übersetzen." Dabei musterte er mich noch eindringlicher; seine Augen schienen mir plötzlich heller zu werden und ich überlegte, an wessen Augen mich dieses Leuchten erinnerte. Offenbar hatte ich ein wenig zu lange nachgedacht, denn er wiederholte seine Frage, nur diesmal etwas lauter und ungeduldiger: „Warum habt Ihr mich noch nicht nach eurer Mutter gefragt?"

Was konnte ich ihm darauf antworten? Dass ich ihn nicht ernst genug genommen hatte oder dass ich keine brauchbaren Hinweise von einem Kind erwartete? Die Situation erschien mir so merkwürdig, dass ich nun am liebsten tatsächlich meinen Kopf auf die Schulter der Fährfrau gelegt hätte. Diese hatte jedoch längst wieder ihre Hand von meiner

Schulter genommen und sich zwei Schritte von mir entfernt. Sie schien meine Verunsicherung zu spüren und sagte mit auffallend leiser Stimme, ja geradezu flüsternd: „Mich hättet Ihr ebenfalls fragen können. Denn ich glaube, dass sie bei uns übernachtet hat, bevor mein Mann sie über den Fluss gebracht hat. Sie ist eine schöne Frau und sieht Euch durchaus ähnlich.“

Unbewusst begann nun auch ich zu flüstern: „War sie in Begleitung?“

Es folgte eine etwas zu langes Schweigen, bevor sie erwiderte: „Ja.“

Mechanisch fragte ich: „Mit wem?“

Und immer noch flüsternd antwortete sie: „Mit drei Männern.“

Ich fühlte mich erschöpft und wollte gern zurück ins Wirtshaus und frühstücken. Stattdessen fragte ich immer noch flüsternd: „Wie sahen die Männer denn aus?“

Die Frau nickte und ich wusste, dass ich die richtige Frage gestellt hatte.

„Eine merkwürdige Reisegesellschaft war das. So merkwürdig, dass ich sie von Anfang an genauer beobachtete. Daher kann ich Euch die Leute durchaus gut beschreiben. Wenn ich etwas vergesse, dann wird Ludwig sicher ergänzen.“ Dabei strich sie ihrem Sohn zärtlich durchs Haar und ich spürte, wie ich eine Gänsehaut bekam. Ich stellte mir vor, wie sie mir ebenso über den Kopf streichen würde. Instinktiv ging ich einen halben Schritt näher auf sie zu und lehnte meinen Kopf etwas in ihre Richtung. Sie ignorierte meine Bewegung und fuhr fort: „Von den drei Männern, die eure Mutter begleiteten, stach einer heraus. Er war den anderen in Rang und Würde weit überlegen und eindeutig ein hoher Edelmann. Die anderen wirkten jedoch nicht wie seine Diener. Genauso wenig wie sie mir als Gefangene erschien. Ich zögere fast, es zu sagen, aber sie wirkte ganz im Gegenteil durchaus fröhlich und bewegte sich bei uns frei und ohne sichtbare Einschränkungen. Daher war ich auch so erstaunt, als mein Sohn von einer möglichen Entführung sprach. Womöglich irre ich, und bei der Frau handelte es sich gar nicht um eure Mutter. Auch wenn die Ähnlichkeit frappierend ist. Wärt Ihr so freundlich, sie genauer zu beschreiben?"

Ich folgte der Bitte der Frau und noch während ich Gesicht und Statur zu beschreiben versuchte, sah ich an dem Nicken der Frau, dass es sich zweifelsfrei um meine Mutter gehandelt hatte. Ich spürte kein Verlangen, in Gegenwart der beiden meine Zweifel am Handeln meiner Mutter zu vertiefen. Daher lenkte ich das Gespräch erneut auf die drei Männer und bat, mir diese näher zu beschreiben. Die Frau entschuldigte sich, dass sie davon abgekommen sei: "Also, dieser hohe Herr, sicher von einem alten Adelsgeschlecht, hatte eine ganz besonderes Auftreten. Ganz anders als dieser sich so wichtig nehmende Graf, der jetzt da hinten im Hause ist. Er war um Einiges älter als eure Mutter, aber alles an ihm wirkte äußerst gepflegt. Seine Haltung und seine Bewegungen waren die eines jungen Mannes. Nur die feinen Falten in seinem Gesicht verrieten sein Alter."

Sie errötete leicht, bevor sie fortfuhr:

"Sein lockiges und kräftiges Haupthaar trug er ungewöhnlich lang. Seine Kleidung war von auffallender Schlichtheit und doch größter Eleganz. Wenn ich mich recht erinnere, schien er eine Vorliebe für Grautöne zu besitzen. Er war von ausgesuchter Höflichkeit und trat so still und bescheiden auf, wie es nur wahrhaft edle Menschen tun; Menschen, die so sehr in sich ruhen, dass sie keinerlei Bestätigung durch andere benötigen.“

Ich zeigte mich beeindruckt von der Eloquenz und guten Beobachtungsgabe der Fährfrau. Sie lächelte geschmeichelt, bevor sie die Sprache auf die beiden anderen Männer brachte.

„Seine Begleiter sind schwerer zu beschreiben. Sie trugen Kleidung aus gutem, aber schlichten Tuch, fast ohne jede Verzierung. Es könnte sich ebenfalls um Adlige, aber ebenso um wohlhabende Händler handeln. Ihr hättet ihre Kleidung sicher besser als ich deuten können, junger Herr. Auffallend war auch bei ihnen die ruhige, freundliche Art. Sie trugen ihre Wünsche fast immer mit leiser Stimme und in großer Bescheidenheit vor. Stets lobten sie unsere Speisen und unser Bier. Beide waren wesentlich jünger als der andere Mann und auch jünger als eure Mutter. Sie waren stets zusammen und nie sah ich einen der zwei Männer ohne den anderen.“ Sie blicke ihren Sohn an und fragte, ob er noch etwas ergänzen wollte. Dieser verneinte und so bat sie, ich möge sie nun doch entschuldigen, denn sie müsse noch Futter für die Tiere sammeln und dann würden die reisenden Herrschaften ja auch gewiss bald ihr Frühstück erwarten. Ohne eine Antwort von mir abzuwarten, nahm sie den Futterkorb und ging weiter hinunter zum Fluss. Ich blieb mit ihrem Sohn zurück und sah ihr beim Graszupfen zu. Gedankenverloren streichelte ich dem Knaben über den Kopf und fühlte mich beim Berühren seiner Haare so, als ob ich damit auch seine Mutter berührte.

Als ich bereits auf dem Weg zurück zum Haus war, rief mir der Junge hinterher, dass ihm doch noch etwas eingefallen sei. Ich blieb stehen und beobachtete, wie er ganz ohne Eile langsam auf mich zukam, während im Hintergrund seine Mutter noch immer Futter pflückte. Er war auffallend klein und feingliedrig, ohne schwächlich zu wirken.

„Was ist dir denn noch eingefallen?"

„Ich habe ein Gespräch eurer Mutter mit einem der Männer gehört. Sie hat gefragt, wie weit es noch bis zu ihrem Ziel sei, und der Mann meinte, noch drei bis vier Tagesreisen. Und dann haben sie immer wieder von „Schattogri" gesprochen. Ich weiß nicht, was das ist, aber der Name fiel mehrmals."

„Schattogri??? Das klingt wie ein Ort in einem fernen Land."

„In drei bis vier Tagesreisen kommt man aber nicht in ein fernes Land, oder?"

„Wahrscheinlich nicht."

„Ihr habt mir übrigens noch gar nicht gesagt, wie eure Mutter eigentlich heißt. Ist es nicht wichtig, den Namen einer vermissten Person zu wissen?"

Der Junge irritierte mich zunehmend. Ich wusste, dass er mir nur bei meiner Suche helfen wollte und dass seine Hinweise durchaus wichtig waren. Er war aufgeweckt und nicht auf den Kopf gefallen und gewiss würde er später wie sein Vater ein guter Fährmann werden. Vorerst hatte ich jedoch genug von ihm.

„Sie heißt Franziska Freya von Rackenstein."

„Ja, der Name Franziska ist mehrmals gefallen."

Ich nickte, drehte mich um und ging zurück zum Haus. Auf halbem Weg blickte ich mich noch einmal um. Der Junge war inzwischen zu seiner Mutter gegangen und half ihr beim Pflücken. Trotz der Alltäglichkeit der Arbeit berührte mich das Bild der schönen Frau und des feingliedrigen Jungen, wie sie in gebeugter Haltung gemeinsam das Körbchen mit Gras füllten. Wie oft hatte ich gemeinsam mit Berta ebenso Jörg beim Futterholen geholfen!

Redlich wehrte ich mich gegen das aufkommende Gefühl der Wehmut. Noch nie war ich bisher so lange ohne meine Familie gewesen. Und bis zum Verschwinden meiner Mutter hatte ich, ohne alle Zweifel, stets das Gefühl, in einer glücklichen Familie zu leben. Nie hätte ich Dinge infrage gestellt. Meine Eltern stritten sich selten und waren immer gut zu uns Kindern. Und doch bekam ich allmählich das Gefühl, nicht alles über meine Eltern zu wissen. Was waren das für Männer, mit denen meine Mutter reiste? Woher kannten sie sich? Und wenn sie aus freien Stücken mit ihnen reiste, warum hatte sie uns nichts gesagt?

Mir wurde bewusst, wie wenig ich über sie wusste; vor allem über ihre Gefühle und Wünsche. War sie glücklich mit ihrem Leben auf unserer Burg? Oder träumte sie von einem anderen, besseren Leben? Nie hatten wir über diese Dinge geredet und ich wäre auch nie auf die Idee gekommen, sie zu fragen. Apfelbrötchen, ja! Nach Apfelbrötchen hatte ich sie gefragt, aber nicht nach ihren Träumen. Welcher Sohn tat das schon? Während ich weiter die Frau mit ihrem Sohn beim Graspflücken beobachtete, ahnte ich, dass auch die Frau eines Fährmanns Träume und Bedürfnisse haben konnte, von denen ihr Mann und ihr Sohn nichts wussten. Vermutlich hatte jeder Mensch Wünsche, die er niemandem anvertraute.

Die meisten Menschen legten sich allerdings nie Rechenschaft darüber ab und ließen es nicht zu, dass diese Wünsche jemals aus dem Dunkel jenseits des Bewusstseins ans Licht gelangten.

Dann gab es noch die bereits viel kleinere Gruppe jener Menschen, die sich dieser nur schwer erfüllbaren Bedürfnisse durchaus bewusst waren und sich damit in ganz unterschiedlicher Weise auseinandersetzen. Meist sah dies allerdings so aus, dass sie ihre Wünsche zu unterdrücken versuchten oder sich einen – zumeist kümmerlichen – Ersatz suchten.

Und schließlich blieben noch die Wenigen, die bereit waren, für die Erfüllung ihrer Wünsche *alles* zu tun. Womöglich gehörte meine Mutter zu dieser kleinen Gruppe. Welche Frau würde sonst ohne Abschiedsbrief ihren Mann und ihre Kinder zurücklassen, um irgendwo ein neues Leben zu beginnen?

Trotz der weiterhin rasch dahinfließenden Wassermassen erschien mir der Fluss nun weniger bedrohlich. Noch immer war das andere Ufer durch den Nebel nur vage zu erkennen. Und doch wirkte der Anblick friedlich und beruhigend auf mich. Der Graf hatte mir erzählt, dass die Bischofsstadt nur eine kurze Wegstrecke entfernt an einem Nebenarm des Flusses lag. Die Stadt war berühmt für ihre eindrucksvolle Kathedrale. Und vielleicht fanden sich dort auch weitere Spuren meiner Mutter.

3

Am nächsten Tag war das Wasser so weit zurückgegangen, dass der Fährmann seine Arbeit wieder aufnehmen konnte. Es passten immer nur zwei Reisende und zwei Pferde gleichzeitig auf die Fähre und ich hatte dem Grafen und dem Händler den Vortritt gelassen, sodass ich nun gemeinsam mit dem Mönch und meinem Pferd auf dem flachen hölzernen Boot übersetzte. Schweigend standen wir nebeneinander und blickten nach vorn auf das andere Ufer. Der Mönch reiste zu Fuß und hatte nur ein kleines Bündel über seine Schulter geworfen. Erst jetzt fiel mir auf, wie groß und kräftig er war. Dieser stämmige Körper wollte nicht recht zu seinem weichen, noch kindlichen Gesicht passen. Ich stellte mir vor, wie seltsam es war, dass er nie eine Frau und Kinder haben würde. Er würde über schlechtes Getreide schimpfen, mit Kennermiene die Qualität seines Mehls prüfen, mit seinen Klosterbrüdern zusammen singen und beten, ab und zu ein Glas Wein trinken und über seiner Arbeit alt werden. Doch nie würde er Liebe, Leidenschaft, Eifersucht, Enttäuschung und all die anderen Facetten einer zwischenmenschlichen Beziehung spüren. Es erschien mir wie ein Leben ohne Drama; ohne Höhe- und Tiefpunkte. Sicher konnte es trotzdem ein gutes Leben sein.

Ich musterte den Mönch von der Seite. Er schien meinen Blick zu spüren. Als sich unsere Blicke trafen, lächelte ich ihm zu. Er erwiderte das Lächeln und fast schien es mir, als ob er meine Gedanken erraten hätte und mir damit versicherte, dass es für ihn genau die richtige Entscheidung sei und er dafür gern auf alle Brankas dieser Welt verzichten würde.

Die Strömung des Flusses war nach dem Regen noch immer so stark, dass der Fährmann nur mit Mühe die Anlegestelle am anderen Ufer erreichte. Kräftig musste er sich gegen seine Holzstake stemmen. Er war klein und zierlich und führte die Fähre doch mit erstaunlicher Kraft. Obwohl es wie gestern ein kühler, nebliger Herbstmorgen war, trug er nur eine Wollweste und seine Arme waren nackt. Die sehnige und braungebrannt Haut schien fast lederartig. Unwillkürlich musste ich an die Arme seiner Frau denken.

Als ich mich von ihr verabschiedet hatte, konnte ich meine Verlegenheit nur schlecht verbergen. Ihr Blick war so direkt und selbstbewusst, dass ich diesem nur schwer standhalten konnte. Und wenn ich auf ihre schönen weißen Arme oder ihren wohlgeformten Ausschnitt blickte, wurde es noch schlimmer. So versuchte ich, meine Augen stattdessen auf ihre Haube zu richten, ohne dabei ihren Blick zu treffen. Ich bedankte mich für ihre gute Krankenpflege und das feine Essen. Gern hätte ich sie umarmt oder wenigstens berührt. Während ich weiterhin tapfer auf ihre Haube blickte und ihre Augen mied, fiel ihr wieder einmal eine Haarsträhne heraus. Diesmal versuchte sie gar nicht erst, diese wieder unter die Haube zu schieben.

Wir hatten nun das andere Ufer erreicht und der Fährmann befestigte schnell und geschickt die Fähre mit Seilen
an zwei Pfeilern. Vom Grafen und dem Händler war bereits
nichts mehr zu sehen. Der Mönch und ich verabschiedeten
uns vom Fährmann und betraten das andere Ufer. Es gab
nur einen Weg und es war klar, dass wir beide in dieselbe
Richtung mussten. Ich überlegte, ob es unhöflich sei, nun
einfach davonzureiten und nicht gemeinsam mit dem
Mönch zu Fuß zu gehen. Dieser schien einmal mehr meine
Gedanken zu erraten, denn er sagte, dass ich getrost losreiten solle. Er laufe gern allein und werde auch gleich noch
eine Gebetspause einlegen. Unsere Wege würden sich ohnehin bald trennen, denn das Kloster liege westlich der Stadt.
Wenn ich in der Nähe sei, würde er sich selbstverständlich
freuen, mich als Gast willkommen zu heißen – die Schlafkammern für Reisende seien durchaus anständig und die
gute Klosterküche weithin bekannt. Er wünsche mir viel Erfolg bei der Suche nach meiner Mutter und mit Gottes Hilfe
werde sich gewiss alles gut fügen. Ich schüttelte ihm dankend die Hand, die er für meinen Geschmack ein wenig zu
lange und fest drückte, saß auf und ritt davon.

Es war schön, im sanften Herbstlicht auf einem gut befestigten Weg dahinzureiten, der dank des vielen Regens nicht
einmal staubig war. Die Blätter der Bäume zeigten sich in
den prächtigsten Farben und schimmerten rötlich und golden. Die Luft war frisch und belebend und mein Herz klopfte
munter und fröhlich. Auch Suri schien nach den Tagen im
Regen und im Stall voller Lebensfreude und Kraft. Schon
bald sah ich in der Ferne die Spitze der Kathedrale und kurz
darauf die ersten Dächer der Bischofsstadt. Erwartungsfroh
trieb ich mein Pferd zur Eile und erreichte bereits zur

Mittagszeit das Stadttor. Die Glocken schlugen gerade zwölf Uhr und die zwei Torwächter ließen mich ohne Weiteres passieren.

Nie zuvor hatte ich eine so große und prächtige Stadt gesehen. Die schiere Menge an Menschen ließ mich wohlig erschauern. Kaum wusste ich, wohin ich zuerst blicken sollte, doch anders als bei der Frau des Fährmanns hatte ich keine Scheu, all die Menschen und ihre Gesichter aufmerksam zu mustern. Die Bewegungen der Stadtbewohner schienen mir schneller, freier und kühner als bei allen Menschen, die ich je zuvor gesehen hatte, und unsere Stadt in der Nähe der Burg wirkte auf mich im Vergleich winzig und unbedeutend. Es kam mir nun geradezu lächerlich vor, dass ich als Kind stets panische Angst hatte, mich dort zu verlaufen. Die zahllosen Gesichter, der Lärm und die betörende Mischung schlechter und guter Gerüche wirkten wie ein Rauschmittel auf mich und ich versuchte, inmitten dieser Reize nicht die Kontrolle über meine Sinne zu verlieren. Bewusst langsam und bedächtig lief ich mit Suri am Halfter durch die breiteren, für Pferde geeigneten Gassen.

Zuerst wollte ich mich nach einer anständigen Herberge umzusehen und dann nach Spuren meiner Mutter forschen. Vermutlich hatte auch sie hier übernachtet und trotz der Größe der Stadt gab es sicher nur zwei, drei Gasthäuser, die für sie und ihre Begleiter infrage kamen. Ich fragte einen älteren Mann, welches denn das beste Gasthaus der Stadt sei. Er musterte mich und mein Pferd mit einem Blick, der mich kurz erschaudern ließ, und antwortete, dass ich sicher im „Marktkrug" am besten aufgehoben sei. Dieser läge direkt dort vorn am Marktplatz. Ich dankte ihm und machte mich auf den Weg dorthin. Ich musste die Herberge nur kurz mustern, um mich zu entscheiden, dass ich *nicht* im „Markt-krug" übernachten würde. Stattdessen fragte ich nun eine der herumsitzenden Markfrauen, wo ich denn in der Stadt am besten übernachten könne, und obwohl wir nur wenige Schritte vom „Marktkrug" entfernt waren, empfahl sie mir das „Gasthaus zum Goldenen Fisch", gleich neben dem süd-lichen Stadttor. Ich fragte sie, was denn mit dem „Markt-krug" sei. Sie lachte kurz auf und antwortete, dass ich es ja gern versuchen könne. Gemeinsam sahen wir zur Tür der Herberge, aus der gerade zwei schwer betrunkene Männer taumelten. Der eine setzte sich gleich neben den Eingang, weil ihm seine Beine den Dienst versagten, und strich sich unbeholfen durch das Haar; der andere pinkelte keine zwei Schritte von ihm entfernt heftig schwankend gegen die Hauswand. Ich dankte der Frau für ihren Rat und machte mich auf den Weg.

Noch bevor ich das Gasthaus betrat, wusste ich, dass es die bessere Wahl sein würde. Der „Goldene Fisch" lag in ei-ner ruhigen Seitengasse direkt an der Stadtmauer und wirkte schlicht, sauber und freundlich. Über der Tür hing ein Holzschild mit einem Fisch, der zwar nicht golden war, aber doch von einer gewissen Meisterschaft des Künstlers zeugte. Direkt unter dem Türsturz saß ein Mädchen; offen-bar eine Bettlerin. Sie hatte hellblondes Haar und katzen-hafte grüne Augen. In ihrem blassen Gesicht lag etwas En-gelsgleiches. Trotz ihres schmutzigen und zerrissenen Kleides strahlte sie eine Würde und Erhabenheit aus, die mein Herz berührte. Ich gab ihr eine Silbermünze und bat sie, den Stallburschen für mein Pferd zu rufen.

*

Es war inzwischen später Nachmittag geworden und das rötliche Licht der Sonne und die länger werdenden Schatten verliehen den Häusern der Stadt ein warm-wohliges Aussehen. Lärm und Unruhe waren aus den Straßen verschwunden und alles erschien mir freundlicher und einladender als noch vor wenigen Stunden. Selbst der mir immer wieder in die Nase steigende Geruch von Kot und Unrat störte mich weniger. Nachdem ich mich im Gasthaus kurz ausgeruht hatte wollte mich nun in der Stadt umschauen. Zudem musste mein Jagdmesser geschärft werden. Der Wirt hatte mir den Weg zum Scherenschleifer beschrieben und so stand ich bald vor dessen Werkstatt. Diese lag in einer kleinen, unscheinbaren Gasse, doch war ich überrascht von ihrer Größe und Ausstattung. Die meisten mir bekannten Scherenschleifer boten ihre Dienste nur als fahrende Handwerker mit knurrendem Magen und unter freiem Himmel an. Offenbar war die Stadt groß und reich genug, um den Besitzer mit seinem Gewerbe gut zu ernähren.

Die Regale der Werkstatt waren aus gutem Holz und teilweise gar mit Verzierungen versehen. Das schräg einfallende Sonnenlicht ließ die fein säuberlich angeordneten Werkzeuge und Schleifsteine rötlich glänzen und ich war nicht sicher, ob es ebenfalls an der Sonne lag, dass auch Haar und Bart des Mannes rötlich-golden leuchteten. Der Handwerker war auffallend gut gekleidet und sein Leinenhemd vollkommen sauber.

Der Scherenschleifer betrachtete meinen Dolch mit seinen kleinen grauen Augen sorgfältig mit dem Blick eines Kenners. Er drehte und wendete ihn, hielt die Klinge gegen das Sonnenlicht und prüfte aufmerksam die in den Griff eingelassenen roten Edelsteine. Immer wieder nickte er anerkennend mit dem Kopf, ohne etwas zu sagen. So hatte ich Zeit, den Mann genauer zu betrachten. Dessen Hosen waren aus dunkelblauem feinen Hanftuch und dazu trug er rote Schuhe aus weichem Leder. Ich konnte meine Augen kaum von diesen Schuhen abwenden. Was war das für ein Scherenschleifer, der Schuhe wie ein König trug? Manches an ihm erinnerte mich an den Handschuhmacher aus meiner Stadt.

Der Schleifer legte den Dolch zur Seite und erklärte mir, dass Stahl und Griff von vorzüglicher Qualität seien, doch die Klinge offenbar hart beansprucht wurde. Er sehe hier einen feinen Haarriss und würde daher die Klinge gern etwas nachschmieden. Hinten auf dem Hof habe er eine kleine Schmiedewerkstatt. Morgen Nachmittag sollte der Dolch fertig sein. Er bemerkte meinen überraschten Blick, hatte ich doch damit gerechnet, dass das Schärfen in wenigen Minuten erledigt sei. Ohne dass ich etwas erwiderte, fuhr er fort: „Falls ihr nicht so viel Zeit habt, kann ich die Klinge auch nur schärfen. Jedoch solltet ihr euren Dolch dann nicht mehr allzu eifrig gebrauchen." Ich antwortete, dass ich nicht wüsste, ob ich morgen Nachmittag noch in der Stadt sei, und ein einfaches Schärfen würde mir vorerst genügen. Er nickte und ließ mit routinierten Bewegungen meinen Dolch über einen kleinen runden Schleifstein, den er mit dem in Fuß am Rotieren hielt, gleiten. Dabei fuhr er fort:

„Ich bin gern Scherenschleifer. Es ist ein ehrbares Handwerk. Auf den ersten Blick scheint es nicht so viele Fähigkeiten zu erfordern wie viele andere Handwerksberufe. Es gibt keinen Zunftzwang und jeder Mann mit einem Schleifstein kann sich Scherenschleifer nennen. Es sei dahingestellt, ob das recht ist oder nicht. Ich bin jedenfalls der Meinung, dass es eine Kunst ist, die genauso viel Übung verlangt wie ein Haus zu bauen, in das es nicht hereinregnet, oder einen Rock zu schneidern, in dem man sich gut bewegen kann und der länger als drei Winter hält. Nicht nur jeder Mensch, sondern auch jede Klinge ist schließlich anders."

Während ich ihm zuhörte, fiel mir neben der ungewöhnlichen Sauberkeit der Einrichtung ein Bild an der hinteren Wand auf. Es war ein kleines Ölgemälde in einem schönen Holzrahmen. Dargestellt war eine Madonna mit Kind. Im Hintergrund des Bildes sah ich eine liebliche Landschaft mit Reitern und Hunden. Alles erinnerte an eine Jagdszene. Ganz am rechten oberen Bildrand hatte der Maler eine Burg eingefügt, grau und düster, die nicht so recht zu der Madonna mit ihrer weißen Haut und der schönen Natur passen wollte. Doch hatte ich keine Zeit, mich näher mit dem Bild zu beschäftigen, denn der Scherenschleifer hatte sich bereits einem neuen Thema zugewendet:

„Ich sehe, dass ihr nicht von hier seid. Eure Kleidung ist gut, doch nicht verstaubt. Offenbar hat es viel geregnet. Ich sehe auch, dass eure Reise noch lange nicht zu Ende ist, sonst würdet ihr nicht zu mir kommen, um euren Dolch zu schärfen. Zugleich rechnet ihr damit, den Dolch noch zu gebrauchen. Das zeigt mir, dass ihr vermutlich keine Freunde oder Verwandten in der Nähe besucht. Und Kaufmann seid ihr ebenfalls nicht. Das alles geht mich selbstverständlich nichts an und ich sollte wohl nur euren feinen Dolch schleifen und euch weder mit Beobachtungen aufhalten noch mit Fragen belästigen. So sehr ich mein Handwerk liebe, so sehr interessiere ich mich eben auch für andere Dinge. Ich war nie verheiratet und habe keine Kinder. Ich habe auch niemanden, der einmal meine Werkstatt übernehmen wird. Das schmerzt mich jedoch alles nicht so sehr wie das Fehlen von Menschen, mit denen ich die Fragen des Lebens erörtern kann. Die Bischofsstadt ist groß und es leben hier zahlreiche Menschen, die lesen und schreiben können. Selbstständig denken können selbst diese nur in den seltensten Fällen. Den meisten von ihnen ist das Denken viel zu anstrengend. Lieber liegen sie am warmen Feuer und streichen sich über den vollen oder auch leeren Bauch. Von Zeit zu Zeit habe ich eine richtig feine Idee und ich erfreue mich daran. Doch dann werde ich traurig, weil ich sie mit niemandem teilen kann, und weil sie ohnehin kaum jemand verstehen würde. Und nach ein paar Wochen habe ich den klugen Gedanken dann wieder vergessen. So ist die schöne Idee genauso schnell weg, wie sie gekommen ist. Und darüber vergehen die Jahre und meine Kunden bringen mir jedes Jahr dieselben Messer, nur dass mit jedem Jahr der Stahl spröder, die Klingen dünner und die Menschen älter werden. Manche werden dabei weiser, andere dümmer.

Einst hatte ich einen Freund, mit dem ich über all die großen Fragen des Lebens vorzüglich reden konnte. Er war jede Woche hier bei mir in der Werkstatt und oft war ich auch bei ihm zu Gast. Doch nun ist er tot. Und mein Leben ist seitdem nicht mehr, wie es einmal war ... Ihr habt doch noch etwas Zeit, oder? Hier, kostet von meinem Wein! Es ist ein anständiger Wein.“

Während er mir einschenkte, fuhr er mit lauter werdender Stimme fort: „Junger Herr, spürt ihr manchmal auch so einen Zorn und wisst nicht genau, warum und gegen wen sich dieser Zorn eigentlich richtet? Ich glaube, es geht den meisten Menschen so, dass sie in sich derartige Gefühle spüren, ohne den Grund dafür benennen zu können.

Manch einer kennt vielleicht die Gründe. Und oftmals sind diese ja auch mehr als offensichtlich. Etwa wenn man ein Diener ist und von seinem Herrn gedemütigt wird oder wenn einen die eigene Frau nur noch mit Verachtung betrachtet. Doch die meisten Menschen wissen nicht einmal, woher ihr brennender Zorn kommt. Sie wenden sich dann vielleicht an Gott, trinken mehr Bier als ihnen guttut oder sie geben ihre Wut einfach weiter und schlagen ihre Kinder oder ihr Weib. So verschwinden allerdings weder Zorn noch Ursache. Ich spüre leider immer wieder dieses Gefühl. Ich spüre diese rasende Wut und wehre mich dagegen, denn ich will sie nicht zulassen. Das ist allerdings schwer; besonders nach dem Tod meines einzigen Freundes. Er ist an gebrochenem Herzen gestorben, denn vor einigen Jahren sind seine Frau und seine fast erwachsene Tochter gestorben. Wahrscheinlich an einer Fischvergiftung. Sie haben drei Tage schrecklich gelitten, dann waren sie tot. Fort für immer. Könnt ihr euch vorstellen, wie sich das anfühlt?"

Ich antwortete nicht und der Schleifer fuhr fort: „Er war danach nicht mehr derselbe. Sein Bart wurde grau und sein Blick leer. Er kam immer noch zu mir und wir haben geredet, doch es war nicht mehr wie zuvor. Er hat sich für nichts mehr interessiert und ich habe bemerkt, dass er mir die meiste Zeit nicht einmal mehr zuhörte. Seine Gedanken waren woanders. Letzten Winter ist er gestorben. Er war Kaufmann und hat mir viel Geld vererbt. Ich bin nun ein reicher Mann und müsste nie mehr in meiner Werkstatt stehen und eine Klinge über meinen Stein tanzen lassen. Stattdessen könnte ich mir von geschickten Händen meinen alten

Rücken massieren lassen und jeden Tag das zarteste Fleisch essen. Ich könnte leben wie ein König." Ich blickte erst in seine kleinen grauen Augen und dann auf seine roten Schuhe. Ich wollte etwas erwidern, doch er fuhr bereits fort: „Jeder Mensch braucht im Leben eine Aufgabe, ein Ziel. Ich bin gut darin, Messer zu schärfen, und ich werde das weiterhin tun. Ich könnte anfangen, noch ein anderes Handwerk zu erlernen, ein vermeintlich edleres, feineres. Doch ich bin alt. Und in meinem Herzen ist so viel Schmerz und Zorn, obwohl ich nun so viel Geld habe. Ohne meine Arbeit könnte ich nicht mehr leben. Könnt ihr verstehen, wie das ist? Wahrscheinlich nicht …"

Er wischte sich mit den Händen den vom Reden feucht gewordenen Mund ab, gab meinem Dolch den letzten Schliff, polierte schließlich noch die Klinge mit einem Tuch und überreichte mir fast feierlich meinen Dolch. Sein Bart schien mir nun noch röter zu leuchten. Ich merkte, wie mir das hier langsam alles zu viel wurde und ich die Werkstatt schnell verlassen wollte. Ich kann mich nicht mehr erinnern, ob ich den Wein überhaupt gekostet und den Scherenschleifer bezahlt habe. Hastig verabschiedete ich mich und trat hinaus. Als ich durch die Gasse ging, hörte ich die Stimmen betrunkener Männer und das Lachen junger Mädchen. Beides erschien mir wie die Musik des Lebens. Der Werkstatt und ihrem traurigen Inhaber entkommen, fühlte ich mich wie befreit. In ungewöhnlich fröhlicher Stimmung lauschte ich den Geräuschen der Stadt und lenkte meine Schritte wieder Richtung Marktplatz.

*

Ohne die Marktfrauen und einkaufenden Dienstmägde wirkte der Platz verändert. Er erschien mir größer und zugleich weniger ansprechend. Das Abendlicht hüllte den Marktplatz in ein rötlich-oranges Licht. Wo vorhin noch Frauen ihre Einkäufe getätigt und geplaudert hatten, saßen nun Männer in kleinen Gruppen zusammen. Ihre tiefen Stimmen wirkten auf mich beruhigend. Vor der Markschenke sah ich eine größere Ansammlung von Männern. Einer von ihnen stach aus der Menge heraus, zum einen durch seine Körpergröße, überragte er doch alle anderen um einen Kopf, zum anderen durch seine Stimme, die mächtig über den Platz hallte, sodass ich ohne Mühe jedes seiner Worte verstehen konnte. Er stritt sich mit einem anderen Mann. Offenbar ging es um Geld, welches dieser dem großen Mann schuldete. Die meisten der Zuschauer hielten Bierkrüge in der Hand, waren betrunken und hatten offenbar Freude an dem Schauspiel. Ihre Kommentare waren für mich jedoch nicht zu verstehen. Ich setzte mich an den Rand eines Brunnens und spürte, wie ein wohliges Gefühl in mir aufstieg; fühlte eine geradezu zärtliche Freude beim Beobachten dieses Streits, der jeden Moment in einer Prügelei enden konnte.

Menschen waren doch merkwürdige Wesen. Die meisten brauchten die Gemeinschaft und konnten die Einsamkeit nicht ertragen und zugleich war ihr Leben voller Streit und Konflikte. Und dann all die Gefühle: Liebe und Zorn, wie bei dem Schleifer. Wo kam das alles her? Und wozu? Womöglich hatte der junge Mönch doch die richtige Entscheidung gefällt! Doch ich hatte keine Zeit weiter darüber nachzudenken, wollte ich doch im „Marktkrug" nach meiner Mutter fragen.

Beim Aufstehen entdeckte ich einige neben dem Brunnenrand liegende Fischköpfe. Wahrscheinlich hatte ein Fischhändler sie hier abgeschnitten und liegengelassen. Die inzwischen matten Fischaugen blickten ins Nichts, doch die Schuppen der Tiere glänzten silbrig im Abendlicht, ganz so, als wollten sie noch ein wenig an diesem Leben teilhaben. Ob Fische wohl auch Liebe und Zorn empfinden konnten?

Der Streit der beiden Männer war in der Zwischenzeit tatsächlich weiter eskaliert und der große Mann kniete nun auf dem kleineren und schlug hart auf ihn ein. Die umstehenden Männer betrachteten den Kampf neugierig, ohne einzugreifen. Ich fragte mich, ob der Unterlegene keine Freunde hatte, denn niemand schien ihm helfen zu wollen. Oder hatten alle nur Angst vor dem Stärkeren?

Ich ging an den Prügelnden vorbei und trat in die Gaststube. Zwar war ich noch immer guter Dinge, doch hatten die abgeschnittenen Fischköpfe und die Schlägerei meine Stimmung bereits wieder gedämpft.

Drinnen war es dunkel. Während sich meine Augen an die Dunkelheit gewöhnten, dachte ich kurz an Brankas Großvater. Im Gegensatz zu dessen dunkler Stube roch es hier nicht nach Ziege, sondern nach Bier. Nur zwei Männer saßen an einem der vier großen Tische. Sie unterhielten sich leise, aber angeregt, und aßen dabei. Der Braten sah gut aus. Die anderen Gäste waren offenbar nach draußen gegangen, um sich an der Prügelei zu ergötzen. Mit den wenigen Gästen wirkte die Stube trostlos. Sicher war sie mit voll besetzten Tischen gemütlicher. Der Tresen war verlassen und ich konnte weder den Wirt noch sonst einen Hausangestellten entdecken. Neben dem Tresen befand sich eine Tür und ich überlegte, ob ich dort anklopfen sollte. Allerdings konnte ich mir nicht vorstellen, dass meine Mutter in dieser Gaststube auch nur einen Moment freiwillig verweilt hätte. Ich blickte noch einmal zu den zwei einzigen Gästen, hatte jedoch keine Lust diese anzusprechen und entschied mich, diese Spur abzuhaken, drehte mich um und trat wieder hinaus auf den Marktplatz. Das Abendlicht erschien mir nach der dunklen Schenke wärmer und wohliger. Noch gegen die Helligkeit der tiefstehenden Sonne blinzelnd, bemerkte ich, dass die zwei Streitenden sich versöhnt hatten. Sie saßen erschöpft nebeneinander. Der kräftige Mann rieb sich die offenbar schmerzenden Fäuste, während der Andere mit verquollenem Gesicht und blutender Nase neben ihm saß. Die um sie herumstehende Menge schien zufrieden mit dem Ausgang. Die Stimmung war fröhlich, ja fast feierlich. Mich hingegen widerte die Szenerie an und ich wollte möglichst schnell weg von hier. In mein Gasthaus wollte ich jedoch noch nicht und so lief ich über den Marktplatz in Richtung der Kathedrale. Bisher hatte ich diese nur flüchtig betrachtet. Nun, da ich direkt davorstand, wurde mir die Größe erst so recht bewusst. Ein vergleichbares Bauwerk hatte ich noch nie gesehen und die Kirche in unserer Stadt erschien mir dagegen klein und unbedeutend. Allein die fein gearbeiteten Figuren über dem Eingangsportal ließen mich vor der Kunstfertigkeit der daran tätigen Meister ehrfürchtig erschauern.

Zwei Mal umrundete ich die Kathedrale, um mich mit ihrer Form und Größe vertraut zu machen. Noch immer war ich so überwältigt, dass ich es nicht wagte, einzutreten. Und so lief ich noch ein drittes Mal an der im Abendlicht liegenden Westseite entlang, als mir eine Figurengruppe über einem der kleineren Seitenportale auffiel. In der Mitte befand sich eine Frauenfigur, um die sich ein Engel und der Teufel zu streiten schienen. Alle drei blickten erstaunlich gelassen auf mich herab. So als ob dieser Streit schon tausend Jahre währte und noch weitere tausend Jahre dauern würde, ohne dass es je einen Gewinner gäbe. Die Abendsonne fiel warm auf das Gesicht des Engels, während das Gesicht des Teufels verdunkelt im Schatten eines Giebels blieb. Wenn das vom Künstler so beabsichtigt war, war es eine feine Idee. So wie die Idee, den Engel in eleganten Kleidern und den Teufel in einem groben und unförmig erscheinenden Kostüm darzustellen. Die Figur zwischen Teufel und Engel erinnerte mich an meine Mutter. Ich hatte mir den Teufel vor meiner Reise immer als eleganten Verführer vorgestellt und nicht als plumpen Bösewicht, der im Dunkeln sein Unwesen treibt. Inzwischen glaubte ich, dass der Teufel in jeder Gestalt erscheinen konnte und niemandem das Böse ins Gesicht geschrieben stand. War das bereits eine Erkenntnis meiner Reise?

Und trotzdem: Wenn ich einen Teufel modellieren oder malen müsste, würde ich ihn in elegante Kleidung hüllen und die Hörner unter einem feinen Hut verstecken. Dann würde zwar nur ich allein wissen, dass es sich um den Bösen handelte. Aber: Der Teufel hatte für mich elegant zu sein und keine Lumpen zu tragen.

Noch einmal ging ich zu dem Brunnen auf dem Marktplatz. Die Fischköpfe waren inzwischen verschwunden. Vermutlich hatte jemand sie mitgenommen, um daraus noch eine Suppe zu kochen. Jörg hatte die Köpfe auch stets in Fischsuppen mitgekocht und erst vor dem Servieren herausgefischt. Herausgefischt ... das Wort passte doch wirklich ganz vorzüglich. Herausgefischt. Was würde das wohl auf Latein heißen? Fisch hieß *piscis*. Dann hieß Fischen *piscatio.* Heraus hieß *ex* und herausholen hieß *exire.* Bei „herausfischen" war ich mir unsicher. *Piscis, piscatio ... piscari* oder einfach *extracta?* Gern hätte ich Bruder Matthias gefragt. Er liebte solche Fragen.

Seit dem Frühstück beim Fährmann hatte ich nichts mehr gegessen. Die Verabschiedung von seiner Frau erschien mir unendlich lange her. Gern hätte ich jetzt ihr Gesicht berührt und ihr eine der herausfallenden Haarsträhnen unter ihre Haube geschoben. Ich erhob mich von der Brunnenmauer und wollte zurück zu meinem Gasthaus gehen, als mir ein Mann auffiel, der nur wenige Schritte von mir entfernt auf dem Markplatz stand und in den Himmel blickte. Unwillkürlich blickte ich in dieselbe Richtung und sah, wie sich ein noch blasser, aber beeindruckend großer Mond, dem noch zwei, drei Tage bis zum Vollmond fehlten, im noch nicht ganz dunklen Abendhimmel über dem Kirchturm zeigte.

Der Mann blickte so vertieft in den Himmel, dass ich ihn in Ruhe betrachten konnte. Er war groß und schlank. Vermutlich kaum älter als ich, wirkte er jedoch nicht wie ein junger Mann. Seine dunklen Augen lagen tief in den Augenhöhlen. Im Mondlicht sah er auffallend blass aus. Seine ganze Haltung erinnerte an einen älteren Mann und es schien ihm schwer zu fallen, den Kopf Richtung Nacken zu strecken. Unter seiner abgewetzten Mütze sah ich fettiges dunkles Haar. Gelegentlich wandte er seinen Blick vom Mond ab und blickte rasch und ängstlich zur Seite, ohne mich dabei wahrzunehmen. Diese Seitenblicke verliehen ihm etwas Scheues, Schreckhaftes und weckten meinen Beschützerinstinkt. Jedenfalls ging ich auf ihn zu, stellte mich direkt neben ihn und schaute ebenfalls den Mond an. Der

Mann warf mir von der Seite einen Blick zu, nickte kurz und sah dann wieder auf den Mond. Seine Gelassenheit überraschte mich, hätte ich doch aufgrund seiner schreckhaften Bewegungen eine andere Reaktion erwartet. Ungeniert musterte ich den Mann noch aufmerksamer. Seine Augen waren groß und sanft wie die eines Kindes. Trotz seiner hageren Züge war sein Mund voll und weich, und hatte etwas weibliches. Seine einfache Kleidung war die eines Handwerkers. Seine spannungslose Haltung strahlte melancholische Traurigkeit aus. Er wirkte wie jemand, der sich gehen ließ, weil er aufgegeben hatte, und ich konnte mir nur schwer vorstellen, dass er jemals herzhaft lachte.

So stand ich eine Weile neben ihm und beobachtete abwechselnd den Mond und ihn. Ich erinnerte mich an meine letzte Nacht vor meiner Abreise von der heimatlichen Burg, als ich betrunken aus meiner Schlafkammer auf den Mond blickte und mir diese damals recht bedeutend erscheinende Erkenntnis kam, mit der ich den Mann nun konfrontieren wollte. Ich räusperte mich und fragte ihn: „Ist euch eigentlich schon einmal aufgefallen, dass der Mond und Urin dieselbe Farbe haben?" Erstaunt wandte sich der Mann zu mir und musterte mich misstrauisch. Es dauerte eine Weile, bevor er antwortete: „So einen Mond wie meine Morgenpisse habe ich noch nie gesehen ... Was wollt ihr von mir? Ihr seid gekleidet wie ein Edelmann und sprecht einen ehrenwerten Tischler an wie eine Dirne im Badehaus. Wenn ihr glaubt, dass ihr mich für ein, zwei Silberstücke besudeln und benutzen könnt, habt ihr euch geirrt. Solltet ihr mich unsittlich berühren, rufe ich sofort um Hilfe! Der Nachtwächter wird ohnehin gleich auf dem Marktplatz erscheinen." Ich versicherte ihm, dass ich keinerlei unsittliche Absichten hätte.

Ich wollte zurück zum Gasthaus. Sicher würde die Küche bald schließen. Aber vorher wollte ich dem Tischler wenigstens noch zeigen, dass ich ein anständiger Junker war: „Verzeiht die Sache mit dem Urin. Das war nicht sehr klug von mir. Mir geht es gerade nicht so gut. Ich bin seit einer Woche unterwegs und suche meine Mutter. Sie ist vor einigen Monaten einfach so verschwunden." Der Tischler starrte mich mit seinen nun weit aufgerissenen tiefliegenden Augen an und rief aus: „Meine Frau ist ebenfalls spurlos verschwunden!"

Ich ahnte, dass ich mit dem Essen wohl noch etwas warten musste. Wir setzten uns auf den Rand des Brunnens, blickten auf die vom Mond beschienene Kathedrale und ich bat ihn, mir zu schildern, wie seine Frau verschwunden war.

Selbst im Mondlicht konnte ich erkennen, dass er leicht errötete. Ich hatte den Eindruck, dass er nicht gern davon erzählen wollte. Nach einigem Bitten begann er langsam und stockend zu erzählen: „Ich habe mir die Szene oft genug vor Augen geführt und könnte euch alles ganz genau erzählen. Doch je länger ich darüber nachdenke, scheint es mir gar nicht so wichtig, *wie* sie verschwunden ist. Viel wichtiger erscheint mir die Frage, *warum* sie verschwunden ist." Ich blickte vorsichtig ins Gesicht des Tischlers. Dieser blickte auf den Boden und fuhr fort: „Meine Frau Anna ist keine Schönheit. Wir haben weder Geld noch Besitz. Raub oder Entführung kommen daher für mich nicht infrage. In unserer Stadt gibt es dutzende schönere und wohlhabendere Frauen. Selbst in unserer Gasse wohnen Frauen, die sich anmutiger bewegen und eher die Blicke eines Fremden auf sich ziehen würden. Auch sonst ist nichts Besonderes an ihr. Sie kann weder besonders gut singen noch tanzen. Also, warum sie? Warum gerade sie?"

Ich blickte erst zum Tischler und dann auf die Kathedrale: „Das ist eine gute Frage; eine wirklich gute Frage. Meine Mutter ist ja ebenfalls einfach so und ganz überraschend am helllichten Tage verschwunden. Tausende Male habe ich mich seitdem gefragt, *wie* das geschehen konnte. Und ich habe mich natürlich ebenfalls gefragt, *warum*. Doch war dies nie ein nüchtern, rationales *Warum*, sondern immer eher vorwurfsvoll und emotional: *Warum* gerade meine Mutter? *Warum* gerade in meiner Familie? *Warum* wurde mir diese Prüfung auferlegt? *Warum* konnte ich es nicht verhindern? *Warum* hat Gott das geschehen lassen? Doch diese Art von Fragen bringt weder euch noch mich weiter und auch nicht eure Frau und meine Mutter zurück. Es ist euer nüchternes, kaltes *Warum,* das uns vielleicht einen Schritt weiterbringt. Wenn es wirklich böse Mächte wie die Nebelritter waren, könnten diese einfach auf eine günstige Gelegenheit warten und jeden Tag Mädchen im Wald beim Beerensammeln einfangen. Wenn sie nur die schönsten Mädchen wollten, könnten sie auf jedes Ernte- oder Weinfest gehen und gleich fünf Schönheiten auf einmal mitnehmen. Es muss etwas anderes sein, warum eure Anna und meine Mutter geraubt wurden. Darum erzählt mir doch bitte mehr von ihr. Vielleicht finden wir dann einen Grund und womöglich gar eine Antwort auf dieses *Warum.*"

Der Tischler nahm seine Mütze ab und fuhr sich durch die fettigen Haare. Während er weiterhin auf den Boden blickte antwortete er: „Ich heiße Peter und bin Tischler und Anna ist die Tochter des Gerbers. Kinder haben wir noch keine. Wir sind erst ein Jahr verheiratet." Dabei errötete er, um dann doch rasch fortzufahren: „In der Tischlerei hilft sie nicht. Das ist keine Frauenarbeit. Dafür hilft sie von Zeit zu Zeit dem Schneidermeister am Dom und ihrem Vater beim Färben der Felle und Leder. Was soll ich noch von ihr erzählen? Wir stritten uns selten. Sie hat ein gutes Herz. Jeder Bettler bekam einen Becher Wasser und eine Scheibe Brot von ihr.

Es war an einem Tag im Frühsommer. Ich holte Holz aus dem nahen Wäldchen und sie wollte zum Markt und dann das Essen zubereiten. Als ich zurückkam, war sie nicht da. Ich wartete bis zum Abend und dann fragte ich bei uns in der Gasse herum. Niemand hatte sie gesehen. Am nächsten Tag lief ich auf den Markt und befragte jede der Marktfrauen. Viele kannten meine Frau. Doch an diesem Tag hat keine von ihnen Anna gesehen. Seitdem fehlt jede Spur von ihr. Ich kann nicht wie ihr in anderen Städten nach ihr suchen und wüsste auch gar nicht, wo ich damit anfangen sollte. Meine Arbeit muss schließlich erledigt werden. Und so bleibt mir nur, für sie zu beten und zu hoffen, dass sie eines Tages wieder zurückkehrt.“

Ich bemerkte ein leichtes Zittern in seiner Stimme und erwiderte: „Ja, bei meiner Mutter war es ganz ähnlich. Allerdings wurde sie von Leuten gesehen. Es scheint ihr gut zu gehen und womöglich ist sie doch freiwillig fortgegangen. Vielleicht gilt das auch für eure Frau.“ Die Augen des Tischlers wirkten nun noch leerer und trauriger. Mit schleppender Stimme erwiderte er: „Natürlich habe ich selbst schon darüber nachgedacht, dass sie mit einem anderen Mann fortgegangen ist. Aber ich wüsste nicht, wer das sein sollte und wo sie einen anderen Mann kennengelernt haben könnte. Unsere Stadt mag groß erscheinen, doch unsere

Welt ist klein. Und in unseren Gassen gibt es keinen Mann, der ebenfalls verschwunden wäre. Ich will es nicht ausschließen, doch vorstellen kann ich es mir nicht."

Mein Magen knurrte, aber ich versuchte ihn zu ignorieren. In der Ferne hörte ich einige Betrunkene, die sicher auf dem Heimweg waren.

Peter fuhr fort: „Hier an dem Brunnen stand ich übrigens gern mit meiner Frau an den großen Feiertagen. Sie liebte es hier zu sein, wenn die adligen Herrschaften in ihren prachtvollen Kleidern nach der Messe aus der Kirche kamen. Ganz genau betrachtete sie dann immer die Kleider der feinen Damen, bewunderte die Stoffe und die Schneiderkunst. Dort hinten an der Ecke ist auch der Laden des Schneiders, bei dem sie gelegentlich ausgeholfen hat. Er ist sehr berühmt und Edelleute von weit her kommen zu ihm. Anna war eine gute Näherin und oft durfte sie sogar an besonders edlen Kleidern mitarbeiten. Sie hat sich dann immer vorgestellt, wie ihr Kleid von einer Edelfrau auf einem großen Fest getragen wurde und wie sie selbst wohl auf einem Ball in einem dieser Kleider aussehen würde." Ich hatte den Eindruck, dass der Tischler gern noch weiter mit mir geredet hätte, aber ich wünschte ihm viel Glück bei der Suche nach seiner Frau, verabschiedete mich und lief mit schnellen Schritten durch die dunkle und nun auch schlafende Stadt zurück zum Gasthaus.

Die Küche des Wirtshauses war, wie befürchtet, längst geschlossen und so ging ich missmutig und hungrig in mein Zimmer. Es war schwer genug, im Dunkeln den Weg zu finden, und ich stieß mir gleich zwei Mal das Knie. Ich war nicht zufrieden mit dem Tag und nicht zufrieden mit mir. Ich hatte das Gefühl, dass meine Suche planlos und von

Zufällen bestimmt war. Mein schmerzendes Knie reibend überlegte ich, was ich anders machen musste. Ausgehungert und müde wie ich war, rechnete ich nicht mit einer Eingebung, aber vielleicht fiel mir ja doch etwas ein. Bereits im Halbschlaf nahm ich mir vor, mich für die zukünftige Suche besser in meine Mutter hineinzuversetzen. So wollte ich morgen versuchen, die Stadt mit ihren Augen zu betrachten und so hoffentlich weitere Spuren von ihr finden. Der Plan schien mir gut und vielversprechend und so schlief ich zwar hungrig, aber doch zufrieden ein.

*

In der Nacht wurde ich durch rhythmische Geräusche und ein Wackeln der Wände geweckt. Zuerst fürchtete ich gar, das Gasthaus würde einstürzen, doch dann mischte sich in das rhythmische Wackeln ein animalisches Stöhnen, sodass ich zu ahnen begann, was in einem der anderen Gästezimmer gerade geschah. So lag ich in meinem Bett und lauschte abwechselnd auf die nicht enden wollenden Geräusche und meinen knurrenden Magen. Mit offenen Augen in die Dunkelheit starrend, dachte ich erst über meine Mutter und dann über den Weltuntergang nach. Meine Mutter wurde mir zunehmend rätselhafter und ich suchte noch einmal nach Änderungen in ihrem Verhalten vor ihrem Verschwinden. War sie schweigsamer als sonst oder wurden ihre Ausritte länger? Gab es Gelegenheiten, wo sie sich mit anderen Männern hätte treffen können? Keine dieser Fragen konnte ich mit einem klaren „Ja" beantworten. Wenn, dann hielt sie ihre Geheimnisse bestens verborgen und gab keinerlei Anlass für Misstrauen. So sehr ich auch suchte, fand ich keinerlei konkrete Anhaltspunkte. Berta war sicher die bessere Beobachterin, jedoch hatte auch sie in unseren zahlreichen Gesprächen nach dem Verschwinden immer wieder beteuert, dass sie nichts Derartiges bemerkt hatte. Ich ertappte mich dabei, meine Mutter mit der Frau des Tischlers zu vergleichen. Ohne seine Anne zu kennen, traute ich ihr sehr wohl zu, ihren Mann für einen Anderen zu verlassen und in einer anderen Stadt ein neues Leben zu beginnen, so schwierig und unwahrscheinlich ein solches Unterfangen auch war. Für meine Mutter erschien mir der Gedanke vollkommen unvorstellbar und ich merkte, wie mein Gehirn schon das Nachdenken darüber geradezu verweigerte. Daher dachte ich lieber über den Weltuntergang nach.

Bruder Matthias hatte oft und gern mit uns darüber geredet. Ja, es war geradezu eines seiner Lieblingsthemen. Wenn er mit uns darüber sprach, dann nie mit der Absicht, uns Angst zu machen, sondern ganz im Gegenteil, um uns zu beruhigen, dass dieser sicher nicht zu unseren Lebzeiten zu erwarten sei. Er hatte uns erklärt, dass der Mensch zwar Vieles dafür tue, um sich den Zorn Gottes und der Natur zuzuziehen, aber es sicher noch tausend Jahre dauern werde, bis es zum jüngsten Gericht käme. Und auch dann gäbe es keinen Grund für zu viel Angst, da Christus die Strafe ja bereits für uns und die gesamte Menschheit am Kreuz ertragen habe. Die Vorstellung der tausend Jahre bis zum Weltuntergang hatte Berta und mich zwar immer beruhigt und ich wusste, dass kein Mensch jemals so alt werden würde. Und doch bedrückte mich der Gedanke an die Endlichkeit aller Dinge.

Als Kind hatte ich oft nachts weinend im Bett gelegen, wenn ich mir vorstellte, dass Vater und Mutter irgendwann nicht mehr leben würden. Und ich wusste, dass es Berta genauso ging. Manchmal war ich dann in ihr Bett geschlüpft, wir nahmen uns gegenseitig in den Arm und trösteten uns. Ich konnte mich noch gut daran erinnern, wie wohl es mir tat, meine Tränen an Bertas festem Leinennachthemd abzuwischen. Der Stoff kratzte zwar immer in meinem Gesicht, gab mir mit seiner festen Struktur aber auch das Gefühl von Sicherheit. Der Gedanke an Tod und Vergänglichkeit war daher für mich stets auch mit der tröstenden Nähe von Berta und ihrem Nachthemd verbunden und wir versicherten uns an diesen Abenden immer wieder aufs Neue unter Tränen, dass wir nach dem Tod unserer Eltern immer füreinander da sein wollten.

Nun war ich getrennt von Berta und meiner Mutter und spürte, dass es nicht nur Verlust durch den Tod gab. Die Trennung von Berta war freiwillig und zeitlich begrenzt. Die Trennung von meiner Mutter war unfreiwillig, und ob ich sie jemals wiedersehen würde, war vollkommen ungewiss. Diese Trennung fühlte sich daher ganz anders an, so wie ein unangenehmes, beklemmendes Gefühl. Der Mensch liebte offenbar keine Ungewissheit.

Auf der anderen Seite machte die Endlichkeit des Lebens und die Ungewissheit, wann und wie unser Leben enden würde, unser Dasein ja auch so wertvoll. Weil jeder Mensch wusste, dass er nur eine sehr begrenzte Zeit auf Erden hatte, galt es, diese kurze Zeit als Kostbarkeit zu begreifen. Auch hier hatte Bruder Matthias uns gelehrt, uns nicht von der Welt abzuwenden, sondern unser Dasein mit dem Erwerb von Fähigkeiten und guten Taten möglichst reich zu gestalten. Erst jetzt fiel mir auf, dass dies eigentlich eine durchaus seltsame Lehre für einen Klosterbruder war. Galt es denn nicht als Klosterideal, ein weltabgewandtes Leben nur im

Dienst an Gott zu führen? Aber wir waren ja auch nur seine Schüler und keine Klosternovizen.

Wie anders musste das Leben sein, wenn man unsterblich wie die griechischen Götter war? Würde dann ein Faulpelz, der jetzt Dinge einige Wochen vor sich herschob, gleich ganze Jahre vertrödeln? Würde auch ich dann Aufgaben statt um einige Tage um ganze Monate verschieben? Zeus hätte tausend Jahre Zeit, seine Mutter wiederzufinden, und müsste keine Angst haben, dass er oder Rhea in der Zwischenzeit sterben würden.

Auf der anderen Seite waren Götter nicht nur unsterblich, sie veränderten sich auch nicht und lernten aus ihren Fehlern nichts dazu.

Aus dem Nebenzimmer hörte ich nun nur noch ein gleichmäßiges Schnarchen.

Ich überlegte noch, ob Zeus wohl auch den Weltuntergang überleben würden, dann schlief ich ein.

Meine Nachtruhe währte nicht lange, denn in den frühen Morgenstunden klopfte es an meine Tür. Das war vermutlich der Wirt, der wissen wollte, was er mir zum Frühstück servieren sollte. Rasch überlegte ich, worauf ich wohl Appetit hatte. Ich wollte wenigstens ein halbes Dutzend Eier, frisches Brot und einen Krug Milch bei ihm bestellen. Vielleicht auch etwas kalten Braten und Bier. Als ich aufstand und zur Tür ging, humpelte ich und mein Knie schmerzte. Ich versuchte mich zu erinnern warum. Ich öffnete in meinem Unterhemd die Tür und blickte hinaus. Vor mir stand in der Tat der Wirt. Doch er war nicht allein. Neben ihm stand der Tischler.

Vom einem zum anderen blickend fiel mir auf, dass ich gestern nicht nur kaum etwas gegessen, sondern auch fast

nichts getrunken hatte. Mein Mund war vollkommen ausge-
trocknet, sodass ich nicht sicher war, ob ich überhaupt einen
Ton herausbringen würde. Daher entschied ich mich, einfach zu warten, dass einer der beiden etwas sagen würde. Es
war nicht etwa der Wirt, sondern der Tischler, der zuerst
sprach:

„Verzeiht die frühe Störung, verehrter Herr. Ich habe die
ganze Nacht nicht geschlafen, sondern über unsere gestrige
Begegnung nachgedacht. Ich würde euch gern bei eurer Suche begleiten. Nicht nur weil ich hoffe, so auch meine Frau
zu finden. Nein, vor allem, weil ich glaube, dass ihr Schutz
und Hilfe benötigt. Das Alleinreisen ist gefährlich und sicher
seid ihr es nicht gewohnt, euch gegen Diebe und Wegelager
zu verteidigen. Ich habe bereits meinen Meister gefragt. Er
würde mir gestatten, einen Monat nach meiner Frau zu suchen. Dann muss ich wieder zurück sein. Denn im Winter
haben wir mehr zu tun als jetzt, wo das junge Holz noch
trocknen muss. Ich wäre euch daher sehr verbunden, wenn
ich euch begleiten dürfte, edler Herr. Ich heiße übrigens Peter.“

Ich wollte ihm antworten, dass er sich mir bereits gestern
vorgestellt hatte, ich seine Fürsorge sehr zu schätzen wisse,
jedoch lieber allein weiter nach meiner Mutter suchen
würde. Meine trockene Kehle brachte allerdings keinen Ton
heraus und ich nickte nur, immer noch verschlafen, vor
mich hin. Der Tischler und der Wirt schienen mein schwei-
gendes Nicken als Zustimmung zu deuten. Ganz gewiss gab
ich keine gute Figur ab, wie ich da in meinem Unterhemd
stehend sprachlos in der Tür stand und von einem zum anderen blickte. Jedenfalls schickten meine beiden Besucher
sich an, wieder zu gehen. Ich trat einen Schritt vor und

wollte den Wirt nach dem Frühstück befragen. Doch aus meinem Mund kam nur ein klägliches Krächzen, welches dieser bewusst oder unbewusst überhörte. Ich humpelte zurück ins Bett, starrte die Decke an und dachte nach: Nein, ich wollte nicht gemeinsam mit Peter weiterreisen!

*

Das Frühstück im „Goldenen Fisch" war nicht so gut wie beim Fährmann. Zwar bekam ich alles, was ich verlangte, doch nichts davon entsprach meinen Erwartungen: Die Eier waren zu lange auf der Pfanne, dem Brot fehlte es an Salz und es war so trocken, dass ich es ohne die Milch gar nicht herunterbekommen hätte. Die Milch selbst schien mir bereits einen säuerlichen Einschlag zu haben und ich ahnte bereits, was das für meine Verdauung bedeuten würde. Selbst das Wasser hatte einen merkwürdigen Beigeschmack. Bier wäre vermutlich die bessere Wahl gewesen. Trotz all dieser Mängel tat mir das Frühstück gut. Der Wirt brachte mir noch etwas kalten Braten. Dieser war anständig, wenngleich eine etwas kürzere Garzeit ihm sicher nicht geschadet hätte.

Neben mir am Tisch saß Peter. Ich hatte ihm angeboten, mitzuessen. Glücklicherweise hatte er abgelehnt, denn selbst nach dem Braten war ich noch immer nicht satt. Immerhin war ich nun wieder im Besitz meiner Kräfte und meiner Stimme. Da ich fast durchgehend den Mund voll hatte, konnten wir kaum miteinander reden. Das war mir nur recht so. Anfangs hatte er noch versucht, ein Gespräch zu beginnen, aber hatte rasch aufgegeben und mir schweigend beim Essen zugesehen. Ich wollte mich zwar ganz auf das Frühstück konzentrieren, ertappte mich allerdings immer wieder dabei, dass ich überlegte, ob es nicht doch vorteilhafter sei, meine Reise gemeinsam mit Peter fortzusetzen.

Während der Wirt die leeren Teller abtrug, fand ich endlich Gelegenheit, ihn zu meiner Mutter zu befragen. Ich erzählte ihm, wann sie eventuell hier gewesen sein könnte und wie sie aussah. Er wischte sich die Hände an seiner Schürze ab, dachte eine Weile nach und teilte mir dann mit, dass er sich an keine Frau erinnern könne, auf die die Beschreibung meiner Mutter zuträfe. Ganz sicher sei er sich allerdings nicht, denn gelegentlich hatte er durchaus größere Gesellschaften mit adligen Damen und ihren Kammermädchen hier bei sich zu Gast. An drei überwiegend grau gekleidete Edelmänner könne er sich ebenfalls nicht erinnern. Ich blickte Peter an und fragte ihn, was er davon halte und ob er glaube, dass das Verschwinden meiner Mutter und seiner Frau in einem Zusammenhang stand. Peter überlegte lange und antwortete dann: „Kann sein. Kann aber auch nicht sein." Mir wurde klar, dass ich nicht allzu viel Hoffnung auf seine kombinatorischen Fähigkeiten setzen sollte.

Frühstück und Braten lagen mir nun doch schwer im Magen. Ich blickte immer noch den Tischler an oder eher durch ihn hindurch und ich spürte, dass ich hier und jetzt keine Entscheidung fällen wollte. Von mir selbst überrascht, erhob ich mich abrupt, informierte den Wirt, dass ich eine weitere Nacht bleiben würde, sagte dem Tischler, dass ich etwas Bedenkzeit brauche, verließ eilig den Gastraum und ging hinaus, ohne mich umzublicken. Ich lief durch die Gassen der Stadt; nahm jedoch kaum etwas um mich herum wahr. Meine Schritte wurden schneller und schneller und ich wunderte mich, ob ich vor dem Tischler oder doch etwas anderem fortlief.

Am Marktplatz angekommen, verlangsamte ich meine Schritte. Obwohl es noch früh am Morgen war, hatten zahlreiche Marktweiber ihre Stände bereits aufgebaut. Andere waren gerade dabei, ihre Waren auszubreiten. Gern hätte ich mich wieder an den Brunnen gesetzt, doch herrschte dort ein dichtes Gedränge. So ging ich, noch immer atemlos vom schnellen Laufen, Richtung Kathedrale und setzte mich unweit des Hauptportals auf einen Stein. Der kräftige Schlag meines Herzens drang bis in meinen Kopf. Ich erinnerte mich an ein Gespräch mit Berta an unserem See. Wir hatten nach dem Schwimmen auf unserem Lieblingsfelsen gesessen und einen Grünspecht beobachtet. Eifrig hatte er, in gewohnter Manier, mit seinem Schnabel auf einen bereits toten Birkenstamm eingehackt. Wir hatten uns damals laut gefragt, ob Spechte auch Kopfschmerzen bekommen konnten.

Nach dem ausgiebigen Frühstück fühlte ich mich nicht in der Lage, sofort nach Spuren meiner Mutter zu suchen. Ich saß auf der Bank, den Blick auf die Kathedrale gerichtet. Im Gegensatz zu gestern konnte ich mich heute nicht auf die zahlreichen Details konzentrieren. Fast stumpfsinnig starrte ich auf den gewaltigen Bau. Noch immer hatte ich die Kathedrale nicht von innen gesehen, und nun stand mir auch nicht der Sinn danach. Ich versuchte an nichts zu denken. Das gelang mir nie länger als für drei, vier Atemzüge. Immer wieder tauchte Peter in meinen Gedanken auf. Und immer wieder versuchte ich, ihn aus meinem Kopf zu verscheuchen. Ich war mir inzwischen fast sicher, dass ich nicht mit ihm weiterreisen wollte. Er würde mir weder eine große

Hilfe noch ein geistreicher und unterhaltsamer Reisegefährte sein. Der Standesunterschied war mir egal, aber worüber konnte ich mich mit ihm unterhalten? Nein, nein, nein! Es passte mir nicht und ich würde ihm nachher absagen und morgen allein weiterreisen.

Mein gestriges Vorhaben, die Stadt mit den Augen meiner Mutter zu betrachten, kam mir wieder in den Sinn und ich überlegte, was wohl ihr Interesse fesseln würde. Auf dem Marktplatz sah ich keine Stände, die meine Mutter angezogen hätten. Es gab fast ausschließlich Lebensmittel. Einige Händler boten Tücher oder Holzpantinen an; aber nichts davon hätte meine Mutter gereizt. Gemächlich verließ ich den Platz und ging durch eine breitere Straße, die, wenn ich mich recht erinnerte, direkt auf das Stadttor zuführen musste. Die Stadt erschien mir heute bereits weniger groß und eindrucksvoll als noch bei meiner gestrigen Ankunft. Die zumeist schmalen Seitengassen hatten zuweilen etwas Bedrückendes und selbst die Hauptstraße erschien mir düster und stickig. Einige Frauen mit vollen Karren kamen mir entgegen; vermutlich verspätete Händlerinnen aus den umliegenden Dörfern, die ebenfalls ihre Waren auf dem Marktplatz verkaufen wollten. Keine hatte ein Pferd oder auch nur einen Esel; jede zog ihren schweren Karren selbst. Der Anblick der schwer atmenden, oftmals bereits älteren Bäuerinnen bedrückte mich. Hatten sie denn keine Männer oder Söhne, die ihnen dabei helfen konnten?

Schließlich gelangte ich an das nördliche Stadttor, dessen zwei Torwächter nebeneinandersitzend in der Herbstsonne dösten. Es waren andere Wärter als bei meiner gestrigen Ankunft. Nur vereinzelt passierten Neuankömmlinge zu dieser Tageszeit das Tor. Auf der Freifläche vor der Stadt sah ich einige Händlerinnen, die hier ihre Waren feilhielten. Ich kannte das auch von unserer Stadt. Diese Markplätze außerhalb der Stadt wurden zwar nicht gern gesehen, aber doch geduldet und selbst von den ehrbaren Städtern geschätzt und besucht. Hier konnte man zumeist all das kaufen, wofür die städtischen Marktplätze zu eng und ungeeignet waren: Hühner, Schafe, Schnitzwaren und Möbel. Ich entdeckte einen Stand mit Fellwaren. Da ich um die Liebe meiner Mutter für Felle wusste, näherte ich mich diesem. Kein Zimmer unserer Burg, das nicht großzügig mit Fellen ausgelegt war, und kaum ein Besuch in der Stadt, von dem meine Mutter nicht mit einigen neuen Pelzen zurückkehrte. Die Felle an dem Stand waren ordentlich über einfache Holzgestelle gelegt, die so hoch waren, dass ich zuerst keine Händlerin entdecken konnte.

Erst nach einigem Suchen erblickte ich inmitten ihrer Ware eine kleine, schon ältere Frau auf einem Schemel. Sie aß einen Apfel und schaute in den Himmel. Ich folgte ihrem Blick, doch konnte ich weder einen Vogel noch interessante Wolken entdecken. Die Frau hatte ein faltiges Gesicht und kurzes lockiges Haar, das nicht nur ob der Farbe wie ihre ausgelegte Ware aussah. Beim Betrachten der Felle überlegte ich, welches meiner Mutter wohl besonders gefallen würde. Sie hatte eine Vorliebe für braunes oder schwarzes Schafsfell, und neben den überwiegend hellen Pelzen entdeckte ich schließlich weiter hinten auch einige dunkle. Als ich mit meinen Fingern darüberstrich, musste ich an die heimatliche Burg denken. Was würden Berta und mein Vater wohl gerade tun? Wie ging es Jörg und Ubu? Und sah Ubus dichte Brustbehaarung nicht fast selbst wie eines dieser Felle aus? Mich überkam Sehnsucht und Heimweh, doch verscheuchte ich diese Gefühle und wandte mich an die Händlerin, lobte ihre feine Ware und fragte, ob sie sich an eine fremde adlige Dame erinnern könne, die sich vor einigen Wochen für ihre dunklen Felle interessiert hätte. Die Alte nickte und mein Herz begann schneller zu schlagen. Sie erhob sich von ihrem Schemel und kam auf mich zu: „Ja, mein Herr, so eine Dame war hier. Ist schon eine Weile her. War noch vor dem Sommer. Hat zwei schöne dunkle Felle gekauft. Kannte sich gut aus. Konnte ihr nichts erzählen. Wusste alles über Felle. Kennerin. Hatte ganz eure Augen. Schöne und vornehme Dame. Nicht sicher, ob sie glücklich oder unglücklich war. Vielleicht beides. War in Begleitung dreier Männer. Hatten kein Interesse an meiner schönen Ware. Mochte sie nicht. Kalte Augen. Einer von ihnen hat die Felle dann an seinen Sattel gebunden. Hat sich nicht geschickt dabei angestellt."

Vergebens versuchte ich, der Händlerin weitere Details zu meiner Mutter zu entlocken, aber sie schüttelte nur immer wieder den Kopf und sagte: „Feine Dame. Schöne Augen. Guter Geschmack. Feine Fellchen."

Schließlich gab ich auf und kaufte ihr, mehr aus Höflichkeit eine hübsche braune Fellmütze ab. Die Alte meinte zwar, dass dies eine Frauenmütze sei, aber das war mir egal. Als ich zurück durch das Stadttor ging, waren zwei Wächter gerade dabei, den Karren eines jungen Mädchens zu durchsuchen. Schüchtern stand dieses neben seinem Gefährt und sah zu, wie die beiden Männer grob und rücksichtslos seine Leinenhemden und Tücher inspizierten. Einige der Hemden fielen dabei in den Staub. Kurz trafen sich unsere Blicke. Gern hätte ich dem Mädchen geholfen, doch wagte ich nicht, mich ihm zu nähern.

*

Selbst mit einer Nacht Abstand fiel es mir schwer, das gestern von der Fährfrau Erfahrene zu begreifen. Immer wenn ich darüber nachdenken wollte, dass meine Mutter uns womöglich freiwillig verlassen hatte, schien mein Verstand die Arbeit zu verweigern – zu unerhört und abenteuerlich erschien mir dieser Gedanke, und mühevoll, ja, geradezu schmerzhaft, die Auseinandersetzung damit.

Peter hatte recht. Mit meinem Wissen von gestern war die Frage, *wie* meine Mutter verschwunden war, kaum noch relevant. Nun ging es vor allem darum, herauszufinden, *warum* sie diesen Schritt gewagt hatte. Seit gestern war aus einem vermeintlichen Verbrechen bzw. einer Entführung eine Flucht geworden. Meine Aufgabe war es nun, den Grund dafür zu finden.

Ich erinnerte mich an Bertas Worte am Vorabend meiner Abreise. Hatte sie nicht gesagt, dass das Verschwinden meiner Mutter weniger überraschend sei, als ich glaubte? Was hatte sie damit nur gemeint? Wusste sie mehr als ich? Wie schade, dass Berta nicht bei mir war. Wie gern hätte ich sie nun dazu befragt. Und warum hatte ich damals nicht nachgehakt? Wahrscheinlich hatte Berta recht. Ich war kein besonders guter Menschenbeobachter und je mehr ich darüber nachdachte, desto klarer wurde mir einmal mehr, wie wenig ich über meine Mutter wusste. Plötzlich erschien mir mein Plan, die Stadt mit den Augen meiner Mutter zu erkunden, geradezu kindisch und lächerlich. Auf der anderen Seite hatte ich so die Fellverkäuferin ausfindig gemacht und ein weiteres Lebenszeichen von ihr erhalten. Vielleicht war ich zu streng mit mir. Der Gedanke tröstete mich und ich ging mit frischem Mut und guter Dinge Richtung Marktplatz. Der Platz war voll mit Händlern und Käufern. Fast alle Marktbesucher waren Frauen; unter ihnen viele Mägde. Nur vor dem „Marktkrug" stand wieder eine kleine Gruppe älterer Männer, aber im Gegensatz zu gestern schien die Stimmung friedlich.

Ziellos strich ich über den Markt und versuchte noch einmal, mich in die Rolle meiner Mutter zu versetzen. Wenn sie keine Gefangene war und so wie ich frei über den Markt laufen konnte, wo würde sie sich hinbewegen? Ich blickte mich in alle Richtungen um, beobachtete das Marktgeschehen, begutachtete die einzelnen Stände und entdeckte am Rande es Markplatzes das Mädchen, dessen Ware von den Torwächtern untersucht worden war. Sie war gerade damit beschäftigt, eine freie Stelle zum Aufstellen ihres Karrens zu finden. Während sie suchend umherblickte, trafen sich unsere Blicke erneut. Ich fasste mir ein Herz und ging ich auf sie zu. Sie war fast so groß wie ich und schaute mir selbstbewusst entgegen. Die hellen blauen Augen schienen nicht ganz zu ihrer von der Sonne gebräunten dunklen Haut zu passen. Ihre Nase war von Sommersprossen umrandet, ihre Lippen waren voll und an einigen Stellen aufgesprungen. Ich fragte sie, ob ich ihr helfen könne, den Stand aufzubauen. Ganz ohne Scheu nahm sie mein Angebot an. Sie stellte sich als Mara vor. Ihre Stimme war erstaunlich tief und etwas heiser. Dieser leicht kratzige Unterton gefiel mir sehr. Da ich noch immer die vor dem Stadttor gekaufte Fellmütze in der Hand hatte, wusste ich nichts Besseres damit anzufangen, als sie mir auf den Kopf zu setzen. Sie war viel zu warm, doch trug ich sie gern. Das Mädchen lachte, als sie mich mit der

Mütze sah. Gemeinsam suchten wir einen freien Platz und dekorierten die schlichten Leinenhemden und Tücher. Wenn diese durch ihre Hände glitten, schienen sie eine edlere, feinere Anmutung zu gewinnen. Nie wäre ich sonst auf die Idee gekommen, ein solches Hemd zu tragen, doch nun hatte ich das unwiderstehliche Verlangen, eines dieser groben Leinenhemden auf meiner Haut zu spüren; und wollte damit auch nicht mehr länger warten. Ich fragte sie, welches Hemd mich denn am besten kleiden würde. Sie zeigte auf ein einfaches naturfarbenes Hemd mit einer kleinen farbigen Zierleiste am Kragen, die Ärmel waren sehr weit geschnitten und die Länge des Hemds erinnerte mich an Bertas Nachthemden. Ja, dieses Hemd wollte ich unbedingt haben. Ich zog es einfach über mein altes Hemd.

Das Hemd war grob und kratzig und ich war mir sicher, dass es mir nicht besonders gut stand. Es war mir egal. Als ich wieder meine Weste anzog, fühlte ich mich wie ein Bauer in Adelskleidern oder wie ein Adliger, der sich als Bauer verkleidet. Und hatte ich das nicht teilweise auch getan? Sobald ich die Fellmütze wieder aufsetzte, begann Mara erneut zu lachen. Zwar konnte ich mich selbst nicht sehen, aber ich ahnte, wie ich aussah. Sie sagte, dass ich durchaus ein hübsches Bauernmädchen abgeben würde, wenn ich jetzt noch meine Hosen gegen einen Rock tauschte.

Ihre Hemden hatten offenbar einen guten Ruf in der Stadt, denn sie verkauften sich gut. Fast durchgängig standen stets mehrere Frauen am Stand, die für sich oder Familienmitglieder Hemden kauften. Wir hatten kaum Zeit uns zu unterhalten. Immerhin hatte ich in der Zwischenzeit erfahren, dass sie aus einem Dorf ganz aus der Nähe der Stadt kam und ihre Mutter und Großmutter bekannt für ihre

Tuchmacherkünste seien. Bereits ihre Urgroßmutter hatte Hemden hergestellt, die sogar von Adligen getragen wurden. Nicht ohne Stolz erzählte sie mir, dass selbst der berühmteste Schneidermeister der Stadt ihre Stoffe kaufte. Ihr Vater war schon viele Jahre tot. Er war bei Reparaturarbeiten am Dach der Kathedrale abgestürzt. Unwillkürlich blickten wir beide hoch zur Spitze des Kirchturms, auf der das Kreuz fast die Wolken zu berühren schien. Wir scherzten viel, amüsierten uns über sonderbare Käuferinnen und ehe wir uns versahen, waren alle Hemden verkauft. Es war gerade früher Nachmittag und ich hatte das Gefühl, dass dieser Tag noch mehr zu bieten hatte.

Mara stand neben ihrem nun leeren Karren und musterte mich mit ihren hellen Augen. Ich konnte ihrem Blick nicht lange standhalten und schaute erst auf ihre Sommersprossen, dann auf ihre aufgesprungenen Lippen und schließlich auf den Boden. Sie trug keine Schuhe und ihre nackten Füße waren vom Staub der Wege verschmutzt. Ihr Füße waren schlank und erstaunlich groß. Ich bot ihr an, sie noch bis zum Stadttor zu begleiten. Der Marktplatz hatte sich inzwischen geleert. Tauben, Raben und Krähen fraßen die zurückgelassenen Essensreste. Obwohl die Sonne noch hoch stand, war es kühler geworden und ein kräftiger Wind wehte über den freien Marktplatz. Ich fragte sie, ob sie bis zum Stadttor mein Wollunterhemd und meine neue Fellmütze tragen wolle. Sie stimmte zu. Rasch zog ich mich vor ihr aus und reichte ihr mein warmes Wollunterhemd. Ohne die geringste Verlegenheit zog sie das Hemd über ihr Kleid, lobte die feine wärmende Wolle und setzte meine Fellmütze auf. Sie sah damit aus wie eine dieser verlorenen Seelen, die keinen Platz im Weltgefüge finden. Da sie ganz ohne

Verlegenheit so mit mir durch die Stadt lief, schien sie weder eitel noch ängstlich zu sein. Ihre selbstbewusste und mutige Art beeindruckte mich.

Sie hatte mich bisher nicht gefragt, wo ich herkomme und was ich hier in der Stadt mache. Mir war es recht. Stattdessen erzählte sie freimütig vom Alltag in ihrem Dorf. Ich hörte ihr allerdings nicht immer zu und erfreute mich mehr an ihrer schönen, leicht heiseren Stimme, deren Klang ein wonniges Gefühl in mir auslöste. Wenn ich dann noch zu ihr hinüberblickte und ihre Sommersprossen und spröden Lippen betrachtete, hätte ich bis ans Ende der Welt mit ihr laufen mögen. Mir fiel ein, dass ich heute ja noch Peter dem Tischler absagen musste. Viel lieber hätte ich Mara mitgenommen. Ich malte mir aus, wie ich ihr ein Pferd, ein paar gute Stiefel und einen Reiseumhang kaufen würde, um dann gemeinsam mit ihr im großen Gebirge nach meiner Mutter zu suchen. Abends würden wir am Lagerfeuer sitzen, zusammen essen, uns über die Erlebnisse des Tages austauschen und eng aneinandergeschmiegt unter unseren Umhängen einschlafen. Maras raue Stimme wurde plötzlich lauter und riss mich aus meinen Gedanken: „Baldur, du hörst mir ja gar nicht zu. Und starr nicht immer so auf meine aufgesprungenen Lippen! Ich krieg das selbst mit Wollfett nicht weg."

Ich fragte sie, ob sie sich schon einmal in einen Jungen verliebt hätte oder ihr gar einer der Burschen in ihrem Dorf bereits versprochen sei. Ich wollte sie damit etwas necken und herausfordern und hatte erwartet, dass sie mir schamvoll errötend eine ausweichende oder scherzhafte Antwort geben würde. Stattdessen blickte sie mich prüfend an und antwortete dann mit großem Ernst:

„So eine Frage hat mir noch niemand gestellt. Und selbst wenn du dich nur über mich lustig machen willst, werde ich versuchen, dir ehrlich zu antworten. Da ich dich vermutlich nie wiedersehen werde, fällt mir die Antwort leichter. Kann ich doch so offener mit dir reden als mit anderen Menschen. Zudem hast du gute Augen und ich vertraue dir.

Tja, in meinem Dorf gibt es sieben Häuser. Es ist eigentlich mehr eine Siedlung als ein richtiges Dorf. Es gibt nicht mal einen Dorfplatz. Im ersten Haus lebt ein altes Bauernehepaar. Die Kinder sind alle früh gestorben. Es sind freundliche alte Leute. Viele Arbeiten fallen ihnen bereits schwer und ich helfe ihnen gelegentlich dabei. Einen Bräutigam gibt es dort jedoch nicht. Das nächste Haus bewohnt der Müller mit seiner Frau und seinen vier Töchtern. Auch hier wirst du vergeblich nach einem Bräutigam suchen. Daneben wohnt Bauer Hinrich. Seine Frau ist schon tot. Sie ist vor zwei Jahren im Kindbett gestorben. Er hat zwei Töchter und zwei Söhne. Doch die Söhne sind kaum halb so alt wie ich. Vielleicht wird ja irgendwann einer mein Bräutigam, aber noch spielen sie am liebsten im Wald oder schnitzen Stöckchen, mit denen sie sich gegenseitig im Schwertkampf auf die Finger hauen.

Das vierte Haus ist das unsrige. Hier findet sich zwar manch hübscher Mäuserich und unser Kater kommt kaum hinterher, diese zu fangen. Einen Bräutigam gibt es hier ebenfalls nicht.

Tja, dann kommen wir schon zu den ärmlicheren Häusern am Dorfrand. Eines ist mehr Hexenhütte als Haus. Dort wohnt die verrücke Sabine. Sie ist ganz und gar wunderlich und ernährt sich mehr von dem, was sie im nahen Wald findet, als von eigener Ernte. Sie soll früher mal einen Mann und auch Kinder gehabt haben. Doch diese sind entweder fort oder gestorben. Jedenfalls lebt sie schon seit ewigen Zeiten allein. Zumindest solange ich denken kann. Das sechste Haus ist ebenfalls eher Kate als Haus. Dort wohnt eine Tagelöhnerfamilie ohne gepachtetes Land. Ich weiß selbst nicht genau, wie viele Kinder sie haben. Ein Bräutigam für mich ist ganz gewiss nicht dabei. Mit etwas Glück können wir einige von ihnen hier in der Stadt treffen. Fast täglich laufen sie den weiten Weg her, um sich zu verdingen. Mal helfen sie beim Putzen oder Tragen von Waren, mal beim Bauen eines Hauses oder anderen Hilfstätigkeiten. Manchmal gehen sie einfach zum Betteln in die Stadt.

Damit kommen wir schon zum siebten und letzten Haus. Hier wohnen in der Tat Männer. Sogar drei Männer. Doch würde ich es am liebsten dabei belassen. Sie leben zurückgezogen und menschenscheu. Niemand weiß so recht, was sie treiben und wovon sie leben. Tagsüber sehe ich sie fast nie im Dorf. Zwei von ihn sollen Brüder sein. Da beide dieselbe blasse Haut und fettige rötliche Haare haben, wird es wohl stimmen. Nach Sonnenuntergang sollen sie gelegentlich in der Stadt gesehen worden sein. Im Schatten der Stadtmauer bieten sie ihre Dienste an. Sie sollen dort ihre Körper oder gar ihre Seelen verkaufen. Alles an ihnen riecht nach Sünde und Abgrund und mich schaudert, wenn ich nur von ihnen erzähle. Die Leute erzählen, dass die beiden Brüder mit ihren roten Haaren mit dem Teufel im Bund sind. Doch ich gebe nicht viel auf solches Gerede. Der Dritte ist mir ehrlich gesagt noch weniger sympathisch. Seine Augen sind kälter als Eis. Genug davon. Stell lieber keine Fragen dazu. Was immer sie im Schutze der Dunkelheit treiben, will ich gar nicht wissen. Mutter hat mich gelehrt, nicht schlecht über andere Menschen zu reden und so gehe ich ihnen einfach aus dem Weg. Zum Bräutigam werde ich jedenfalls keinen der Drei nehmen.

Tja, da hast du meine Antwort, Baldur. Bevor du nun fragst, ob es nicht in den Nachbardörfern oder hier in der Stadt einen passenden Bräutigam für mich gäbe, antworte ich dir schon jetzt mit einem Nein. Und glaub nicht, dass es daran liegt, dass mir keiner gut genug ist. Meine Ansprüche sind so einfach, wie sie nur sein können. Er sollte kein Greis und ungefähr so alt wie ich sein. Er sollte gesund sein und idealerweise ebenfalls Bauer, sodass wir gemeinsam das Land bestellen können. In der Stadt möchte ich jedenfalls nicht leben. Wo sollte ich dort auch unterkommen? Er sollte Kinder mögen. Und vielleicht noch gern lachen und lustig sein. Ist das zu viel verlangt? Oder bin ich in deinen Augen zu wählerisch für ein einfaches Bauernmädchen? Hast du einen Rat für mich? Oder willst du gar selbst um meine Hand anhalten?"

Eine solch offenherzige und herausfordernde Antwort hatte ich nicht erwartet und versuchte, mein Unbehagen hinter einer gespielten Leichtigkeit zu verbergen: „Ich glaube, du bist viel zu gut für mich. Was willst du mit einem Junker wie mir, der nicht einmal seine Mutter finden kann?" Wie zu erwarten, wollte sie wissen, was es mit meiner Suche auf sich hatte, und ich erzählte ihr nun gern und ausführlich davon. Sie war eine gute Zuhörerin und unterbrach mich nur selten. Als ich fertig war, rechnete ich mit weiteren Fragen zu meiner Mutter und den bisherigen Spuren. Stattdessen wollte sie alles über meinen Vater wissen. Sie fragte, wie oft er mit meiner Mutter redete, ob sie in einem Zimmer schliefen und ob er sie regelmäßig um Rat fragte. Die Fragen verwirrten mich und während ich versuchte, sie zu beantworten, fiel mir auf, dass ich über meinen Vater kaum mehr als über meine Mutter wusste. Berta hatte wahrscheinlich doch recht, als sie mich einen schlechten Menschenbeobachter nannte. Angesichts meiner kurzen und zögerlichen Antworten fühlte ich mich von Mara geradezu entblößt. Das gab mir ein schlechtes Gefühl und ich spürte Wut in mir aufsteigen. Meine Antworten wurden immer knapper und weniger aufrichtig. Sie schien dies zu merken und hörte auf, weitere Fragen zu stellen. Abschließend sagte sie: „Tja, dein Vater lebt zwar, aber so wie du ihn schilderst, erscheint er mir fast so tot wie mein Vater. Er ist vermutlich kein glücklicher Mensch und seine Beschäftigung mit Vögeln wirkt auf mich wie eine Flucht. Wie mir scheint, gibt es mehr als eine Art, aus seinem bisherigen Leben zu fliehen. Und auch wenn es hart klingen mag, ist die größte Gemeinsamkeit deiner Eltern womöglich ihre Unzufriedenheit.“

Unterdessen hatten wir das Stadttor erreicht. Die beiden Wärter ließen uns kommentarlos passieren. Der Platz davor hatte sich inzwischen ebenso wie der Marktplatz geleert, und die wenigen verbleibenden Händler bauten gerade ihre Stände ab. Die Frau mit den Fellen war bereits nicht mehr da. Mara stand mit dem Griff ihres Karrens in der Hand vor dem Stadttor und blickte mich an. Der Moment des Abschieds war gekommen. Aus ihrem herausfordernden und frechen Blick war ein schüchterner, fast trauriger geworden. Ebenfalls traurig berührt blickte ich in ihre hellen Augen um dann von dort, wie von unsichtbarer Hand gelenkt, zu ihren aufgesprungenen Lippen zu wandern. Sie schien es zu bemerken und lächelte mich an, dabei öffneten sich ihre Lippen und gaben weiße, gesunde Zähne frei. Schweigend blickte ich nach unten auf ihre schlanken schmutzigen Füße und suchte nach den passenden Worten. Hatte ich nicht auch beim Abschied von der Frau des Fährmanns nach den rechten Worten gesucht? Ich nahm mir vor, das zu üben, ahnte ich doch, dass dies nicht mein letzter Abschied werden würde. Ich stammelte, dass es erstaunlich sei, wie viel wir nun übereinander wüssten, obwohl wir uns erst einige Stunden kannten. Sie nickte und bedankte sich für meine Hilfe. Dann gaben wir uns die Hand und ich spürte, wie meine Augen feucht wurden. Rasch drehte ich mich um und ging mit großen Schritten zurück Richtung Stadttor. Ich drehte mich erst wieder um, als ich das Tor bereits passiert hatte und sah, wie sie, den Karren hinter sich herziehend, bald im Wald verschwinden würde. Meine Beine wurden mit jedem Schritt schwerer und mein Kopf immer leerer. Ich versuchte, mich damit zu trösten, dass ich den verbleibenden Tag nach weiteren Spuren meiner Mutter suchen konnte. Ein kalter und feuchter Herbstwind wehte mir ins Gesicht.

Dann fiel mir ein, dass Mara immer noch mein Wollhemd und meine Mütze trug. Auf die Mütze konnte ich verzichten, das von Berta für mich genähte Hemd durfte ich jedoch unmöglich zurücklassen. Ich war geradezu froh über diese Entdeckung und ohne zu zögern, drehte ich mich um und lief, so schnell ich konnte, durch das Stadttor und über das Feld in Richtung Wald. Schwer atmend erreichte ich den Waldrand und lief von da an langsamer weiter. Die Waldluft tat mir gut und ich atmete tief ein und aus. Nach einer Weile gabelte sich der Weg. Der rechte Weg erschien mir breiter und befahrener als der linke. Ich schaute nach frischen Spuren des Karrens und meinte, solche zu erkennen. Am Wegrand stand ein kleiner Apfelbaum. Es war ein ungewöhnlicher Ort für einen Obstbaum, umgeben von Buchen und Nadelbäumen. Die meisten Äpfel lagen bereits verfault auf dem Boden, einige hingen jedoch noch immer am Baum. Sie waren klein und rot und ich pflückte zwei, bevor ich weiterlief. Müsste ich Mara nicht längst erreicht haben? Hinter der nächsten Wegbiegung entdeckte ich sie endlich und es dauerte nicht mehr lange, bis ich sie eingeholt hatte. Atemlos kam ich neben ihr zum Stehen. Sie schien nicht überrascht, mich wiederzusehen. Während ich nach Luft schnappte, musterte sie mich, wie mir schien fast spöttisch. „Na, hast du mich bereits vermisst? Oder ist dir doch noch eingefallen, wie ich einen Bräutigam finde? Jedenfalls schön, dich noch einmal zu sehen. Vielleicht magst du mich ja noch ein Stück begleiten und mir mehr von dir erzählen. Über deine Mutter und deinen Vater weiß ich ja bereits Bescheid."

Ihre gelassene Art hatte etwas Entwaffnendes. Immer noch nach Luft schnappend, kam ich mir plötzlich wie eine jämmerliche Krämerseele vor. Wie konnte ich sie nur hier und jetzt bitten, mir Wollhemd und Mütze zurückzugeben? Mein Ansinnen kam mir auf einmal vollkommen unpassend vor und so war ich froh, ein wenig Zeit zu gewinnen, und nahm ihren Vorschlag dankbar an. Während wir nebeneinander durch den Wald liefen, reichte ich ihr einen der Äpfel. Wir aßen schweigend. Der kleine Apfel war süß und köstlich. Ich überlegte, ob ich mit Mara über dieses Wunder der Natur philosophieren sollte, dass hier mitten im Wald ein Apfelbaum stand und uns noch so spät im Herbst so wunderbare Früchte schenkte. Ich hatte Äpfel immer besonders geliebt, egal ob als Proviant, Dessert oder in den geliebten Apfelbrötchen. Stattdessen erzählte ich ihr jedoch lieber von mir, Berta, Bruder Matthias und meiner bisherigen Reise. Ich schilderte ihr alles so detailliert wie möglich. Nur Branka und die Frau des Fährmanns erwähnte ich nicht.

Mara unterbrach mich nun häufiger als vorhin. Sie wollte wissen, warum Berta mir nicht bei der Suche helfen würde, und ich erklärte ihr, dass mein Vater nicht beide Kinder auf einmal verlieren wollte. Sie antwortete: „Das ist recht gedacht und doch töricht. Denn es geht ja hier nicht um ihn, sondern deine Mutter. Und zwei sind stärker als einer. Zudem scheint es mir, nach allem was du mir von Berta erzählt hast, dass sie die Schlauere von euch beiden ist und du ihre Unterstützung gut gebrauchen könntest." Anschließend lachte sie schallend, um dann wieder ernst fortzufahren: „Ich hätte gern eine Schwester wie Berta. Wir würden uns sicher gut verstehen. Ich habe jedoch nur drei kleine Brüder und so sehr ich diese auch liebe, wünschte ich doch, eine Schwester zu haben. Denn ist es nicht so, dass nur eine Frau eine Frau verstehen kann?"

„Warum stellst du diese Frage einem Mann? Im Umkehrschluss hieße dies wohl, dass nur ein Mann einen Mann richtig verstehen kann. Dabei hast du mir heute gezeigt, dass du meinen Vater vielleicht besser verstehst als ich, obwohl du ihn nie gesehen hast und ich seit meiner Geburt mit ihm unter einem Dach lebe." Sie lachte erneut und zeigte dabei einmal mehr ihre gesunden, weißen Zähne. Ohne zu wissen warum, blieb ich stehen. Mara blieb ebenfalls stehen, sah mich fragend an und sagte: „Baldur, du hast mir heute viel von deinen Eltern und deiner Suche erzählt. Von dir hast du mir allerding herzlich wenig erzählt. Darum stelle ich dir nun dieselbe Frage, die du mir gestellt hast. Das ist doch nur recht und billig: „Warst Du denn schon einmal verliebt oder hast du gar bereits eine Braut? Wenn ich dich so ansehe, mit deinen schönen Augen, deinem lockigen Haar und deinem freundlichen Wesen, kann ich mir kaum vorstellen, dass du noch kein Mädchen hast." Ich errötete und hoffte, dass sie es nicht bemerkte.

Wir standen uns noch immer gegenüber. Mit dem Wollhemd und der Fellmütze sah sie wirklich verwegen aus. Ihr Mut und ihre Offenheit beeindruckten mich immer mehr. Wie gern hätte ich ihr ausführlich auf ihre Frage geantwortet! Doch während ich sie ansah, wurde mir klar, dass ich selbst nie so recht darüber nachgedacht hatte. War ich schon einmal verliebt? Vielleicht. Hatte ich bereits eine mir auserkorene Braut? Nein, ganz gewiss nicht.

Ich spürte meine Hilflosigkeit über diese Dinge zu reden. Zugleich wollte ich, so wie sie, offen und ehrlich sein und mich nicht hinter Floskeln verstecken. Was konnte ich ihr nur antworten? Ich fand einfach nicht die richtigen Worte.

Sie unterbrach meine Gedanken und sagte: „Du musst nicht darüber reden. Nicht jetzt. Es ist nicht mehr weit bis zu meinem Dorf. Wenn du magst, kannst du mitkommen. Gern würde ich meiner Mutter zeigen, was für ein stolzer junger Ritter mir heute beim Verkaufen der Hemden geholfen hat." Ich erwiderte, dass ich lieber vor Einbruch der Dunkelheit in die Stadt zurückkehren würde. Sie nickte und diesmal war sie es, die meinem Blick auswich. Ich berührte ihre auf dem Griff des Karrens liegende Hand. Sie zuckte zusammen, ohne ihre Hand fortzuziehen. Über die Berührung mehr erschrocken als sie, trat ich einen Schritt zurück. Zum zweiten Mal verabschiedeten wir uns, und sie ging weiter, während ich ihr hinterherblickte. Sie war bereits rund dreißig Schritte entfernt, bevor ich ihr nachrief: „Mara, du hast noch mein Hemd und meine Mütze!" Sie blieb erneut stehen, während ich ihr hinterherlief. Erneut standen wir uns gegenüber, doch die Stimmung war nun eine andere. Ihre Wangen waren gerötet: „Dein warmes Hemdchen und die schöne neue Fellmütze willst du zurück? Deshalb bist du mir nachgeeilt? Ein feiner Galan bist du. Na, dann hol dir mal dein Hemdchen." Lachend ließ sie ihren Karren stehen, rannte ein paar Schritte in den Wald und blickte sich herausfordernd nach mir um. Ohne nachzudenken, folgte ich ihr und während ich ihr hinterherrannte, fühlte ich mich an eine Vogelbeobachtung mit meinem Vater erinnert. Genauso waren wir einst einem juvenilen Pirol in das Dickicht gefolgt, als wir mit den Pferden nicht mehr weiterkamen. Kurz dachte ich an sein leuchtend gelbes Federkleid und den feinen weißen Hals. Sie sprang geschickt über die Äste und Wurzeln und ich folgte ihr, erst zögerlich, dann immer entschlossener. Als ich sie endlich erreichte, waren wir beide erhitzt und atmeten schnell. Diesmal griff sie nach meiner Hand. Ich blickte erst in ihre hellen klaren Augen und dann auf ihren leicht geöffneten Mund mit den aufgesprungenen Lippen. Dann zog sie mich zu sich hinunter auf das weiche Moos. Während ich ihr das Wollhemd auszog, sagte sie: „Eigentlich passt der Name Baldur nicht so recht zu dir. Für mich siehst du aus wie ein Wilhelm oder ein Johann. Tja, und ich glaube, ich habe noch nie einen süßeren Apfel gegessen als deinen. Hast du noch mehr davon?"

4

Es war schon dunkel, als ich in die Stadt zurückkehrte. Am Stadttor standen bereits andere Wächter und sicher würden sie das Tor bald schließen. Ich war müde und fror trotz meines Wollhemdes. Die Fellmütze hatte ich Mara zum Abschied geschenkt und fast bedauerte ich es bereits, denn es gelang mir immer nur kurz, den eisigen und bereits nach Winter riechenden Herbstwind zu ignorieren. Meinen Reisemantel hatte ich im Wirtshaus gelassen, denn der Tag hatte sonnig und mild begonnen. Nur die Aussicht, gleich gut zu speisen, tröstete mich. Wie gestern hatte ich auch heute nach dem Frühstück außer dem Apfel nichts mehr gegessen und fragte mich, warum ich hier in dieser wohlhabenden Stadt mehr hungerte als in der kargen Einsamkeit unterwegs. Diesmal wollte ich den Abend weder mit Mondbeobachtungen noch peinlichen Gesprächen verbringen, sondern ungestört und in Ruhe so gut wie irgend möglich essen. Daher entschloss ich mich, nicht im „Goldenen Fisch", sondern im „Marktkrug" zu essen. Hier würde mich hoffentlich weder Peter noch ein neugieriger Wirt belästigen. Ich erwartete keine Feinschmeckerküche, aber anständige, solide Kost und sollte nicht enttäuscht werden.

Der Gastraum war fast so leer wie bei meinem gestrigen Kurzbesuch. Nur an einem der Tische saßen vier Männer, die wie Handwerker gekleidet waren und Bier tranken. Mir sollte es recht sein. Ich setzte mich an einen freien Tisch nahe am Tresen, sodass ich den Raum gut überblicken konnte, ohne selbst gestört zu werden. Statt des Wirtes kam ein junges Mädchen, wahrscheinlich die Tochter, und fragte mich nach meinem Begehr. Ich verlangte nach einer Portion von allem, was die Küche hergebe, und dazu einen Krug vom besten Wein. Wohl bemerkte ich den neugierig-misstrauischen Blick des Mädchens, als sie meine Bestellung entgegennahm. Ihr Blick schien über Maras Leinenhemd zu wandern und dabei die Frage zu formulieren, was das für ein merkwürdiger Gast sei, der in einem einfachen Bauernhemd so üppig bestellte. Vermutlich hielt sie mich für einen Betrüger und Zechpreller. Es war mir egal. Ja, vielmehr genoss ich sogar ihr Misstrauen.

Kurz darauf brachte sie mir geräucherte Forelle, gebratenes Rebhuhn, kalte Lammpastete und dazu einen scharf gewürzten Hirsebrei und Apfelmus. Alles war anständig und frisch. Selbst der Wein war besser, als es der saure Biergeruch der Wirtsstube vermuten ließ. Und doch aß und trank ich ohne rechte Freude. Ich wusste selbst nicht, was mich bedrückte. Eine innere Stimme schien mir zu verbieten, nach der Ursache zu suchen; fast so, als ob ich das Ergebnis fürchten musste. Meine Niedergeschlagenheit auf den Wetterumschwung und meine Müdigkeit schiebend, beobachtete ich, wie das Mädchen den anderen Gästen mehr Bier brachte und wie deren Stimmen mit jedem Schluck lauter und gröber wurden. Doch hegte ich keinen Groll gegen sie. War es nicht ihr gutes Recht, für ein paar Stunden ihren kargen Alltag zu vergessen? Wahrscheinlich würden sie spätestens bei ihrer Heimkehr von ihren Frauen gescholten, dass sie den ganzen Abend im Wirtshaus verbracht hatten, dass mehr als ein Krug Bier weder nötig noch angemessen gewesen sei und das leichtfertig verzechte Geld morgen in der Haushaltskasse fehlen würde.

Ich bestellte mir noch einen Krug Wein, obwohl ich den ersten noch nicht einmal ausgetrunken hatte. Während ich von dem wirklich feinen Wein trank, überkam mich eine wohlige Melancholie. Der saure Geruch der Wirtsstube erschien mir nun geradezu anheimelnd. In der Burg hatte es nie so gerochen und trotzdem weckte der Geruch Kindheitserinnerungen. Es dauerte eine Weile, bis ich erahnte, woher ich diesen Geruch kannte: Es waren meine gemeinsamen Kindheitsausflüge mit Jörg in die Stadt. Gelegentlich durfte ich ihn bei seinen Besorgungen dorthin begleiten. Nach dem Einkauf auf dem Markt und bei ausgesuchten Händlern trank Jörg, wenn es unsere Zeit erlaubte, ein Bier im dortigen Wirtshaus. Mir kaufte er dann immer verdünntes Bier. Meine Mutter hätte diesen Ausflügen gewiss nicht zugestimmt und so bestand der Reiz dieser Wirtshausbesuche zu einem nicht geringen Teil in diesem gut gehüteten Geheimnis zwischen Jörg und mir. Ich fühlte mich im Kreis der zechenden Handwerker und Städter immer als Teil einer Verschwörung. Begierig lauschte ich ihren Erzählungen und schmutzigen Witzen, die ich zumeist nur zur Hälfte verstand. Das Dünnbier entfachte in mir eine wohlige Mischung aus Rausch und Müdigkeit, die mich die Zeit im Wirtshaus, aber auch die anschließende Heimfahrt stets wie durch einen Traumschleier erleben ließ.

Wenn ich jetzt darüber nachdachte, konnte ich mir kaum vorstellen, dass meine Mutter mit ihrer feinen Nase meine Wirtshausausflüge mit Jörg nicht bemerkt haben sollte. Wenn ein Knabe von sieben oder acht Jahren eine Stunde im Wirtshaus saß, dann war das kaum zu verbergen. Sicher roch sie das Bier und konnte sich denken, wie wir den Stadtausflug ausklingen ließen. Mit dem Abstand von so vielen Jahren erkannte ich die Größe im Verhalten meiner Mutter. Wie leicht wäre es gewesen, mich und Jörg zu schelten und uns den Wirtshausbesuch zu verbieten. Doch erkannte sie mit ihrem feinen Instinkt, dass uns diese Stunde etwas bedeutete und sie mit einem Verbot mehr zerstören als gewinnen würde.

Das Rebhuhn war zart und gut gewürzt. Am liebsten würde ich gleich noch eines bestellen. Dabei hatte ich noch nicht einmal die Hälfte des ersten verzehrt. Das Mädchen stand hinter dem Tresen und musterte mich immer misstrauischer. Ihr Vater war inzwischen auch im Gastraum erschienen und blickte ebenfalls in meine Richtung. Wahrscheinlich rechneten sie jeden Moment damit, dass ich aufspringen und sie um ihre Zeche prellen würde. Die Spannung war förmlich zu spüren und amüsierte mich. Ich hätte das leicht auflösen können, musste ich doch nur spielerisch mit ein paar Münzen in meiner Hand klappern. Stattdessen stand ich auf, ging betont langsam auf den Wirt und seine Tochter zu und fragte, wo ich meine vom Wein gefüllte Blase entleeren könne. Der Wirt wies mit seinem kräftigen Arm auf eine Tür, die zum Hof führte. Ich setzte möglichst langsam ein Bein vor das andere und genoss die bohrenden Blicke der beiden in meinem Rücken. Während ich aufreizend langsam durch die Gaststube schritt, fühlte ich mich wie ein

Schauspieler; und zwar nicht irgendeiner, sondern einer, den ich im vergangenen Jahr in unserer Stadt gesehen hatte. Es war eine alberne Komödie, von einer fahrenden Truppe auf unserem Marktplatz aufgeführt, und ich konnte mich an die Handlung kaum noch erinnern. Sehr wohl erinnern konnte ich mich jedoch an einen älteren Schauspieler, der nachdenklich und ohne sichtbar in die Handlung einzugreifen auf der Bühne auf und ab lief und es verstand, daraus große Kunst zu machen. Er ging weder albern noch auffällig, sondern einfach vollkommen bewusst, sodass ich gemeinsam mit den anderen Zuschauern jeden seiner Schritte gebannt verfolgte. Er hatte es geschafft, das Gehen zu etwas Besonderem zu machen. Ich hätte ihm stundenlang dabei zuschauen können, wie er ein Bein vor das andere setzte und die Bühne auf und ab schritt.

An diesen alten Schauspieler musste ich denken, als ich nun durch die Gaststube zur Hoftür ging und versuchte, genau wie dieser zu laufen. Ich weiß nicht, ob es mir gelang, aber ich hatte Freude daran. An der Tür angelangt, konnte ich es mir nicht verkneifen, mich kurz umzublicken und dem Wirt und seiner Tochter zuzunicken. Der Hof war dunkel und eng. Ich entdeckte einen Balken über einer Grube, doch war mir das zu mühselig und so pinkelte ich einfach gleich hinter die Tür. Das üppige Essen, der Wein und die Stunden mit Mara hatten mir gutgetan und dieses wohlige Gefühl vermischte sich bitter-süß mit meiner aufkommenden Melancholie. Die Stille im Hof genießend atmete ich tief ein und aus. Der mir in die Nase steigende strenge Latrinengeruch ließ einen wohligen Schauer über meinen Rücken laufen.

Zurück in der Gaststube, schritt ich nicht mehr bewusst und elegant wie der Schauspieler. Ich vermied es, zum

Tresen zu schauen, und setzte mich an meinen Tisch. Das Rebhuhn und die Forellenreste schienen in der Zwischenzeit ihr Aroma verloren zu haben. Ich trank noch einmal einen kräftigen Schluck vom Wein, doch auch dieser schmeckte plötzlich saurerer und flacher. Ich ging zum Tresen und beglich meine Zeche. Die Münzen abzählend, vermied ich es, dem Mädchen und ihrem Vater in die Augen zu blicken. Ich wollte nur noch ins Bett und morgen so früh wie möglich die Stadt verlassen. Viel zu lange hatte ich mich hier bereits aufgehalten.

Auf dem menschenleeren Marktplatz wehte mir ein eisiger Wind ins Gesicht und einmal mehr dachte ich wehmütig an die Fellmütze. Ich tröstete mich damit, dass diese Mara ohnehin besser stand als mir. Der Mond wurde immer wieder durch Wolken verdeckt und so war es noch dunkler als gestern. Die Kathedrale erschien wie ein schwarzer Koloss und all die kunstvollen Figuren, Ornamente und Verzierungen waren in der Dunkelheit nur zu erahnen. Noch immer hatte ich es nicht geschafft, die Kathedrale von innen zu sehen. Langsam lief ich auf das gewaltige Bauwerk zu. Erneut versuchte ich wie der Schauspieler zu schreiten und jeden Schritt mit Bedeutung aufzuladen. Es machte Spaß, so über den Marktplatz zu gehen. Ich begann im Kreis zu laufen und dabei meinen Kopf höher und höher zu heben. So musste es sein, wenn ein König an seinen Untertanen vorbeischritt.

Da bemerkte ich neben dem Brunnen einen Mann, der jeden meiner Schritte aufmerksam beobachtete. Ich fühlte mich wie bei einer Peinlichkeit ertappt und war froh, dass es so dunkel war. Ich musterte den Mann nun aufmerksamer und seine Körperhaltung schien mir vertraut. Während ich noch überlegte, kam der Mann bereits auf mich zu. Es war Peter.

Er begrüßte mich eine Spur zu enthusiastisch. Seine Freude darüber, mich gefunden zu haben, erinnerte mich an einen Hund, der endlich seinen Herrn wieder an seiner Seite hatte. Ich erwiderte seine überschwängliche Begrüßung betont kühl. Ich hatte mit dieser Stadt bereits abgeschlossen und Peter war der letzte Mensch, mit dem ich jetzt reden wollte. Auch er verzichtete auf alle weiteren Höflichkeitsfloskeln und fragte mich ohne Umschweife, ob er mich denn nun auf der Suche nach meiner Mutter begleiten dürfe. Den ganzen Tag habe er bereits auf meine Antwort gewartet und hätte sich kaum auf seine Arbeit konzentrieren können. Er fügte noch an, dass es ganz gewiss mein Schaden nicht sei und er vorzügliche Lagerfeuer entfachen könne. Ich nickte und blickte ihm in seine großen tiefliegenden Augen und auf seinen Mund mit den weichen, vollen Lippen. Kurz dachte ich an Mara und fragte mich, ob sie wohl bereits schlafen würde oder noch mit meiner Fellmütze auf dem Kopf auf ihrem Hof unterwegs wäre. Ich holte tief Luft, um Peter zu antworten, dass ich ihm für sein Angebot herzlich danke, aber morgen doch allein weiterreisen werde.

Stattdessen nickte ich nur und hörte mich sagen: „Fein. Ich hole dich morgen nach dem Frühstück aus deiner Werkstatt ab. Halte dich bereit und komme keinesfalls ins Wirtshaus. Ich brauche noch etwas Ruhe bevor wir uns auf den Weg machen."

Peter ergriff meine beiden Hände und führte sie an seine Lippen. Seine Augen füllten sich mit Tränen und er dankte mir voller Ergebenheit. Verlegen wollte ich meine Hände wegziehen, aber sein Griff war fester, als ich dachte. Er hielt meine Hände an seine feuchten Lippen gepresst und blickte mich leicht nach vorn gebeugt mit seinem hündisch-treuen Blick an. Er schien nun nicht nur zu weinen, sondern seine Nase begann ebenfalls zu laufen. Zum Glück war es dunkel und wir waren allein auf dem Marktplatz. Endlich konnte ich mich aus seinem Griff lösen. Ich wischte meine feuchten Hände ab und wiederholte mein Versprechen, ihn morgen abzuholen. Ohne mich umzublicken, eilte ich davon und erreichte bald darauf missmutig mein Gasthaus. Die Gaststube war bis auf den Wirt leer. Ich teilte ihm mit, dass ich morgen sehr früh und ohne Frühstück abreisen würde und bereits jetzt gern meine Rechnung begleichen wolle. Während der Wirt die Zeche zusammenrechnete, musterte er immer wieder misstrauisch das Leinenhemd von Mara. Endlich hatte er die Kosten kalkuliert. Es war teurer als erwartet, doch ich war zu müde, um darüber zu streiten.

Kaum lag ich in meinem Bett, als es an der Tür klopfte. Ich hatte die Kerzen bereits gelöscht und es war absolut dunkel. Nur durch den Türspalt konnte ich flackerndes Kerzenlicht erkennen. Ich fürchtete, dass es Peter war. Im Dunkeln tastete ich mich zur Tür. Doch es war nur der Wirt. Sich entschuldigend erklärte er mir, dass er vergessen hatte, mir das Futter für mein Pferd in Rechnung zu stellen, und da ich ja in aller Frühe weiterzureisen plane, würde er doch gern noch jetzt die entstandenen Kosten beglichen wissen. Geradezu erleichtert gab ich ihm das Futtergeld und ging zurück ins Bett. Ich war gerade dabei, noch einmal über Tag nachzudenken, als ich aus dem Nebenzimmer die bereits vertrauten Geräusche vernahm. Der Lärm steigerte sich langsam, aber stetig. Ich entschloss mich, das rhythmische Klatschen zu ignorieren und im selben Rhythmus zu atmen. Es gelang mir erstaunlich gut und so schlief ich alsbald ein. Ich träumte viel und zögere, meine Träume hier zu offenbaren. Zu verwirrend, ja verstörend, waren die Bilder, die sich mir in meinem Kopf, im Traumreich jenseits des Bewusstseins meiner Seele, präsentierten. Besonders eine Traumpassage hatte etwas bedrückend albhaftes. Ich fand mich gehetzt und außer Atem auf einer Waldlichtung wieder. Von allen Seiten näherten sich Männer mit länglichen roten Haaren, die fettig glänzten. Wie hungrige Wölfe umkreisten sie mich und verzweifelt suchte ich einen Fluchtweg. Doch die Männer kamen näher und näher. Ihre dämonenhaften Gesichter waren alle ähnlich. Zugleich erinnerten mich ihre weichen feuchten Münder an Peter. Ich versuchte zu fliehen, doch meine Beine versagten mir den Dienst. Fast hatten sie mich nun erreicht. Einen Kreis um mich bildend und geradezu gleichzeitig, befreiten sie sich von ihren Hemden und Hosen und standen nun nackt, mit gewaltigen, hart erigierten Gliedern vor mir. Nun wurde mir klar, dass es sich um Inkuben handelte. Ich versuchte zu schreien, doch aus meiner Kehle kam kein Ton. Da erschien am Waldrand Mara. Sie rief mir ruhig und lächelnd zu, dass ich keine Angst haben müsse. Die Dämonen hielten mich offenbar für eine Frau. Laut dabei lachend, rief Mara mir zu, ich solle nur endlich die alberne Fellmütze absetzen und ihnen zeigen, dass ich ein Mann sei. Fiebrig griff ich in dem grausigen Traum an meinen Kopf und riss mir die Mütze herunter. Sofort wandten sich die Inkuben angewidert von mir ab und lenkten ihre Blicke auf Mara. Doch diese eilte bereits mit schnellen und geschickten Sprüngen durch das Walddickicht davon. Im rhythmischen Gleichschritt nahmen die rothaarigen Dämonen die Verfolgung auf. Ihre Schritte hallten auf dem

Waldboden unnatürlich wider, so als ob sie über Steinboden marschierten. Auf dem Waldboden liegend blickte ich ihnen nach, bis sie im Wald verschwanden. Um mich herum lagen ihre Hemden und Hosen. Daneben lag meine Fellmütze. Ich starrte auf die Mütze und versuchte das Erlebte zu verstehen. Dann erwachte ich. Verschwitzt, verwirrt und zugleich erleichtert blickte ich in den stockdunklen Raum. Gern hätte ich eine Kerze angezündet, um mich und meine überspannten Nerven bei ein wenig Licht zu beruhigen. Selbst dazu fehlte mir die Kraft. So lag ich erschöpft und nassgeschwitzt in meinem Bett und blickte weiter mit geöffneten Augen in die Dunkelheit. Bis auf das gelegentliche Knarren einer Diele oder Rascheln einer Maus war es absolut still. Das Paar aus dem Nebenzimmer schien nun ebenfalls zu schlafen. Endlich fiel auch ich in einen tiefen, diesmal traumlosen Schlaf.

Es war bereits hell, als ich erwachte, und ich hörte geschäftiges Treiben im Gasthaus. Hastig stand ich auf und kleidete mich an. Kurz überlegte ich, ob ich Maras Leinenhemd tragen sollte, doch entschied ich mich dagegen und packte es ordentlich zusammengelegt in meine Tasche. Fast wie ein Dieb schlich ich aus dem Gasthaus. Ich wollte weder dem Wirt noch sonst jemandem begegnen. Vor allem fürchtete ich, Peter in die Arme zu laufen.

Meine Sorge war unbegründet. Auf dem Weg zu meinem Pferd traf ich auf niemanden. Nur das Bettlermädchen stand neben den Ställen mit der kleinen Koppel, auf der mein Pferd graste. Obwohl sie nicht danach fragte, gab ich ihr noch einmal ein paar Münzen. Artig bedankte sie sich und wollte meine Hand küssen, aber ich zog diese unwillkürlich fort. Sie akzeptierte meine abweisende Bewegung und wünschte mir eine gute Reise. Als ich mein Pferd bereits gesattelt hatte und aufsitzen wollte, hob sie beschwörend die Hand und sagte: „Passt auf euch auf, Herr Ritter. Nicht allen Gefahren kann man mit einem Schwert begegnen. Und wie ich sehe, habt ihr ja nicht einmal ein Schwert."

*

Wollte ich in Richtung des großen Gebirges reiten, musste ich die Stadt durch das südliche Tor verlassen. Dorthin ritt ich auch anfänglich. Dann fiel mir etwas ein. Ich bog nach rechts ab und ritt außerhalb der Stadtmauer Richtung Osttor. Um die Stadtmauer herum führte ein breiter und vielbefahrener Weg. Es waren bereits zahlreiche Bauern und Händler unterwegs und ich musste mit meinem Pferd immer wieder Obst- und Gemüsekarren ausweichen. Am östlichen Stadttor angelangt, ritt ich direkt zu der Freifläche mit den Markständen. Nur wenige Stände waren bereits aufgebaut. Ich suchte nur nach einem Stand: Endlich erblickte ich die Fellhändlerin, die gerade ihre Ware aus dem Karren dekorierte. Geschwind sprang ich vom Pferd, grüßte sie freundlich und bat sie um eine weitere Fellmütze. Genau wie die andere sollte sie sein. Sie nickte lächelnd und begann auf ihrem Karren zu kramen: „Hier, noch eine schöne Damenmütze für den jungen Herrn. Sicher ein Geschenk. Oder wollt ihr lieber diese hier mit dem fast schwarzen Fell? Sehr warm, sehr elegant. Vielleicht hat der Herr ja mehr als eine Herzensdame." Ich begutachtete die beiden Mützen, konnte mich schwer entscheiden und nahm dann die dunkle. Die Alte nickte zufrieden: „Wird der Dame gefallen. Vielleicht möchtet ihr auch noch eine Mütze für eure Mutter? Bald kommt der Winter. Und sicher wird sie sich darüber freuen." Ich stimmte zu, obwohl ich eigentlich nur eine Mütze für mich kaufen wollte. Womöglich würde ich ja tatsächlich gemeinsam mit meiner Mutter nach Hause reisen.

Während ich eine Mütze in meiner Satteltasche verstaute, setzte ich die andere auf. Den verwunderten Blick der Händlerin ignorierend blickte noch einmal auf die Stadt mit ihrer gewaltigen Kathedrale zurück und ritt frohen Mutes gen Süden, dem Gebirge entgegen. Der frische Fellgeruch der Mütze wirkte beruhigend auf mich. Ich fühlte mich damit sicher und geborgen; sicherer als unter einem Helm; ja, geradezu unbesiegbar!

Ich kam gut voran und allmählich wurde der Weg schmaler und einsamer. Immer seltener begegneten mir Bauern und Händler, die Richtung Stadt unterwegs waren. Wie gestern wehte ein kalter Herbstwind, doch war es zugleich sonnig und die sanfte Hügellandschaft präsentierte sich in den schönsten Herbstfarben. Die Blätter der Bäume leuchteten rot und gelb, die Felder mit ihrem guten Boden zeigten bereits ein sattes Wintergrün. Es war ein reiches und fruchtbares Land und die wenigen Bauernhöfe, an denen ich vorüberritt, waren größer und stattlicher als die Höfe in unserer Gegend. Selbst die Kühe und Schafe erschienen mir größer und fetter. Am Horizont konnte ich bereits das Gebirge erahnen. Unscharf zeichneten sich die blaugrauen Bergkonturen ab, die mir unwirklich und wie sich mit dem Himmel verbindende Wolkenformationen erschienen. Nie zuvor hatte ich solche Berge gesehen. Der Weg war eben und gut und so konnte ich mich ganz meinen Gedanken überlassen. Von Brankas Füßen und Maras aufgesprungenen Lippen wanderten diese zu Bruder Matthias. Erst jetzt mit dem

Abstand einiger Jahre wurde mir bewusst, was für ein ungewöhnlicher Lehrer er war. Ich sah ihn noch genau vor mir, wie er in seiner braunen Mönchskutte, die er stets möglichst eng trug und die ihm ausgesprochen gut stand, mit seiner klaren Stimme redete. Die Kutte verlieh seiner schlanken, großgewachsenen Figur eine besondere Autorität und Würde, die durch seinen oft erhobenen, feingliedrigen Zeigefinger noch verstärkt wurde. Wie oft hatte ich diesen Zeigefinger angestrengt fixiert, in der Hoffnung, so seinen temporeich und leidenschaftlich vorgetragenen Ausführungen besser folgen zu können. Am liebsten sprach er von Dingen, die ganz gewiss nicht auf dem Lehrplan einer regulären Klosterschule standen. Da Berta als Mädchen ohnehin nicht die Schule des Klosters unweit unserer Stadt besuchen durfte, hatte mein Vater es arrangiert, dass Bruder Matthias uns auf der Burg unterrichtete. Immer wenn er es einrichten konnte, wohnte er für einige Wochen bei uns und unterrichtete uns vom Morgen bis in den frühen Nachmittag. Die Nachmittage nahmen wir ihn mit hinaus in die Wälder und selbst dort setzte er den Unterricht fort. So kannten wir die lateinischen Namen vieler heimischer Pflanzen und konnten uns selbst zu Jagd- und Alltagsthemen auf Latein unterhalten. Es war eine seiner hervorragendsten Eigenschaften, dass es ihm gelang, uns in fast jeder Situation etwas beizubringen. Besonders liebte er es, wenn man dabei praktisches und theoretisches Wissen verbinden konnte. Daher verstand er sich auch bestens mit Jörg, denn unsere Küche nutzte er nur zu gern, um uns dort physikalische Phänomene wie etwa die Kraft des Dampfes von kochendem Wasser nahezubringen. Er war an allem interessiert und liebte es genauso, mit meinem Vater über Vögel zu reden wie mit

Jörg über Gemüsesorten oder mit meiner Mutter über die Eigenschaften von Wolle. Seine eigentliche Leidenschaft galt jedoch der Philosophie. Und er wusste uns mit immer neuen Aspekten der großen antiken Denker zu fesseln. Von Sokrates, aber auch von dessen Schülern Platon und Aristoteles erzählte er wie von vertrauten Freunden und nicht wie von längst verstorbenen Gelehrten.

Die christliche Heilslehre oder Bibellektüre spielten in seinem Unterricht kaum eine Rolle. Stattdessen näherten wir uns im offenen Gespräch, ganz in der Tradition des Sokrates, bestimmten Problemen mit immer weiter in die Tiefe dringenden Frage- und Antwortspielen. Gern zitierte er dabei Abaelard: „Denn vom Zweifel gelangen wir zum Fragen; und fragend erfassen wir die Wahrheit." So erinnerte ich mich noch gut daran, wie er uns eines Tages dazu befragte, was den Menschen eigentlich vom Tier unterscheide. Die Frage erschien Berta und mir anfangs einfach und rasch zu beantworten, wusste doch jedes Kind, dass der Mensch die Krone der Schöpfung sei und Gott ihn nach seinem Ebenbild geschaffen hatte. Bruder Matthias hatte jedoch die Gabe, unsere Antworten durch weitere Fragen fragil, ja, geradezu einfältig erscheinen zu lassen. Er forderte uns dazu auf, jenseits der wundersamen Schöpfungsgeschichte eigene Beobachtungen und Erkenntnisse vorzutragen. Berta antwortete, dass nur dem Menschen von Gott die Sprache gegeben sei. Und Bruder Matthias nickte zufrieden, so als ob er genau diese Antwort erwartet hätte, bevor er seinen schönen schlanken Zeigefinger in die Höhe streckte, Berta freundlich zuzwinkernd anblickte und sie fragte, ob der Gesang der Vögel etwa keine Sprache, und nicht womöglich gar die schönere Sprache sei.

Stolz fügte ich damals an, dass nur der Mensch über eine Seele, Gefühle und ein Bewusstsein verfüge und auch dies ihn von den Tieren unterscheide. Wieder blickte Matthias uns mit diesem kaum sichtbaren Lächeln an und antwortete: „Wenn dem so ist, dann geh doch jetzt in den Stall und tritt deinem Pferd hart mit dem Stiefel in die Seite. Schließlich ist es ein Geschöpf ohne Seele, Gefühle und Bewusstsein. Es wird also nichts weiter dabei sein und wenn ich deiner Argumentation folge, wäre es nichts anderes, als wenn du einen Stein trittst." Selbst jetzt, nach so vielen Jahre, konnte ich mich noch genau an meine damalige Scham ob meiner Antwort erinnern. Denn er wusste wohl, wie sehr ich mein Pferd liebte.

Während ich durch die herbstliche Vorgebirgslandschaft ritt, dachte ich voller Liebe an Bruder Matthias. Ich versuchte mich zu erinnern, wie die Unterrichtsstunde über den Unterschied zwischen Menschen und Tieren weitergegangen war. Es fiel mir jedoch nicht mehr ein. Wahrscheinlich hatte er es geschafft, uns an der Existenz eines solchen Unterschieds zweifeln zu lassen, ohne uns das Gefühl zu geben, Gottes Schöpfung in Zweifel zu ziehen. Vage meinte ich mich zu erinnern, wie er zum Abschluss gesagt hatte, dass Tiere zwar trauern, im Gegensatz zum Menschen aber nicht weinen können. Dabei hatte er seinen Finger ausnahmsweise nicht erhoben.

*

Lange muss ich tief in Gedanken versunken geritten sein, denn als ich wieder aufmerksamer auf meine Umgebung achtete, stand die Sonne bereits tief. Wehmütig dachte ich an meine Kammer auf unserer Burg und Jörgs üppige Mahlzeiten. Bruder Matthias war nicht zuletzt wegen des guten Essens immer gern bei uns geblieben. Sein Abt hatte nichts dagegen und vermutlich hatte mein Vater als Gegenleistung dem Kloster einige großzügige Schenkungen vermacht. Nun haderte ich mit meiner Entscheidung, die Stadt ganz ohne Frühstück und Proviant zu verlassen. Während ich noch vor einiger Zeit mehrere große Bauerngehöfte passiert hatte, war die Gegend nun kaum besiedelt. Schon lange hatte ich keinen Hof mehr gesehen. Ich durfte nun nicht mehr wählerisch sein und musste bei der nächsten Gelegenheit um ein Nachtlager bitten. Endlich tauchte im letzten Tageslicht, etwas vom Hauptweg versetzt und umgeben von alten Eichen, eine ärmliche Bauernkate auf. Das Haus machte keinen guten Eindruck auf mich und wirkte kaum besser als Brankas Hütte. Die nahende Dunkelheit und mein knurrender Magen ließen mir jedoch keine Wahl und so ritt ich auf das Haus zu.

Obwohl die Hütte winzig war, dauerte es lange, bis mir jemand öffnete. Ein kleiner älterer Bauer musterte mich misstrauisch. Hinter ihm erschien seine Frau. Sie war ebenfalls auffallend klein und von unbestimmbarem Alter. Ich stellte mich vor und bat um ein Nachtlager. Der Bauer blickte fragend zu seiner Frau. Diese beäugte mich noch misstrauischer als ihr Mann und ihre kleinen, kaum sichtbaren Augen glitten immer wieder von meiner Fellmütze hinab zu meinen Stiefeln, bevor sie endlich nickte und mich eintreten ließ. Auf dem Tisch brannte ein Talglicht. Es war die einzige Lichtquelle. Zwar gab es eine Feuerstelle, doch diese war fast erloschen und zeigte nur noch schwache Reste von Glut. Ich blickte mich in der Hütte um und trotz der

Dunkelheit erkannte ich sofort, dass mich hier weder ein bequemes Nachtlager noch charmante Gesellschaft erwarten würde. Das Bauernpaar lebte offenbar allein. Kurz war ich versucht, Peter die Schuld an meinem kargen Nachtlager zu geben; hätte ich doch ohne ihn nicht so kopflos und ohne Proviant die Stadt verlassen. Doch verscheuchte ich diesen Gedanken. Hatte ich nicht bereits drei Nächte ohne ein Dach über dem Kopf im strömenden Regen verbracht? Da würde ich wohl auch eine Nacht hier bei diesen einfachen Bauern überstehen.

Die Frau bot mir einen Schemel an. Erst als ich mich gesetzt hatte, fiel mir auf, dass es nur zwei Schemel in der Hütte gab und nun entweder die Frau oder der Mann stehen mussten. Gäste wurden hier offenbar nicht erwartet. Ich blieb trotzdem sitzen. In der Hütte war es fast so kalt wie draußen. Immerhin war die Luft frisch und es stank nicht. Wortlos stellte die Frau Brot und eine Schale mit Milch vor mich auf den Tisch. Dann setzte sie sich mir gegenüber auf den anderen Schemel, während der Mann noch immer neben der Tür stand. Während ich aß, betrachteten mich die beiden gespannt. Sicher erwarteten sie, dass ich ihnen etwas von mir erzählen würde. Diesen Gefallen wollte ich ihnen gern tun, aber vorher musste ich essen. Das Brot und die Milch passten gut zusammen und verbanden sich in meinem Mund zu einem süßen, köstlichen Brei. Ich schloss die Augen und stöhnte möglichst leise vor Freude.

Fast erschrak ich über die Dunkelheit und Kälte, als ich noch einmal nach draußen ging, um mein Pferd zu versorgen. Das Bauernpaar besaß einige Ziegen und Schafe sowie eine Kuh. Neugierig betrachteten die Tiere mein Pferd, als ich es zu ihnen auf die Weide brachte. Suri interessierte sich hingegen kaum für diese Gesellschaft. Zielsicher suchte sie sich eine Stelle mit gutem Gras und ließ sich fortan nicht mehr ablenken. Ich atmete die kühle Abendluft ein und dachte, dass es mir genauso wie meinem Pferd ging. Auch ich wollte eigentlich nur essen und schlafen, doch gebot es die Höflichkeit, dass ich nun noch mit dem Bauernpaar reden musste. Als ich zurück zum Haus ging, erinnerte ich mich an den jungen Mönch, der sich beschwert hatte, dass die beiden Mönche sich während ihres Aufenthalts kaum mit ihm unterhalten wollten. Stattdessen hatten sie, wenn auch versehentlich, seine Mühle angezündet. Ich nahm mir vor, ein besserer Gast zu sein.

Die kleine Talgkerze auf dem Tisch schien mir noch schwächer als vorhin zu brennen. Der Bauer und seine Frau musterten mich schweigend. Im schwachen Licht der Kerze sahen sie aus wie zwei Gespenster. Es war so dunkel, dass es unmöglich war, Hand- oder Näharbeiten auszuführen. Trotzdem erkannte ich, dass sie in der Zwischenzeit ein Schlaflager mit Stroh und einem Schafsfell für mich zurecht gemacht hatten. Die beiden waren offenbar weder Besuch noch Gespräche gewöhnt. Ich versuchte die spürbare Verlegenheit zu überspielen, indem ich von meiner heutigen Tagesreise aus der Bischofsstadt erzählte. Rasch war das Eis gebrochen, denn die beiden erzählten mir nun, dass auch sie einmal im Monat in die Stadt fuhren, um dort ihren selbstgemachten Käse zu verkaufen und von dem Geld das ein oder andere Notwendige vom Markt zu erwerben. Sie sprachen in einer mir fremden Mundart und es fiel mir nicht leicht, alles zu verstehen. Ich versuchte mir vorzustellen, wie die Frau wohl als junges Mädchen ausgesehen hatte. Ihr Gesicht war von der Sonne gegerbt und voller Falten, doch durchaus ebenmäßig. Sicher hatte sie einmal gut ausgesehen. Ich fragte die beiden, wo sie sich denn kennengelernt hatten. Beide lachten. Natürlich auf dem Marktplatz der Stadt. Er habe Käse und sie Schinken verkauft. Zwar lagen die Höfe der Eltern recht weit auseinander, doch von da an habe sich alles Weitere fast von allein ergeben. Ihre Eltern und Geschwister seien rasch hintereinander gestorben und so hatten sie nur noch einander. Eigene Kinder hätten sie leider nicht mehr. Alle waren bereits im Kleinkindalter gestorben.

Ich bedauerte, dass ich die beiden mit meinen Fragen an ihre Kinder erinnert hatte. Ein wenig bedrückt und verlegen blickte ich mich erneut in der Behausung um. Es war schwer vorstellbar, dass in dieser kleinen Hütte überhaupt Kinder aufwachsen konnten. Am liebsten wäre ich noch einmal vor die Tür gegangen. Stattdessen begann ich, von der Suche nach meiner Mutter zu erzählen. Ich schilderte alles möglichst ausführlich und lebendig und hoffte so, meine Gastgeber auf andere Gedanken zu bringen. Aber irgendwie war das Verschwinden meiner Mutter ja auch ein Verlust, wenn auch noch kein endgültiger.

Sie lauschten meiner Schilderung aufmerksam. Gebannt folgten sie meiner Reise durch den Regen ins Fährhaus und in die ihnen bekannte Bischofsstadt. Nie unterbrachen sie mich mit Zwischenfragen. Wahrscheinlich wagten sie es nicht.

Das Bauernpaar hatte sich redlich bemüht, mir gute Gastgeber zu sein. Und doch war ich froh, als ich am nächsten Morgen weiterreiste. Die dunkle Enge der Hütte wirkte bedrückend auf mich und ich hatte in der Nacht kaum geschlafen. Der Bauer schnarchte, seine Frau redete im Schlaf wirres Zeug, und durch das dünne Schafsfell spürte ich die Kälte des Bodens, obwohl ich mich möglichst fest in meinen Reisemantel eingewickelt hatte und die Fellmütze sogar nachts trug. Die Verabschiedung war kurz. Der Standesunterschied erschien ihnen und mir im kühlen Morgenlicht noch größer als gestern. Die Frau reichte mir Brot und Käse als Proviant und ich drückte ihr zum Abschied zwei Silbermünzen in die für eine Bäuerin erstaunlich zierliche Hand.

Der Morgennebel hüllte die Landschaft in einen blassgrauen Schleier. Die gestern noch deutlich vor mir liegenden Berge waren nicht einmal zu erahnen und oftmals fiel es mir gar schwer, dem Weg zu folgen. Mein Pferd ließ sich von der schlechten Sicht glücklicherweise kaum beeindrucken und so ritt ich mit frischem Mut durch den Nebel. Mein Blick fand nichts, an dem er sich festhalten konnte. Meinen Gedanken erging es ganz ähnlich. Immer wieder verlor ich mich in einer neuen Erinnerung: Brankas schönen Füßen, Peters wirrem Blick, der rauen Stimme Maras, ihrem lauten, herzlichen Lachen. Schließlich landeten meine Gedanken beim gestrigen Abend. Ich erinnerte mich an einen Satz der Bäuerin zu ihren früh verstorbenen Kindern und dass ihnen damit auch jegliche Hoffnung geraubt wurde. Hoffnung. Ich kannte das Wort vor allem aus unserer Kirche. Oft wurde dort von der Hoffnung auf Erlösung gesprochen. Diese Hoffnung war immer auf das Jenseits gerichtet und nie auf das Hier und Jetzt. War das nicht eine merkwürdige Hoffnung? Welche Hoffnung trieb mich an? Die vage Hoffnung, meine Mutter zu finden? War es das, was mich dazu bewog, im kalten Herbstnebel durch die Fremde in ein unbekanntes Gebirge zu reiten? Wie unendlich groß war doch die Welt und wie unwahrscheinlich war es, dass ich sie wiederfinden würde. Vielleicht ritt ich bereits in die falsche Richtung. Und wie viele Wegkreuzungen hatte ich bei dem Nebel bereits übersehen? War es nicht eine einfältige, kindliche Hoffnung, die mich vorwärtstrieb und mir weismachte, auf der richtigen Spur zu sein und meine Mutter mit jedem Schritt meines Pferdes auch einen Schritt näher zu kommen?

Ich versuchte, nicht weiter darüber nachzudenken. Denn je länger ich dies tat, desto unmöglicher erschien mir mein Vorhaben. War es nicht sogar besser, eine Sache einfach so zu tun; ganz ohne Abwägen, ganz ohne ein Nebeneinanderlegen der Schwierigkeiten und Möglichkeiten und ohne alles bis zum Ende zu durchdenken? Oder war das einfach nur dumm? So wie jemand, der ohne Wasser mit forschen Schritten in die Wüste lief, oder wie ein Soldat, der ohne nachzudenken in die Schlacht ritt, einfach weil es von ihm erwartet wurde, und kurz darauf von einem Schwert oder Pfeil durchbohrt im Dreck lag. War erst dann der Moment gekommen, sich über sein Tun Rechenschaft abzulegen? Unter Schmerzen und im Schlamm liegend, die letzten Minuten seines Lebens sich all die Fragen zu stellen, die man sich zuvor nie gestellt hatte; aus Feigheit, aus Bequemlichkeit oder auch nur aus Dummheit.

Der Nebel löste sich langsam auf. Jedoch konnte ich mich nicht so recht darüber freuen, war es doch wie die Rückkehr aus meiner Traumwelt in die Wirklichkeit. Diese verschleierte, diffuse Welt fast ohne Konturen hatte mir und meinen Gedanken gutgetan. Nun lag der Weg, der sich sanft durch die üppige Vorgebirgslandschaft schlängelte, wieder klar und deutlich vor mir. Nur die Berge waren noch immer nicht zu sehen. Es dauerte nicht lange, da tauchten ein, zwei Bauernhöfe und dann ein Dorf vor mir auf. Es erfreute mein

Herz, wie sich die hübschen und festen Häuser in vollkommener Harmonie in die hügelige Landschaft einfügten. Alles wirkte so malerisch, einladend und wohlgeordnet, dass ich mich mehr als Besucher denn als Reisender fühlte. Ich spürte ein Verlangen, hier zu verweilen, um die Schönheit der Szenerie auf mich einwirken zu lassen. Und obwohl ich noch nicht lange unterwegs war und weder Hunger noch Durst hatte, entschloss ich mich zu einer Rast. Suri schien zufrieden damit und nutzte die Gelegenheit, von dem Gras am Wegrand zu fressen. Ich tat es ihm nach, setzte mich auf einen Stein, aß von meinem Brot und Käse und blickte auf die vor mir liegenden Häuser und die so reiche und anmutige Landschaft. Genau in diesem Moment brach die Sonne durch die Wolkendecke und am Horizont tauchte das Gebirge auf. Die gewaltigen schneebedeckten Wipfel leuchteten hell im Sonnenlicht und ihre Schönheit traf mich so unvermutet, dass ich unfähig war, meine Gefühle zu beherrschen. Ich legte mich in das nasse Gras und begann zu weinen. Es waren erlösende Tränen und ich leistete keinerlei Gegenwehr.

Schließlich beugte sich meine Stute über mich und schien mit ihren großen Augen zu fragen, was denn in mich gefahren sei. Ich streichelte ihre Nüstern, lächelte sie beruhigend an und sagte: „Ja, so kennst du mich noch nicht. Weinend im nassen Gras liegend. Doch mach dir keine Sorgen. Die Größe der Landschaft verlangt große Gefühle.“ Mir fiel der seltsame Name ein, den der Sohn der Fährfrau in Gegenwart meiner Mutter gehört hatte. Schattogri. Was mochte der Name bedeuten? Und hatte der Sohn der Fährfrau nicht von drei bis vier Tagesreisen gesprochen? Wenn dem so war und ich mich auf dem richtigen Weg befand, konnte ich bereits übermorgen dort sein. In diese Hoffnung mischten sich jedoch rasch Zweifel. Wo dieses Schattogri auch lag – es schien mir vorerst unendlich weit entfernt, ja geradezu unerreichbar.

*

Überall wurde ich freundlich gegrüßt, als ich kurz darauf durch das Dorf ritt. Die Bauern sahen gesund und wohlgenährt aus, ihre Häuser waren fest und stattlich und die Böden der umliegenden Äcker gut und ertragreich. Alles zeugte von Sauberkeit und Wohlstand. Die Haare der Mädchen waren überwiegend dunkel. Fast ausnahmslos waren sie groß gewachsen, hatten rote Wangen und kräftige Arme. Wenn sie mich anlächelten, glänzten ihre weißen und gesunden Zähne. Mir wurde leicht und heiter ums Herz. Die Rast und meine Tränen hatten meine Stimmung verändert. Ich fühlte mich weniger besorgt und freier, ganz so als ob eine Last von mir abgefallen sei. Selbst ein Scheitern meiner Suche erschien mir nun nicht mehr undenkbar.

Jenseits des Dorfes begegneten mir ebenfalls immer wieder Menschen, die mir mit schwer beladenen Karren oder zu Fuß entgegenkamen. Viele von ihnen trugen vollgepackte Kiepen auf dem Rücken. Offenbar gab es hier in der Nähe noch zahlreiche weitere Dörfer und Siedlungen, zwischen denen Handel betrieben wurde. Das geschäftige Treiben auf der Straße versetzte mich in eine noch belebtere und fröhlichere Stimmung; fast wie jene, wenn ich früher gemeinsam mit Berta ein Dorffest oder eine Kirmes besuchte.

Meine fröhliche Leichtigkeit nahm mir zwar die Sorge, eine passende Unterkunft für die Nacht zu finden, und doch wollte ich den gestrigen Fehler nicht wiederholen und erst kurz vor Einbruch der Dunkelheit nach einem Nachtlager Ausschau halten. So versuchte ich – wie ein Jäger – während des Reitens aufmerksam die Umgebung im Blick zu behalten. Eine Weile gelang mir das gut, dann schweiften meine Gedanken erneut ab. Ich dachte an die Tochter des Schmieds aus dem Dorf unweit unserer Burg. Mein Vater ließ dort regelmäßig die Pferde mit neuen Hufeisen versehen. Als Knabe hatte ich ihn stets gern dorthin begleitet, denn die Arbeit des Schmieds mit all seinen Werkzeugen und der leuchtend hellen heißen Glut faszinierte mich. Wie ich es liebte, wenn er mit seinem Hammer das glühende Eisen schlug und die Funken um seine lederne Schürze flogen!

Es war bei einem dieser Besuche, dass ich dann doch nicht die ganze Zeit neben dem Amboss stand, sondern ziellos vor der Schmiede auf- und ablief. Da kam seine Tochter auf mich zu. Sie war in meinem Alter und ich hatte sie bereits bei früheren Besuchen gelegentlich wahrgenommen. Sie hatte dunkle Locken, sonnengebräunte Haut, lange dünne Beine mit knochigen Knien und einen verschmitzten Blick. Ich mochte sie und wir hatten uns mehrfach interessiert beäugt, bisher jedoch nie ein Wort miteinander gewechselt. Nun sprach sie mich an. Es dauerte nicht lange und wir redeten angeregt über dies und das. Scherzend und plaudernd gelangten wir an eine der kleinen Stallungen neben dem Haus des Schmieds. Es war ein warmer Sommertag und es gab keinen Grund in den dunklen Stall zu gehen. Und doch standen wir uns plötzlich dort gegenüber. Ich kann mich noch gut an den wohligen Geruch von Heu, Holz und Kuh erinnern. Noch besser kann ich mich an das erinnern, was dann geschah. Vor allem wie ihre schmutzigen und klebrigen Finger alles an mir erkundeten. Diese ersten Berührungen waren schön und doch voll kindlicher Unschuld. Entrückt schwelgte ich in den süßen Erinnerungen und kostete in meinen Gedanken noch einmal von jenem köstlichen Nektar meiner ausgehenden Kindheit. War das meine erste Berührung mit der Liebe und war ich damals gar verliebt? Vielleicht hätte ich Mara davon erzählen sollen, statt nur verlegen zu schweigen.

Auf den Weg und die Umgebung achtete ich kaum noch. Statt wie ein Jäger, ritt ich wie ein Träumer durch die mir unbekannte Landschaft. Noch begann es nicht zu dunkeln, mein Gefühl für Zeit und Ort hatte ich allerdings verloren. Wie lange war es nun her, seit ich durch das hübsche Dorf mit den schönen und gesunden Mädchen geritten war? Die Landschaft hatte sich seitdem merklich verändert. Sie wurde waldiger und wilder; weder bewirtschaftete Felder noch Bauernhöfe waren mehr zu sehen. Gelegentlich tauchten Felsen am Wegrand auf. Der Weg selbst wurde zunehmend schmaler und ungangbarer. Ich versuchte, meine fröhliche Leichtigkeit zu bewahren. Leicht fiel es mir nicht. Immerhin konnten sich meine Augen an dem zwischen den Bäumen immer wieder auftauchenden, vor mir liegenden Bergpanorama erfreuen. Die schneebedeckten Berge leuchteten nun im warmen Abendlicht. Ob dort oben wohl Menschen lebten?

Die Sonne begann sich bereits rötlich zu färben, als ich an eine Wegkreuzung gelangte. Geradeaus schien es direkt in die Berge zu gehen. Das war der Handelsweg und vermutlich auch jener Weg, den meine Mutter genommen hatte. Doch sah ich dort bis zum Horizont keine Siedlung. Nach links führte nur ein kleiner und schlechter Pfad, der wenig vielversprechend aussah. Der rechte Weg jedoch zog mich magisch an. Er sah gepflegt aus und führte geradewegs in ein großes Waldstück. Zwar konnte ich keine Häuser entdecken, doch deutete einiges darauf hin, dass dieser Weg regelmäßig von Fuhrwerken genutzt wurde. Instinktiv lenkte ich Suri nach rechts und ritt auf den Wald zu.

Die Dunkelheit im Wald überraschte mich. Wenn nicht bald eine Siedlung kam, musste ich im Freien übernachten. Mir war kalt und ich zog die Fellmütze noch tiefer ins Gesicht. Die Hütte des Bauernehepaares erschien mir nun gar nicht mehr so übel.

Im Wald hörte ich den Ruf eines Käuzchens. Es war der vertraute Klang, den ich auch von den Jagdausflügen mit meinem Vater kannte. Was für einen Unterschied machte es jedoch, durch einen dunklen Wald zu reiten, wenn man wusste, nur einen kurzen Ritt von der heimatlichen Burg, köstlichem Essen und seinem warmen Bett entfernt zu sein oder in fremder Umgebung bei zunehmender Dunkelheit ins Ungewisse zu reiten? Ich begann bereits, mich nach einem passenden Nachtlager im Wald umzusehen, da lichteten sich die Bäume und ich entdeckte vor mir gerodete Flächen, Felder und Weideland. Alles war gepflegt und die Weide von einem gut gearbeiteten Holzzaun umrandet. Am Ende des Feldes sah ich eine Mauer. Sie war fast so hoch und gewaltig wie die Stadtmauer der Bischofsstadt. Was mochte sich dahinter verbergen? Die einsame Lage sprach für ein Kloster. Unschlüssig ritt ich vor dem Tor auf und ab, ritt dann wieder zurück und versuchte, über die Mauer zu blicken. Viel mehr als zwei kleine Türme und das Dach eines großen Steinhauses konnte ich nicht ausmachen. Es war ein merkwürdiger Bau. Nie hatte ich Ähnliches gesehen. Ich stieg von meinem

Pferd und näherte mich dem Tor zu Fuß. Neben dem Tor hing eine Glocke, die mit dem Kopf eines mir unbekannten Tieres verziert war. Mehrfach schlug ich diese an. Erst zaghaft, dann immer kräftiger. Laut hallte ihr Ton über die Felder in den Wald hinein. Es war ein schöner Ton, fast wie der Klang einer Kirchenglocke. Hinter dem Tor blieb weiterhin alles still. Ich schaute mich um, ob es wenigstens einen Stall oder eine Scheune außerhalb der Mauer gäbe, wo ich die Nacht verbringen konnte. Während ich zurück zu meinem Pferd ging, begann mich meine fröhliche Gelassenheit endgültig zu verlassen. Wie rasch sich Stimmungen wandeln konnten. Hatte ich nicht noch gestern in der Bauernkate beim flackernden Licht der kümmerlichen Talgkerze über die Hoffnung nachgedacht? Nun spürte ich es am eigenen Leib, wie sehr auch ich von Hoffnungen lebte. Ohne sie war das Leben trostlos und ich begann gerade, meine Hoffnung auf ein warmes und bequemes Nachtlager zu verlieren.

Kaum hatte ich Suri erreicht, als ich hinter mir ein Knarren vernahm. Im Umwenden sah ich, wie sich das Tor langsam öffnete und den Blick auf einen kleinen Mann mit roter Samtweste und einer eimerförmigen Kappe aus dem gleichen Samt freigab, der mich fragend ansah. Mein Pferd am Halfter führend ging ich auf ihn zu. Als ich vor ihm stand, bemerkte ich erst, wie zwergenhaft klein er war. Er reichte mir selbst mit seiner Kappe kaum bis zur Brust. Mit einer seltsam feierlichen Armbewegung bedeutete er mir, dass ich eintreten durfte.

5

Längst hatte ich aufgehört, die Tage zu zählen, doch zweifellos war ich bereits zwei Wochen beim Fürsten. Und jeden Morgen beim Aufwachen und jeden Abend beim Zubettgehen hatte ich ein schlechtes Gewissen. Jedoch wollte er mich einfach nicht ziehen lassen. Ich war ein Gefangener – ein Gefangener seines Charmes, seiner Konversationskunst, seiner Liebenswürdigkeit, des mir gebotenen Komforts und nicht zuletzt des langsam einsetzenden Winterwetters. So verlängerte ich meinen Aufenthalt einen Tag um den anderen. Zugleich war die Situation gänzlich anders als beim Fährmann. Ich war gesund und das Wetter diente mir, wenn ich ehrlich Rechenschaft vor mir ablegte, nur als willkommene Ausrede. Die Tage beim Fürsten ließen meinen Kopf schwirren und es fällt mir schwer, all die Eindrücke in Worte zu fassen. Mit dem Durchschreiten des Tores betrat ich eine mir fremde, exotischere, ja vor allem schönere Welt, in der zugleich andere Regeln zu herrschen schienen. Unmöglich, seine abendfüllenden Vorträge zusammenzufassen. Fast unmöglich, sein Wissen, seine Extravaganzen, seine Reiseabenteuer wiederzugeben. Wenn ich nur an ihn denke, ist mir, als ob stets aufs Neue eine Woge des Lebens und guten

Geschmacks über mich einbricht. Und doch war alles schwer greifbar und nichts hatte einen rechten Anfang oder ein rechtes Ende. Bei ihm war stets alles mit allem verbunden und so konnte es gar keine abschließende Antwort auf eine Frage geben.

Daher beginne ich am besten bei seinem Äußeren. Der Fürst sah trotz seines Alters auffallend gut aus. Er war ungewöhnlich groß und hatte eine wohlgeformte Figur mit breiten Schultern und langen muskulösen Beinen, die er gern in engen cremefarbenen Strumpfhosen präsentierte. Seine Haare waren voll und lockig. Allerdings hatte ich den Eindruck, dass er dem leuchtenden Schwarz seiner Haare mit künstlichen Mitteln nachhalf, denn an den Schläfen und in seinem stets wohlgestutzten Bart entdeckte ich gelegentlich einige silbern schimmernde Fäden; jedoch nie länger als ein, zwei Tage. Seine Augen waren groß und von einem klaren Blaugrau. Ich blickte gern in sie hinein. Seine Nase war adlerhaft geformt und verlieh seinem Gesicht etwas Markantes und Verwegenes. Da seine Kleidung stets aus edlen, kunstvoll gefärbten und verzierten Wollstoffen bestand, erinnerte er mich an einen fernöstlichen Herrscher. Oder zumindest daran, wie ich mir einen solchen vorstellte. Er war gewiss älter als mein Vater und wirkte doch agiler und vitaler. Wären da nicht sein enzyklopädisches Wissen und seine schwindelerregende geistige Überlegenheit gewesen, hätte ich mich an seiner Seite wie mit einem Gleichaltrigen gefühlt. Alles an ihm war voller Schwung und Esprit. Nie habe ich ihn müde oder matt erlebt.

Sein Anwesen war kaum größer als unsere Burg, aber im Gegensatz zu dieser war jedes Detail von ausgesucht gutem Geschmack und mit zahlreichen Vorrichtungen versehen, die ich nie zuvor gesehen hatte. Die sicher Eindrucksvollste war ein gewaltiger Ofen im Keller, dessen Wärme über mit Öl gefüllte Kupferrohre im ganzen Haus verteilt wurde. So war selbst der Fußboden im Erdgeschoss immer angenehm warm. Das erklärte auch, warum der Fürst im Haus keine warmen Stiefel, sondern nur leichte Pantoffeln trug. Neben dem stets wohlig warmem Esszimmer befanden sich zwei weitere kleine Räume, die nicht minder gut geheizt waren. Dort standen weiche, mit Leder bespannte Sitzmöbel, wie ich sie nie zuvor erblickt hatte. Sie waren eine Mischung aus Sessel und Liege und so bequem, dass man gern mehrere Stunden darin verbrachte. Und das taten wir auch fast jeden Abend nach dem Essen. In jedem Zimmer, selbst im Esszimmer, stand zudem ein großes Bett, denn der Fürst liebte es, sich zwischendurch hinzulegen und aus dem Bett heraus, ohne dass seine Vitalität im Geringsten nachließ, seine Vorträge fortzuführen.

Ungewöhnlich war auch sein Hauspersonal. Es bestand aus drei jungen, sehr hübschen Mädchen, einer älteren Köchin, zwei Dienern und dem kleinen Mann mit der roten Weste und dem seltsamen Hut, der mir das Tor geöffnet hatte. Dieser war offenbar für die Pferde und den Garten zuständig. Ich sah ihn fast nie im Haus. Die meisten der anfallenden Hausarbeiten übernahmen die beiden Diener. Beide waren ebenfalls auffallend klein, vollkommen kahlköpfig und sahen einander so ähnlich, dass ich sie für Zwillingsbrüder hielt. Es schien mir, als ob sie dem Fürsten bereits seit sehr vielen Jahren dienten. Sie versorgten den Ofen mit Brennholz, waren jedoch ebenso für die Garderobe und persönlichen Belange des Fürsten zuständig.

Die Aufgabe der drei Mädchen war mir selbst nach mehreren Tagen meines Aufenthalts noch nicht klar. Weder sah ich sie in der Küche noch bei anderen häuslichen Tätigkeiten. Für Hausangestellte waren sie zudem auffallend gut gekleidet, sodass ich anfangs gar dachte, dass sie womöglich Töchter oder Familienangehörige seien. Der Fürst lachte über meine Anfrage und antwortete, dass es auch in diesem Teil des Reiches nicht leicht sei, gutes Hauspersonal zu bekommen. Wenn man gutes Essen liebe, solle man dankbar für eine talentierte Köchin sein. Und wenn man die Schönheit liebe, solle man sich die Schönheit eben ins Haus holen und die zarten Hände nicht durch zu viel Arbeit verschandeln.

Am dritten oder vierten Tag meines Aufenthalts fragte mich der Fürst während des gemeinsamen späten Frühstücks, ob ich meine Mutter wirklich liebe. Diese Frage erreichte mich unerwartet. Bereits am ersten Tag hatte ich ihm von dem Zweck meiner Reise und der Suche nach meiner Mutter erzählt. Er hatte interessiert zugehört, aber kaum Fragen dazu gestellt und das Thema seitdem nicht mehr aufgegriffen. Da ich ihn nicht mit meinen Sorgen langweilen wollte, war ich es zufrieden. Und nun stellte er mir unvermittelt eine so persönliche Frage. Ich blickte ihn unsicher, ja, vielleicht sogar errötend an und stammelte „Natürlich." Er lächelte.

Sein Lächeln irritierte mich fast noch mehr als seine Frage und ich spürte, wie mir das Blut in den Kopf schoss. Gern hätte ich noch mehr darauf erwidert, doch fühlte sich jedes weitere Wort wie eine Rechtfertigung an und so aß ich schweigend meine Eier in Specksoße. Er bemerkte meine Verlegenheit, legte seinen Löffel zur Seite und begann von

seiner Mutter zu erzählen: „Ich liebe meine Mutter ebenfalls. Natürlich, *natürlich* ... Ob diese Liebe auf Gegenseitig-
keit beruht, weiß ich allerdings bis heute nicht. Meine Mutter war fast selbst noch ein Kind, als sie mich gebar. Und mit
dem Abstand so vieler Jahre kann ich wohl sagen, dass ich
ihr in den ersten Jahren mehr ein Spielzeug als ein echter
Sohn war. Sie hat recht schnell das Interesse an mir verloren
und die Erziehung meinem Kindermädchen Amal überlassen. Wenn ich an meine Kindheit denke, dann denke ich an
Amal und nicht an meine Mutter. Amal war immer für mich
da. Sie hat mich ins Bett gebracht, getröstet und mehr erzo-
gen als mein Vater, meine Mutter und all meine zahlreichen
Lehrer zusammen. Wie ich es liebte, meinen Kopf in ihren
warmen und weichen Schoß zu legen. Sie roch stets so gut
und hatte wunderbar weiche, etwas dunklere Haut. Dazu
sanft gewelltes schwarzes Haar. Ach, ich wünschte ich hätte
ihr Haar ... Sie kam auf abenteuerlichen Wegen aus Nordaf-
rika zu uns nach Europa; nicht als Sklavin, sondern als Be-
gleitdame eines Prinzen und unter mysteriösen Umständen.
Nie hat sie davon gesprochen. Es blieb ihr Geheimnis. Umso
lieber hat sie von ihrer Heimat erzählt. Alles war so fern und
exotisch für mich, dass ich immer dorthin reisen wollte. In
Vielem schien mir ihre Heimat stärker von römischen Ge-
wohnheiten geprägt und auch im Geiste näher als unser
Reich. Sie erzählte oft von dem guten Wein, dem feinen Oli-
venöl, den duftenden Gewürzen, den warmen Sonnenunter-
gängen am Meer und gab mir das Gefühl, nun bei Barbaren
gelandet zu sein. Dabei ist meine Familie eine der wohlha-
bendsten im ganzen Bergvorland. Weißt du, was der Name
Amal bedeutet? Hoffnung! Hoffnung als Frauenname. Wie
schön das klingt. Amal ...“

Er schnäuzte sich und wischte sich mit der Hand über die feucht glänzenden Augen. Verlegen blickte ich auf meinen Teller. Hatte ich nicht kürzlich ebenfalls über die Hoffnung nachgedacht? Zukünftig würde ich bei dem Wort zugleich an das Kindermädchen des Fürsten denken.

Dann fragte ich ihn, wann seine Mutter denn gestorben sei. Verwundert blickte er mit seinen noch feuchten Augen auf und antwortete, dass sie noch höchst lebendig sei. Sie lebe in einem Stift einige Tagesreisen nördlich von hier und erfreue sich, soweit er gehört habe, immer noch bester Gesundheit. Schließlich sei sie ja, wie erwähnt, nur unwesentlich älter als er und ob ich den Eindruck hätte, dass mir hier ein Greis gegenübersitzen würde. Dann lachte er herzhaft und ich bemerkte, dass ihm bereits einige Backenzähne fehlten.

Am folgenden Tag begleitete ich den Fürsten auf einen Ausritt. Es war noch kälter geworden. Schwer und bleigrau hingen die Wolken über den reifbedeckten Feldern. Die Berge waren nicht einmal zu erahnen. Er meinte, dass es sicher bald schneien würde. Der Atem der Pferde dampfte in der nasskalten Luft. Mein Gastgeber wollte den Ausritt damit verbinden, mir seine Ländereien und eines seiner Dörfer zu zeigen. Wir ritten in scharfem Galopp, sodass wir uns nicht unterhalten konnten. Immer wieder musterte ich voll Anerkennung den Fürsten, der trotz seines Alters ein vorzüglicher und kühner Reiter war. Wir nahmen nicht den mir bereits bekannten Weg, sondern schlugen einen Pfad ein, der auf der Rückseite seines Anwesens begann und einem Bach zu folgen schien. Der Pfad wurde rasch so schmal, dass wir nur selten nebeneinander reiten konnten. So ritt ich die meiste Zeit hinter ihm und blickte auf die Rückseite seines gutsitzenden braunen Reitmantels. Es war nicht leicht, den Anschluss zu halten. Suri war ein solch scharfes Tempo nicht mehr gewohnt.

Jäh wurde ich aus meinen Gedanken gerissen, als er plötzlich die Zügel anzog und mit seinem Pferd stehen blieb. An ihm vorbeiblickend, konnte ich keinen Grund für den abrupten Halt erkennen. Als ich neben ihm stand, blickte ich ihn fragend an. Seine Augen waren gerötet; vermutlich von der Kälte und dem Wind. Er streichelte seinem Pferd zärtlich die Mähne und atmete tief ein und aus, bevor er sich an mich wandte: „Ich habe über deine Mutter nachgedacht. Nach allem, was du mir erzählt hast, bin ich inzwischen sicher, dass sie nicht entführt wurde, sondern freiwillig geflohen ist. Du wirst das nicht gern hören, aber vermutlich wird sie auch gar nicht von dir gefunden werden wollen. Solltest du sie doch finden, kannst du ja vielleicht doch ihr Mutterherz erweichen und sie tränenreich zur Rückkehr bewegen. Besser wäre es allerdings, sie zuvor nach den Gründen für ihre Flucht zu befragen. Womöglich bist sogar du der Grund für ihre Flucht vor ihrem alten Leben. Jedenfalls hast du hier noch genug Zeit, darüber nachzudenken. Bei dem Wetter wirst du nicht so schnell ins Gebirge reisen können. Du hast mir erzählt, deine Mutter sei im Mai verschwunden. Dann hat sie den Pass sicher im schönsten Sommerwetter passiert. Womöglich ist sie dir näher als du glaubst. Oder sie war dir gar bereits vor der Flucht ganz fern. Um den Gedanken elegant zu Ende zu bringen, könnte man auch sagen: Du hättest die Suche nach deiner Mutter bereits *vor* ihrem Verschwinden beginnen müssen.

Du musst mir nicht darauf antworten. Nicht jeder - noch so originelle - Gedanke verlangt eine Erwiderung. Und nicht alles, was wir denken, muss auch ausgesprochen und in gewählten Worten formuliert werden. Manchmal ist es besser, Dinge einfach schweigend im Kopf hin- und herzuwenden, wie ein gutes Stück Fleisch über dem Feuer." Ohne zu wissen warum, begann nun auch ich, Suris Mähne zu streicheln. Mir wurde erst jetzt bewusst, wie schön ihre Haare waren.

Wir ritten schweigend weiter hintereinander und ich blickte erneut auf seinen braunen Reitmantel. Nur selten schaute ich mich um. Wie angekündigt, hielten wir in einem der Dörfer und der Fürst sprach mit den Bauern über die Ernte und den bevorstehenden Winter. Ich weilte etwas abseits und beobachtete, mit welcher Unterwürfigkeit sich ihm die Leute näherten. Er gab sich ganz volkstümlich, lachte herzhaft und hatte keinerlei Scheu, dem einen oder anderen Bauern wohlwollend auf die Schulter zu klopfen. Sein feiner Mantel wirkte zwischen all den Bauernkleidern noch edler. Ganz nebenbei und ohne aufzusehen, reichte er den herumstehenden Kindern gelegentlich ein paar Silberstücke. Die Szene hatte etwas Archaisches. Ein paar Schritte abseits stand eine Gruppe von älteren Knaben und Mädchen. Sie beobachteten den Fürsten mit der ihrem Alter eigenen Mischung aus Neugier und Distanz. Ich kannte dieses Gebaren nur zu gut, war ich doch selbst kaum älter als sie. Sicher hätten sie ebenfalls gern ein paar Silbermünzen in die Hand gedrückt bekommen. Doch waren sie dafür zu alt und zu stolz. In der Gruppe fiel mir ein Mädchen auf. Sie war die Einzige, die nicht den Fürsten, sondern mich anschaute. Immer wieder trafen sich unsere Blicke. Sie hatte kein besonders schönes Gesicht, ihre Haare waren durch eine schlichte Haube bedeckt. Ihr offener und selbstbewusster Blick berührte mich jedoch. Aus einem der Ställe hörte ich das Stöhnen einer Kuh. Mir wurde trotz der kalten und feuchten Luft wohlig warm. Gern hätte ich das Mädchen angesprochen. Der Fürst gemahnte jedoch bereits zum Weiterreiten und so blieb mir nichts weiter übrig, als dem Mädchen einen letzten Blick zuzuwerfen, aufzusitzen und ihm hinterherzureiten. Auf dem Rückweg achtete ich mehr auf die Landschaft. Sie war selbst zu dieser Jahreszeit lieblich und schön. Nur die Berge blieben hinter den tiefhängenden Wolken weiterhin verborgen.

Erst zwei Tage später fand sich eine erneute Gelegenheit, mit dem Fürsten über dessen Vermutung zu reden. Die Tage vergingen hier rasch. Es war nach dem Abendessen und wir saßen zu zweit in seinem Speisezimmer. Aus einem der angrenzenden Zimmer hörte ich immer wieder das Kichern der drei Mädchen, die dort scherzten und spielten.

Tagsüber hatte es das erste Mal geschneit und der frische Schnee verlieh nicht nur der Landschaft, sondern auch dem ganzen Tag etwas Erhabenes, Feierliches. Der Fürst hatte verwundert den Kopf geschüttelt und meinte, dass er es zwar geahnt habe, sich aber doch wundere. Der Winter sei noch nie so früh gekommen. Die beiden Diener waren nun noch mehr damit beschäftigt, den Kamin ordentlich mit Brennholz zu versorgen. Es war wärmer, als ich es je in einem Wohnhaus während der Wintermonate erlebt hatte, und so saß ich nur mit Hemd und Hose bekleidet im Speisesaal. Selbst Bertas Wollunterhemd hatte ich in meiner Schlafkammer gelassen. Der Fürst war guter Dinge und schenkte mir persönlich den Wein nach. Er erzählte von seinen Jugendreisen durch Griechenland bis nach Jerusalem. Nie hatte ich einen Menschen getroffen, der so weit gereist war, und fragte mich, was ich wohl noch von der Welt sehen würde. Wegen des jähen Wintereinbruchs war ich mir nun nicht mal mehr sicher, ob ich überhaupt in die nahegelegenen Berge weiterreisen konnte. Er ergänzte seine Reiseberichte immer wieder mit kleinen historischen oder philosophischen Splittern, die ich ehrfürchtig aufnahm, auch wenn ich oft nur die Hälfte verstand. So sprang er direkt von einer Anekdote aus einem Badehaus in Thessaloniki, wo ihn ein kahlköpfiger Greis besser massiert hatte, als die schönsten und sinnlichsten Weiber, die ihm in all den anderen Badehäusern zu Diensten waren, zu seinen Ansichten über den Tod.

Aus seinem Weinbecher trinkend sagte er: „Wer Angst vor dem Tod hat, ist ein Narr. Und wer Angst vor dem Leben hat, ist ein noch größerer Narr. Ich denke jeden Tag über beides nach. Leben und Tod bilden für mich ein untrennbares Paar, ganz so wie Tag und Nacht, Sonne und Mond. Aber ich gleite ins Allgemeine und will dich lieber mit etwas originelleren Gedanken unterhalten. Apropos originell. Hier sehe ich eine der größten Schwächen unserer Zeit: In jedem Kloster und jeder Stadt finden sich zwar brave Mönche und Gelehrte, die frei und fehlerfrei ihren Aristoteles oder gar Platon oder Cicero zitieren können, doch keiner von ihnen hat je – zumindest mir gegenüber – einen einzigen neuen und klugen Gedanken geäußert. Was ist der Sinn des Studiums der alten Denker, wenn wir die Gedanken nicht weiterdenken, verfeinern und für unsere Zeit zurechtformen? Selbst ich verfalle immer wieder in diesen Fehler, Gäste wie dich mit meinen Kenntnissen der griechischen und römischen Denker beeindrucken zu wollen. Wäre es hingegen nicht viel besser, Dinge neu zu denken? Ein eigener Gedanke erfordert allerdings zwei Eigenschaften, über die nur wenige

Menschen verfügen: Verstand und Mut. Ein origineller Gedanke macht angreifbar. Und all die kleingeistigen Gelehrten bohren dann in deinen Ideen herum, suchen die Schwachstellen und versuchen dich mit dem passenden Aristoteles-Zitat zu widerlegen. Wenn du dann nicht mit einem besseren Aristoteles-Zitat antwortest, sondern nur mit einem deiner kümmerlichen eigenen Argumente den Angriff erwiderst, bist du bereits hoffnungslos verloren. Mit etwas Glück machen sie sich dann nur lustig über dich. Wenn du Pech hast, behandeln dich wie einen Aussätzigen, schelten dich einen Ketzer oder öffnen dir gleich großherzig das Tor zur Hölle." Ich antwortete ihm, dass es bedauerlich sei, dass mein Lehrer nicht hier sei, denn der Fürst und Bruder Matthias würden sich sicher ganz hervorragend verstehen.

Anschließend kamen wir auf meine Mutter zu sprechen und ich fragte ihn unumwunden, wieso er glaube, dass sie freiwillig fortgegangen sei. Der Fürst lächelte mich an und antwortete: „Weil ich die Frauen besser kenne als du. Womöglich irre ich und deine Mutter wurde in der Tat gegen ihren Willen verschleppt. Du hast vor einigen Tagen die Nebelritter erwähnt. Gehört habe ich immer wieder von ihnen; gesehen habe ich sie nie. Die abergläubischen Bauern erzählen gern von ihnen und geben ihnen die Schuld an schlechtem Wetter, Missernten oder Krankheit und Tod. Wenn es sie wirklich gibt, soll es fast unmöglich sein, sie zu finden. Sie sollen sehr gut versteckt in einem nur schwer zugänglichen Teil des Gebirges leben. Nur ein schmaler und gut versteckter Pfad soll zu ihnen und ihrer stets im Nebel liegenden, grauen Burg führen. Sie zeigen sich selten, bereiten kaum Schaden und dienen vor allem als Hauptfiguren der Schauergeschichten in langen Winternächten. Zudem sei einmal dahingestellt, ob die Nebelritter grau und grausam sind oder womöglich gar Gutes tun. Der Unterschied zwischen Schurken und Beschützern ist oft geringer als man glaubt. Grau und grausam ... eine faszinierende Familiarität haben wir da. Derlei Entdeckungen sind mir immer die liebsten. Nun habe ich zugleich einen weiteren Grund, meine Haare schwarz zu färben, will ich doch nicht irgendwann der graue Fürst genannt werden. Und schwingt in dem Wort *grau* neben *grausam* nicht bereits das Wort *Greis* mit hinein? Auf der anderen Seite finde ich, dass die Farbe Grau in ihrer Vielseitigkeit und schlichten Schönheit noch immer zu Unrecht gemieden wird. Fast möchte ich ausrufen, dass Grau die wahre Farbe des Lebens ist! Denn des Lebens bester Teil spielt sich oftmals nicht unter der grellen Sonne, sondern im Verborgenen und in nächtlicher Stunde ab. Und gerade da wandelt sich doch jede Farbe in eine der endlosen Grauvariationen. Zudem entsteht oft das Beste und Schönste, wenn sich darin Schwarz und Weiß oder auch Gut und Böse vereinen!"

Bevor er fortfuhr, blickte er zum Nachbarzimmer, in dem die drei Mädchen noch immer scherzend spielten. „Baldur, du bist eine junge, zarte Seele und hast ein gutes Herz. Allerdings ist dein Denken noch zu oft begrenzt und verfängt sich in den herkömmlichen, dir vertrauten Kategorien. Du musst lernen, größer zu denken." Der Fürst schenkte sich und mir Wein nach. Er füllte die Becher viel zu voll. Als er trank, tropfte ihm der Wein auf sein Hemd. Er ignorierte es und fuhr fort: „Nehmen wir die vermeintlichen Entführer deiner Mutter. Du reitest nun seit einiger Zeit durch das Reich, in dem Glauben, deine Mutter wurde von bösen Menschen gegen ihren Willen verschleppt. Wie ich dir bei unserem Ausritt bereits sagte, ist das nur die für dich bequemste Annahme. Du willst dich nicht mit dem Gedanken auseinandersetzen, dass es vielleicht gar keine Bösewichte waren. Womöglich hat deine Mutter ihre Flucht lange geplant und um Hilfe gebeten. Dieses schlichte Denken in einfachen Kategorien wie Gut und Böse, Schwarz und Weiß ist nur etwas für schlichte Gemüter. Dir traue ich mehr zu. Denk größer! Versuch dir die vermeintlichen Entführer als Retter, als Befreier, ja als Heilsbringer vorzustellen!" Ich blickte auf sein mit Rotwein bekleckertes Hemd während er sich, bevor er weitersprach, durch seine schwarz gefärbten Haare fuhr: „Ich sehe, dass dich meine Theorie nicht überzeugt. Du bist noch ein Zweifler. Ich werde dir die Augen öffnen. Ich mache dich zu einem Wissenden. Deine Mutter ist kein gutes Beispiel. Du kannst das nicht mit kühler Ratio betrachten. Wenn es um Mütter geht, sind immer Emotionen im Spiel. Darum lassen wir deine Mutter lieber beiseite. Ich will es dir an einem besseren Beispiel erklären."

Der Fürst trank von seinem Wein und dachte nach. Während ich ihn betrachtete, hörte ich das Gekicher der drei Mädchen aus dem Nebenzimmer.

„So wunderbar der vermeintliche Entführer als Retter ist, so fällt mir ein noch besseres Beispiel ein. Es ist der Verräter. Für viele ist der Verräter der übelste Abschaum. Schlimmer als ein Dieb oder gar Mörder. Verrat steht für Feigheit und schlechten Charakter. Und selbst wenn man die verratenen Geheimnisse gern nutzt, verachtet man den Verräter. Niemand sieht den Verräter als Helden, oder besser als Heldenmacher. Sieh dir den berühmtesten aller Verräter an, Baldur. Sieh dir Judas an! Wir sind uns beide einig, dass nichts auf Erden ohne Gottes Willen geschieht. Welche Rolle hat Gott dann Judas gegeben? Die Rolle des schmierigen Verräters, der für ein paar Silberlinge seinen Sohn den Henkern übergibt? Das kann nur die Lesart der Einfältigen sein. Für mich ist Judas kein Verräter, sondern der von Gott Auserwählte, den Heilsplan zu erfüllen. Er ist kein Verräter, sondern Gottes auserkorenes Werkzeug, sein erster und wichtigster Diener. Welch Ehre! Welch Aufgabe!"

Ich hatte Mühe ihm zu folgen, zumal das Gekicher aus dem Nebenzimmer immer lauter wurde. Ihn schien dies nicht zu stören, denn er fuhr mit wachsendem Enthusiasmus fort: „Glaube ja nicht, dass dies meine eigenen originellen Gedanken sind. Ich gebe nur wieder, was dutzende Denker schon vor mir gedacht haben. Nur Ungläubige, die die Existenz Gottes leugnen, könnten auf so einen dummen Gedanken kommen und Judas als Verräter bezeichnen. Schließlich wäre es ihm nur ohne Gott möglich, aus freien Stücken und selbstbestimmt zu handeln. Konsequent zu Ende gedacht heißt das: Wer Judas einen Verräter schimpft, ist selbst ein ungläubiger Ketzer!"

Er stand auf und lief, erregt von seinem eigenen Gedankenfluss, mit seinem Becher in der Hand durch das Zimmer. Dabei verschüttete er immer wieder Wein. „Ach Baldur, es ist so schön, einen so guten Zuhörer als Gast zu haben. Es tut meinem Geist unendlich gut, in deine klaren Augen zu blicken und zu philosophieren. Ohne dich würde ich längst drüben sitzen und mit den Mädchen irgendein albernes Brettspiel spielen. Du bist die Muse meines Geistes. Ich hoffe, du bleibst den ganzen Winter bei mir." Ich wollte gern mit dem Fürsten noch ein wenig ausführlicher über meine Mutter reden. Er duldete allerdings keine Unterbrechung seines Gedankenflusses:

„Mein Freund, wir haben noch große Abende vor uns! Wir werden uns in neue Höhen der Erkenntnis schwingen. Werden in Bereiche vordringen, die noch kein Mensch vor uns erklommen hat. Wissen ist wie ein Rausch!" Ich erwiderte, dass er selbst ja meinte, dass die griechischen Philosophen bereits fast alle Aspekte des Lebens durchdacht hätten und wir deren Gedanken nur noch wiederholen würden. Sicher wäre bald alles gesagt und in einigen Jahrzehnten würde es keine neuen Bücher mehr geben. Er lachte schallend: „Baldur, du naive Seele. Ich kenne offenbar nicht nur die Frauen besser, sondern die ganze menschliche Natur. In tausend Jahren wird es so viele neue Bücher geben, dass kein Mensch auch nur einen Bruchteil davon lesen könnte. Die wichtigste Triebkraft des Menschen ist nicht der Wissensdurst, sondern die Eitelkeit! Die stirbt niemals aus. Und mit ihr der Drang, der Nachwelt nicht nur eine Handvoll Kinder, sondern auch noch ein mehr oder weniger großes Werk zu hinterlassen. Ich werde dich lehren, direkt in die Seele der Menschheit zu blicken. Doch nun lass es uns noch ein wenig Wein trinken und dann muss ich rüber zu den Mädchen. Du kannst gern mitspielen."

Ich verneinte dankend. Der Vortrag hatte mich erschöpft. Der Fürst nickte verständnisvoll. Statt ins Nebenzimmer zu gehen, erzählte er mir, dass er als junger Mann gern in die Fußstapfen von Alexander dem Großen getreten wäre. Wie dieser hätte er gern die Welt erobert, jedoch nicht mit dem Schwert, sondern der Schreibtafel in der Hand. Und wie Alexander hätte er gern Aristoteles zum Lehrer gehabt, statt sich sein Wissen mühsam und kostspielig aus den umliegenden Klosterbibliotheken zu beschaffen. Er fragte mich, ob ich wisse, dass Alexander seine Gärtner, Fischer und Jäger angewiesen habe, Exemplare aller vorkommenden Pflanzen und Tierarten an seinen alten Lehrer zu schicken. Aristoteles hatte so die größte Sammlung von Pflanzen und Tieren der damaligen bekannten Welt und konnte darauf beruhend die vergleichende und systematisierende Tierkunde begründen. Seine dazu vorliegenden Studien seien sicher auch für meinen Vater und sein Buch auf dem Gebiet der Vogelkunde hochinteressant. Ich wollte dazu etwas erwidern, aber der Fürst ließ sich nicht so ohne Weiteres unterbrechen. Schon war er in seinem Vortrag vorangeschritten. Ich gab mir aufrichtige Mühe seinen Ausführungen zu folgen, verlor allerdings immer wieder den Faden. Als er mir erneut vom Wein nachschenkte, nutzte ich die kurze Pause zum Durchatmen, streckte mich und erwähnte, dass die so eindrucksvoll beheizte Stube mich ungewöhnlich schläfrig mache. Der Fürst schenkte sich selbst nach und erwiderte, dass er sogleich den drei zarten und einfachen Seelen, wenn auch nur wohldosiert, etwas von den Pflanzentheorien des Aristoteles nahezubringen versuche. Während ich ihm eine gute Nacht wünschte, warf ich noch einmal einen Blick in das Nebenzimmer. Die drei Mädchen waren alle auffallend schön. Und vor allem waren sie aufgrund der Wärme nur dünn bekleidet. Während ich sie musterte, konnte ich mich kaum entscheiden, welche von ihnen die Schönste war. Wie sie so im Spiel vertieft nebeneinander saßen, bemerkte ich die feine Abstufung ihrer Haarfarben. Blond, rotblond und hellbraun glänzten ihre Haare im Licht der zahlreichen Kerzen. So wie ich den Fürsten inzwischen kannte, war dies gewiss kein Zufall. Mein Blick wanderte von den Mädchen zum Fürsten und wieder zurück. Er beobachtete mich aufmerksam und fast schien es mir, als ob er meine Gedanken erraten hätte.

Den Weinbecher in der Hand, wandte er sich noch einmal an mich: „Sind sie nicht schön? Wenn sie so zusammensitzen, erscheinen sie mir wie ein Gesamtkunstwerk, aus dem man kein Steinchen, keinen Pinselstrich entfernen darf. Wie viel Freude haben sich die Menschen schon vorenthalten, entweder aus falsch verstandener Gottesfürchtigkeit oder auch nur aus purer Feigheit. Wenn du gleich auf deinem Nachtlager liegst und vom Wein erhitzt nicht zur Ruhe kommst, dann denk einmal darüber nach. Vor allem, wie unser kleines, ängstliches Gewissen immer wieder versucht, uns einen Streich zu spielen und uns in unserem Schaffensdrang zu bremsen. Gewissensbisse sind nur etwas für Feiglinge. Man kann sich schön dahinter verstecken und sogar noch gut dabei fühlen. Und wenn du dann noch immer nicht schlafen kannst, denk auch mal über die Zahl Drei nach. Sie ist mir die liebste Zahl von allen. Sie hat in allen Kulturen und Religionen einen besonderen Stellenwert. Die Dreifaltigkeit ... Vater, Mutter, Kind ... Glaube, Liebe, Hoffnung ... Hölle, Fegefeuer und Paradies ... Sonne, Mond und Sterne ...“

Nun stellte ich endgültig meinen Weinbecher ab, verabschiedete mich und verließ das Zimmer. Bevor ich die Treppe zu meiner Schlafkammer erklomm, ging ich noch einmal auf den Hof. Es hatte wieder zu schneien begonnen. Der Schnee ließ die Umgebung ungewöhnlich hell und freundlich erscheinen. Ich versuchte, ein Herz in den Schnee zu pinkeln. Die Idee kam mir jedoch zu spät und der Versuch geriet recht kümmerlich. Die großen Schneeflocken fielen sanft auf meinen Kopf und kitzelten mich an der Nase. Inzwischen erschien mir der Aufenthalt beim Fürsten so merkwürdig wie ein wirrer Fiebertraum... Dreifaltigkeit, Vater,

Mutter, Kind... Wir waren zuhause immer vier. Erst jetzt, ohne Mutter, waren wir drei. Und eigentlich zählten Jörg und Ubu auch zur Familie, also waren wir eher sechs. Drei, Sechs, Zwölf ... Die drei Mädchen waren wirklich ausgesprochen schön. Das rotblonde Mädchen gefiel mir jedoch besonders gut. Eins, Zwei, Drei... Ich sprach die Zahlen wie einen Zauberspruch. Eins, Zwei, Drei. Dann fing ich ein paar Schneeflocken mit meiner Zunge. Es erinnerte mich an meine winterlichen Kinderspiele mit Berta. Ich begann zu frieren und lief durch den frischen Schnee zurück ins Haus. Während ich die Treppe zu meiner Kammer emporstieg, lauschte ich. Weder die Mädchen noch den Fürsten konnte ich hören. Alles war still. So still wie draußen der fallende Schnee. Während ich mich ins Bett legte, zählte ich immer wieder von vorn. Ein, Zwei, Drei. Die Zahlen tanzten wie Schneeflocken in meinem Kopf.

*

Beim Frühstück am nächsten Morgen war der Fürst in vorzüglicher Stimmung. Während wir gemeinsam kaltes Hühnerfleisch mit frischem Brot aßen, sang er ein seltsames Lied:

> Draußen vor der Tür
> Da steht ein wildes Tier
> Die Augen kalt und leer
> Ich glaub, es kann nicht mehr
> Ich hole es herein
> Wir wollen Freunde sein.

Ich kannte das Lied nicht und fragte ihn, ob er es sich selbst ausgedacht habe. Er gab mir keine Antwort. Ich sah durch das Fenster, wie die zwei Diener damit beschäftigt waren, Holz für den Ofen herbeizuschaffen. Die Mädchen spielten währenddessen im Schnee mit einem Stoffball und genau demselben ausgelassenen Lachen, das ich auch gestern Abend immer wieder gehört hatte. Offenbar ging es ihnen hier gut.

Mir hingegen ging es weniger gut. Während der Fürst fröhlich und mit vollem Mund vor sich hinsang, fühlte ich mich niedergeschlagen. Der heftige Schneefall machte es immer schwieriger weiterzureisen. Bei allem Komfort und aller Gastfreundschaft des Fürsten wollte ich nicht den ganzen Winter hier verweilen. Ohne weiter darüber nachzudenken, teilte ich dem Fürsten meinen Entschluss mit, heute noch abzureisen. Er wischte sich die Finger an einem Tuch ab und blickte mich schweigend an. Ich ahnte, dass er mich sogleich von der Unmöglichkeit meines Vorhabens überzeugen wollte, und noch bevor er überhaupt zu einer Erwiderung ansetzen konnte, schob ich nach, dass mich keines seiner Argumente dazu bringen würde, meinen Plan zu ändern. Noch heute würde ich die Suche nach meiner Mutter fortsetzen. Der Fürst blickte mich schweigend an. Ein wenig fühlte ich mich wie ein Kind, das vehement etwas fordert, obwohl es weiß, dass es unvernünftig und nicht gut ist. Und so fiel es mir auch schwer, ihm in die Augen zu blicken. Ich knetete kleine Teigröllchen aus dem frischen Brot, warf diese hoch und fing sie mit dem Mund auf. Damit wollte ich Gelassenheit demonstrieren. Der Fürst beobachtete mich dabei. Er sah ernster und älter aus als sonst. Seine Stimme klang warm und besorgt, als er nach langer Pause antwortete: „Ich will und kann dich nicht aufhalten. Ist es doch das Privileg der Jugend, eine Reise zu beginnen, ohne über das Ziel oder die Konsequenzen nachzudenken. Und ich kann verstehen, dass du nicht den ganzen Winter mit mir und meinen Vorträgen verbringen willst. Ich kenne dich inzwischen gut genug, um zu wissen, dass du dich nicht von mir umstimmen lassen wirst. Und wenn du nicht in drei Tagen erfroren am Wegrand liegst, wirst du auf der Suche nach deiner Mutter noch viel lernen; vermutlich mehr als hier. Also mach dich auf den Weg und sieh, wie weit du kommst. Ich gebe dir so viel Proviant mit, wie du tragen, und so viele Ratschläge, wie du vertragen kannst. Der erste Ratschlag ist: Lass dein Pferd hier bei mir. Du wirst im steilen und verschneiten Gebirgsgelände nicht reiten können. Es wäre der sicherste Weg, dir spätestens übermorgen das Genick zu brechen. Das Gebirge lässt sich im Winter, wenn überhaupt, nur zu Fuß überwinden. Du wirst erstaunt sein, wie kalt und unwirtlich es dort oben ist. Vergeblich wirst du dort oben eine gemütliche Herberge suchen, in der der Ofen Tag und Nacht brennt und dir frisches Brot mit gebratenen Hühnern serviert wird. Die Welt dort oben ist karg und hart und es gibt nur wenige Passwege. Die meisten davon sind im Winter nicht begehbar. Du würdest bis zum Hals im Schnee versinken oder eine Klippe hinabstürzen. Somit bleibt mir nur, dich zur Vorsicht zu gemahnen. Nutze deinen Verstand und deine Instinkte. Jederzeit kannst du umdrehen. Hier warten stets ein weiches Bett, gutes Essen und die Vorträge eines alten Mannes auf dich. Nun mach dich auf den Weg und lass dich überraschen, was dich auf deiner Suche noch erwartet. Angst vor dem Ungewissen ist so unnütz wie die Angst vor dem Tod. Oder wie Seneca schrieb: Unglücklich der Geist, der um Künftiges bangt."

Ich begann meine Sachen zu packen. Alles ging nun selbst für meinen Geschmack ein wenig zu schnell. Hatte ich noch soeben ohne Pläne für den Tag mit dem Fürsten gefrühstückt, stand ich nun fertig gekleidet, mit einem Sack voll meiner wichtigsten Habe und einem prallen Proviantbeutel in der Tür. Bevor ich mich auf den Weg machte, ging ich noch einmal zum Stall, um mich von meinem Pferd zu verabschieden. Vor dem Stall traf ich auf den kleinen Diener. Er winkte mir freundlich zu und fragte, ob ich ausreiten wolle. Als ich ihm von meiner Abreise zu Fuß erzählte, versicherte er mir, sich gut um meine Stute zu kümmern. Obwohl ich wusste, dass Suri hier in guten Händen war, beschlich mich Traurigkeit. Ich ließ nun auch noch meine letzte treue Reisegefährtin zurück. Fortan würde ich noch einsamer sein. Suri schien zu ahnen, dass wir uns eine Weile nicht sehen würden. Ich legte meine Wange an ihren Kopf und schloss die Augen. Ihr gleichmäßiger Atem und die Wärme taten mir gut.

Als ich durch das für mich geöffnete Tor trat, spürte ich Zweifel in jedem meiner Schritte durch den noch unberührten Schnee. Es war bereits hier nicht leicht, im Schnee dem Weg zu folgen. Wie würde es erst in den Bergen werden? Als ich mich noch einmal umblickte, standen der Fürst und die drei Mädchen am Tor und schauten mir nach. Das Mädchen mit den rotblonden Haaren stand mit dem Stoffball in der Hand einige Schritte vor den anderen. Ihre Haare hoben sich leuchtend vom Schnee ab.

*

Der Fürst hatte mir den Weg in die Berge ausführlich beschrieben. Den ersten Teil kannte ich bereits von meiner Ankunft. Die weiße Winterlandschaft hatte jedoch alles bis zur Unkenntlichkeit verändert und es schien mir, als ob ich nicht nur einige Tage, sondern mehrere Jahre beim Fürsten verbracht hätte. Nichts war mir vertraut; alles wirkte neu und unbekannt. Hinzu kam die absolute Stille. Kein Vogel sang, kein Blatt rauschte. Auf dem Handelsweg angelangt, bemerkte ich einige Wagenspuren. Fast erleichtert betrachtete ich diese Spuren menschlicher Bewegung und folgte ihnen mit frischem Mut. Vor mir konnte ich die Berge sehen. Mit etwas Glück würde ich sie bis zum Abend erreichen. Das Wandern tat mir gut. Nur mein Gepäck wurde mir ohne mein Pferd schon bald schwer und lästig. Früher als geplant würde ich eine Essenpause machen, nicht weil ich hungrig war, sondern um den schweren Proviantbeutel des Fürsten zu reduzieren. Wie merkwürdig dieser Gedanke war – zu essen, ohne hungrig zu sein.

Mit gleichmäßigen Schritten dem Gebirge entgegenlaufend, dachte ich an ein Gespräch mit dem Fürsten vor einigen Tagen. Es ging um den Sinn des Lebens. Wir hatten uns darauf verständigt, das Gespräch ganz ohne Verweis auf die christliche Lebensführung und die Erlösung im Jenseits zu führen. Der Fürst hatte mich sogar darum gebeten, für einen Moment nicht wie ein braver Christenmensch, sondern wie ein griechischer Philosoph oder heidnischer Barbar darüber nachzudenken. Ich hatte geantwortet, dass mir Letzteres sicher einfacher fallen würde.

Es dauerte nicht lange und wir kamen bei unserer Suche nach einer Antwort auf Platon, der den einzigen Schutz vor dem Unbill des Lebens darin sah, Zugang zu jenem zu finden, was sich nicht änderte und weder Vergangenheit, Gegenwart noch Zukunft hatte. Was dies sein konnte, ließ Platon offen. In die schneebedeckte menschenleere Winterlandschaft blickend, stellte ich mir darunter einen weißen Raum ohne Anfang und Ende vor – kurzum: das absolute Nichts. War dies nicht auch der Zustand, den Sokrates und Platon anstrebten; in ihrem Sein ganz aufzugehen im Nichts? Oft hatte ich nicht die rechte Geduld, mich mit solchen Fragen auseinanderzusetzen. Hier in der Stille der reinen Winterlandschaft bereitete es mir allerdings Freude. Beim Laufen wurden meine Gedanken noch mehr angeregt als beim Reiten. Das Blut schien rascher zu zirkulieren und mein Geist an Schärfe und Tempo zu gewinnen.

Das Gespräch mit dem Fürsten über den Sinn des Lebens hatte mich beeindruckt. Und dies, obwohl es nüchtern betrachtet ohne Ergebnis blieb. Wir näherten uns dem Thema von mehreren Seiten und erfreuten uns an unseren Argumenten. Besonders gut gefiel mir sein Ansatz, den Menschen nicht künstlich zu überhöhen und zu sehr von jedem anderen Lebewesen zu unterscheiden. Wie so oft hatte er auch hier ähnliche Ansichten wie Bruder Matthias. Für beide war der Mensch nur ein Lebewesen wie jede Ameise und jeder Vogel auch, und die wesentliche Aufgabe und damit auch der Sinn seiner Existenz bestand in der Zeugung und Geburt von Nachfahren. So war der Sinn des Lebens letztendlich das Leben selbst, oder besser die Fortführung desselben; ein geradezu ketzerischer Gedanke, denn Gott kam darin nicht vor. Es war im Anschluss an genau dieses Gespräch, dass ich den Fürsten fragte, warum er selbst weder Frau noch Kinder hätte. Kurz sah ich einen Hauch von

Traurigkeit in seinem Gesicht, dann erwiderte er in der gewohnten Leichtigkeit, seine soeben dargelegten eigenen Theorien widerlegend, dass es wohl nicht Gottes Wille gewesen sei und es sich einfach nicht recht gefügt hätte. Er sei zudem nicht für das Familienleben gemacht. Ich erwiderte augenzwinkernd mit der Frage, ob er mir gerade als braver Christenmensch oder heidnischer Barbar antworte, woraufhin der Fürst herzhaft lachte und sagte, dass er sich da selbst nicht sicher sei.

*

Trotz des Schnees kam ich gut voran. Als im Laufe des Tages die Wolken aufrissen, brachte die Sonne die Schneelandschaft zum Glitzern. Der Schnee war so hell, dass meine Augen schmerzten. Weiß leuchteten die Berggipfel vor mir auf. Sie schienen fast zum Greifen nah. Mein Herz jubilierte und von der Schönheit und Helligkeit geblendet, fast wie ein Blinder, folgte ich im gleißenden Licht den Spuren auf dem verschneiten Weg. Nur ab und zu blickte ich auf, um mich an den gewaltigen Bergen zu erfreuen. Wie herrlich die weißen Spitzen vor dem tiefblauen Himmel aussahen! Unwillkürlich begann ich ein Lied zu summen. Erst nach einer Weile merkte ich, dass es jenes Lied war, welches ich heute Morgen vom Fürsten gehört hatte. Eigentlich war es ein trauriges Lied, ich trug es allerdings fröhlich und immer lauter vor: Draußen vor der Tür/Da steht ein wildes Tier/Die Augen kalt und leer/Ich glaub es kann nicht mehr...

Im hellen Sonnenschein hatten die Berge nichts Bedrohliches. Ganz im Gegenteil: Sie schienen mir wie ein Idyll. Wie schön musste es sein, dort oben zu stehen und auf die

177

Welt herabzublicken, den Wolken so nah und den Sorgen des Alltags so weit entrückt. Lebten die Götter der Griechen nicht ebenfalls auf einem Berg? Ich hatte mich immer gefragt, wie es dort oben auf dem Olymp wohl aussah. War es dort im Winter kalt und schneebedeckt? In meiner Vorstellung war es immer warm und sonnig in Griechenland, sodass man stets barfuß oder in leichten Sandalen herumlaufen konnte. Aber so hoch in den Bergen war es sicher selbst in Griechenland kalt. Ich versuchte gerade, mir Zeus in meinem grünen Wollmantel, meiner Fellmütze und meinen festen Stiefeln vorzustellen, als ich am Horizont einen einsamen Reiter sah, der direkt auf mich zukam.

Ich blickte mich in alle Himmelsrichtungen um, aber der Reiter und ich schienen die einzigen Menschen in dieser Winterlandschaft zu sein. So weit ich auch blickte, kein anderer Reisender, kein Haus, kein Hof war zu sehen. Auf meiner gesamten bisherigen Reise hatte ich mich in der Einsamkeit stets sicher gefühlt. Ich war es gewohnt, tagelang keinem Menschen zu begegnen. Ebenso war mir das bunte Treiben der Stadt vertraut. Kein Dieb hatte dort je versucht, sich meinem Geldbeutel zu nähern. Nun spürte ich das erste Mal Unbehagen. Der sonst vermutlich vielbereiste Handelsweg schien heute nur für mich und diesen einzelnen Reiter zu existieren. Ich musste an die Abschiedsworte des Fürsten denken: Unglücklich der Geist, der um Künftiges bangt. War dieser auf mich zukommende Reiter noch Zukunft oder schon Gegenwart? Abbiegen konnten weder er noch ich. Gewiss, er konnte vorüberreiten und nur kurz grüßen. Ich spürte jedoch, dass es anders kommen sollte. So ruhig und gelassen wie möglich ging ich auf ihn zu. Nun konnte ich bereits erkennen, dass es sich um einen Edelmann handelte.

Er trug feine Kleider und sein Pferd war wohlgetrimmt. Zwar sah er nicht aus wie ein Räuber, sicherheitshalber griff ich trotzdem unter den Mantel und tastete nach meinem Reisedolch.

Als der Reiter nur noch wenige Schritte von mir entfernt war, blieb ich stehen. Pferd und Reiter erschienen mir ungewöhnlich groß. Kurz vor mir versuchte der Mann, sein Pferd mit einem harten Zug am Halfter zum Stehen zu bringen. Das gelang ihm nicht gut. Das Pferd bäumte sich auf und tänzelte unruhig vor mir hin und her. Während ich zu dem Fremden aufblickte, vermisste ich schmerzlich Suri. Ohne Pferd und zu Fuß fühlte mich klein und wehrlos. Der Reiter trug einen blauen Mantel aus feinem Tuch, der mir allerdings etwas dünn für das kalte Winterwetter erschien. Auf seinem Kopf saß eine gleichfarbige hübsche Stoffkappe, unter der längere schwarze Haare herausfielen. Er war auffallend blass. Nur Augen und Nase waren von der Kälte gerötet. Schweigend musterte er mich, von seinem Pferd auf mich herabschauend. Immer wieder wanderte sein Blick von meiner Fellmütze über meinen Reisemantel hinab zu den Stiefeln und wieder zurück, während sein Pferd weiterhin unruhig hin und her tänzelte. Sein dunkles Fell glänzte und dampfte.

Ich grüßte freundlich und er erwiderte meinen Gruß mit einem kurzen Nicken, während er mich weiterhin kühl musterte. Dies bot mir Gelegenheit, ihn ebenfalls genauer zu betrachten. Er hatte breite Schultern und schien sehr kräftig. Unter dem Mantel trug er enge Beinkleider; seine Waden waren ungewöhnlich muskulös.

Seine Stimme überraschte mich. Sie war leiser und höher als erwartet:

„Seid gegrüßt. Was treibt ihr hier zu Fuß in dieser Gegend? Ihr scheint weder Händler noch Pilger und lauft hier mit feinen Stiefeln und Fellmütze durch den Schnee Richtung Gebirge. Die Gegend wimmelt von Räubern und wenn ich es mir recht überlege, sollte ich euch mit dem Schwert in der Hand befragen." Dabei griff er in der Tat nach seinem Schwert. Erschrocken trat ich einen Schritt zurück und hob besänftigend meine Hände, vergaß allerdings, dass ich in der Rechten noch meinen Reisedolch hielt. Rasch steckte ich diesen in die Scheide, betonte meine friedlichen Absichten und stellte mich vor. Ich habe meinen Namen immer gemocht, doch nun kam er mir wie ein Schutzschild, ja ein Schutzengel vor: Baldur von Rackenstein klang einfach gut. So gut, dass der fremde Reiter wortlos sein Schwert wegsteckte und mir weniger feindlich gegenüberstand.

Ich nutzte die Gunst des Augenblicks und bot ihm von meinem Proviant an, hatten Vater und Mutter mir doch beigebracht, dass eine gemeinsame Mahlzeit ein guter Weg sei, Vertrauen und Nähe herzustellen. Der Mann nahm dankend an, stieg von seinem Pferd und griff beherzt in meinen Proviantbeutel. Ich hatte gehofft, mehr von ihm zu erfahren, und wollte ihn gern nach dem weiteren Weg befragen. Doch kaum hatte er eine Speise aufgegessen, schob er sich bereits die nächste in den Mund. Auf Käse und Brot folgte eine Leberpastete, die er durch mehrere Grunzgeräusche offenbar lobte. Ich trat einen Schritt zurück und fragte ihn, wie er den hieße und wohin ihn seine Reise führe. Statt zu antworten, folgte er mir und griff erneut in den Beutel. Wenn er mit derselben Geschwindigkeit weiter aß, war mein Proviant rasch aufgebraucht. Wieder trat ich einen Schritt zurück, schloss den Beutel und hielt ihn nun hinter meinem Rücken. Ich sah, wie sich unterhalb seiner Mütze eine Falte auf seiner Stirn bildete.

Er folgte mir, und während ich versuchte, den Proviantbeutel vor seinem Griff zu schützen, zog er erneut sein Schwert. Noch immer mein Essen kauend, sagte er: „Ihr gefallt mir nicht. Welcher Edelmann reist im Winter ohne Pferd? Entweder seid ihr ein Dieb oder ein Hochstapler! Baldur von Rackenstein ... Nie habe ich von den Rackensteins gehört. Wem habt ihr den feinen Mantel und die Damenmütze weggenommen und wie seid ihr an das köstliche Essen gelangt? Alles an dir riecht nach Lüge und Betrug. Eigentlich sollte ich dich mit meinem Schwert durchbohren, du feiger Lügner und Dieb.“

Dass er mich zu Duzen begann, war ein ernstes Warnzeichen. Der Kredit meines Namens schien bereits aufgebraucht. Wenn der Mann nicht so angriffslustig gewesen wäre, hätte ich länger darüber nachgedacht, warum von Mara und Branka geduzt zu werden ein Zeichen von Sympathie und Nähe war, während die vertrauliche Anrede durch diesen Fremden höchste Gefahr signalisierte. Gern wollte ich mich erklären. Wo sollte ich beginnen? Vielleicht kannte er ja den Fürsten... Ich kam nicht dazu. Denn nun begann der Mann mich anzuschreien: „Schlimm genug, dass du ein Dieb bist, aber dass du nicht einmal davor zurückschreckst, einer Dame die Mütze zu stehlen! Du ekelst mich an und ich werde dir eine Lektion erteilen!“ Mit dem Schwert in der Hand kam er auf mich zu und schlug mir mit der Klinge die Fellmütze vom Kopf. Alles ging sehr schnell. Ungeschickt zog er seine Stoffmütze vom Kopf und ersetzte diese durch meine Fellmütze. Starr vor Schreck, stand ich mit meinem Proviantbeutel am Wegrand, während er auf sein Pferd stieg. Mit seiner roten Nase und der Fellmütze sah er wirklich unglaublich albern aus. Während er davonritt, fielen mir noch einmal seine kräftigen Waden auf. Und obwohl mir der Wind eisig um den nun unbedeckten Kopf wehte, musste ich lachen. Sah ich mit der Mütze etwa genauso lächerlich aus wie er? Ich hatte mich nie damit in einem Spiegel betrachtet.

*

Womöglich war dies ein guter Zeitpunkt zur Umkehr. Ich konnte noch einige Tage beim Fürsten verweilen, gut essen, die drei Mädchen besser kennenlernen und mich dann gemeinsam mit Suri auf die Heimreise begeben – zurück zur Burg, zurück zu Berta und meinem Vater. Wie schön wäre es, gemeinsam mit ihnen auf die Jagd oder eine Vogelbeobachtung zu gehen oder mit Berta am See zu plaudern. Stattdessen setzte ich mechanisch einen Fuß vor den anderen und lief weiter in Richtung der Berge. Kalt blies der Wind mir um die unbedeckten Ohren. Da fiel mir ein, dass ich ja zwei der Fellmützen gekauft hatte. Schnell fand ich diese in meiner Reisetasche und kaum hatte ich die neue Mütze aufgesetzt, erschien mir die Welt bereits wieder freundlicher. Der Reiter hatte fast meinen gesamten Proviant aufgegessen und ich reiste nun wieder mit leichtem Gepäck.

Das Reisen zu Fuß gefiel mir zunehmend besser. Ich fühlte mich näher an der Natur, nahm mehr von der Welt wahr. Allerdings waren meine Schuhe bereits vom Schnee durchnässt und ich ahnte, dass ich spätestens nach der nächsten Pause kalte Füße bekommen würde. Derlei

Gedanken versuchte ich jedoch ebenso wie aufkommende Zweifel zu vertreiben und lief einfach weiter – geradewegs auf die Berge zu. Von dort zogen mir dunkle Wolken entgegen, ein leichter Schneefall setzte ein und bald verschwanden die Berge in Wolken und Schnee.

In meinem Kopf begannen die Gedanken wie die Schneeflocken vor meiner Nase zu tanzen. Ich versuchte, mich dagegen zu wehren, und dachte, die Kälte müsste mir dabei helfen, meinen Kopf klar zu halten. Keinesfalls wollte ich noch einmal – wie auf dem Weg zum Haus des Fährmanns – schwach, fiebrig und ohnmächtig vor mich hindämmern. Hier würde das den sicheren Tod bedeuten. Ich musste an den Schilfrohrsänger denken, dem ich an einem der ersten Abende begegnet war. Was mochte wohl aus ihm geworden sein? Er war schon damals verspätet und hätte längst Richtung Süden fliegen müssen. Wenn es an seinem Teich nun auch schneite, würde er dem sicheren Tod entgegenblicken. Was könnte er jetzt dort schon für Insekten finden? Hatten wir nicht beide auf unserer Suche den richtigen Zeitpunkt zur Umkehr verpasst; er auf der Suche nach einem Weibchen und ich auf den spärlichen Spuren meiner Mutter? Waren wir deshalb nun romantische Seelen, Märtyrer oder einfach nur Dummköpfe? Wohl alles zusammen. Ich hoffte, dass er sich längst im warmen Süden in Sicherheit gebracht hatte. Und während ich durch die Kälte und den Schnee stapfend an den Schilfrohrsänger dachte, liefen mir Tränen die kalten Wangen hinunter.

Ich gelangte an eine Weggabelung. An so mancher Kreuzung hatte ich auf meiner Reise bereits gestanden. Nie hatte es lange gedauert, mich für eine Richtung zu entscheiden. Nun wusste ich nicht welchen Weg ich nehmen sollte, obwohl es nur zwei Möglichkeiten gab. Der eine Weg führte direkt in die Berge und schien wenig benutzt. Der andere schien am Fuß der Berge entlangzuführen und war offenbar der Haupthandelsweg. Eigentlich war die Sache klar: Ich sollte dem breiteren Weg folgen. Dort gab es sicher Dörfer und Herbergen, denn ich konnte unmöglich bei diesem Wetter im Freien übernachten. Und warum sollte meine Mutter auch diesen schmalen, wenig genutzten Pfad gewählt haben? Zudem war vollkommen ungewiss, wo dieser Weg hinführte.

Mich genauer umschauend, entdeckte ich Fußspuren auf dem schmalen, in die Berge führenden Weg. Es waren auffallend kleine Abdrücke, wie von einem Kind oder einer zierlichen Frau. Wer verbarg sich hinter den Spuren und wohin mochten sie führen? Ohne noch weiter darüber nachzudenken, folgte ich den Spuren. Der Weg war uneben und wurde rasch steiler. Ich tröstete mich damit, dass ich spätestens an dieser Stelle mein Pferd hätte zurücklassen müssen. Während ich durch den tiefer werdenden Schnee stapfte, versuchte ich stets, in die vor mir liegenden Fußstapfen zu treten. So wollte ich verhindern, dass meine Stiefel nasser als nötig wurden. Zugleich bereitete es mir Freude. Es erinnerte mich an alte Kinderspiele mit Berta, bei denen wir zwischen verschiedenen markierten Feldern hin- und herspringen mussten und der andere peinlich genau darauf achtete, dass man nicht die Linien berührte. Da die Fußabdrücke viel kleiner als meine eigenen Füße waren, war es unmöglich, nicht auch etwas von dem umliegenden Schnee zu berühren. Und doch betrieb ich dieses Spiel voller Begeisterung und Konzentration, sodass ich alles andere um mich herum vergaß. Ohne auf meine Umgebung zu achten, ging ich immer weiter bergauf. Der Anstieg war inzwischen so steil, dass mein Herz kräftig schlug, das Blut in meinem Kopf pulsierte und ich trotz der Kälte schwitzte. Ich aß ein wenig von dem Schnee. Es erfrischte mich und ich versuchte mir vorzustellen, zu wem die Fußspuren wohl gehörten.

Ein Mädchen meines Alters stellte ich mir vor. Sie hatte braunes lockiges Haar, warme Augen, volle rote Lippen und etwas kräftigere Arme und Brüste. Es war keine Adelsdame, sondern ein Bauernmädchen. Und während ich mir weitere Details ausmalte, bemerkte ich, dass die Fantasievorstellung wie eine Mischung aus Branka, Mara und der Frau des Fährmanns aussah und mich zunehmend berauschte. Zwischen den Schneeflocken tauchten Erinnerungssplitter auf: Brankas Ziegengeruch, Maras aufgesprungene Lippen, die schlechtsitzende Haube der Fährmannsfrau ... Diese kleinen Makel ließen mein Traummädchen nur noch reizvoller erscheinen. Ich malte mir aus, wie dieses Mädchen allein in einem kleinen Haus hier in den Bergen wohnte. Die Eltern kürzlich verstorben, freute sie sich unglaublich über meinen unerwarteten Besuch. Sie würde heftig atmend und mit geröteten Wangen in der Tür stehen und mich hineinbitten. Das kleine Haus war so warm beheizt wie das Haus des Fürsten. Und natürlich würde ich ihr anbieten, Holz für den Kamin zu hacken oder andere schwere Arbeit zu übernehmen. Ihre Augen würden feucht von Tränen der Dankbarkeit werden und nachts würden wir gemeinsam im Bett liegen und auf das Knacken des Kaminfeuers lauschen, während es draußen die ganze Nacht weiter schneite ...

Tiefer und tiefer in meine Fantasien eintauchend, bemerkte ich erst nach einer Weile, dass ich wieder bergab lief. Irritiert blickte ich mich um. Noch immer folgte ich den kleinen Fußspuren, doch schien ich im Kreis zu laufen. Ungläubig lief ich weiter, nun sogar schneller als zuvor; wollte ich doch voller Neugier und Ungeduld endlich wissen, wo die Spuren hinführten. Ich fühlte mich getäuscht, ja betrogen. Meine Träumereien erschienen mir plötzlich unfassbar albern. Ich konnte froh sein, wenn ich heute noch ein Dorf erreichen würde. Der Abstecher hatte mich sicher bereits zwei, womöglich gar drei Stunden gekostet. Immer heftiger und wütender trat ich in die kleinen Fußabdrücke im Schnee und wie befürchtet dauerte es nicht lange, bis ich wieder auf dem breiten Handelsweg anlangte. Und zwar fast genau an der Stelle an der ich den Weg verlassen hatte. Ich setzte mich auf einen verschneiten umgefallenen Baumstamm am Wegrand und aß von dem wenigen mir noch verbliebenen Proviant. Dazu kaute ich etwas Schnee. Ich ärgerte mich über mich selbst, so dumm und lächerlich, wie ich mich verhalten hatte. Mein letztes Brot kauend, weigerte ich mich trotzdem, mich selbst allzu hart zu verurteilen. War diese Art von Reue nicht ohnehin verlogen? Würde ich nicht bei der nächsten Gelegenheit wieder lieber eine Nacht länger in Gesellschaft eines schönen Mädchens verbringen? Und wenn ich nun schon dabei war, mein eigenes Handeln zu prüfen und zu beurteilen: War nicht diese ganze Suche von vornherein ein willkommener Anlass, durch die Welt zu reisen? Noch war ich nicht so weit, die Frage aufrichtig zu beantworten. Zugleich wurde mir manches klarer, ohne dass ich es so recht formulieren konnte. Es war bisher kein erfolgreicher Tag gewesen. Ich hatte mir meine Fellmütze stehlen lassen und viel Kraft damit verschwendet, einer Fantasiegestalt hinterherzulaufen. Mein Proviantbeutel war leer, meine Stiefel durchgeweicht und meine Füße kalt und nass.

Auf der anderen Seite hatte ich mich immerhin nicht verlaufen und war wieder auf dem großen Handelsweg. Die gestohlene Mütze hatte ich durch die andere Mütze ersetzt und mein Proviant hatte bis jetzt gereicht. Konnte ich nicht zufrieden sein? Gern hätte ich jetzt mein Pferd bei mir gehabt. Und während ich mit kalten Füßen auf dem Baumstamm saß, erschien es mir nun vollkommen unsinnig, ohne Pferd zu reisen. Die Gebirgswege mochten steil und unwegsam sein, doch hatten weder der Fürst noch ich an meine Mutter gedacht. Niemals würde sie zu Fuß in die winterlichen Berge gehen. Nicht einmal als Gefangene. Selbstverständlich würde sie auf dem guten Handelsweg bleiben; reitend oder in einer Kutsche reisend. Alles, was ich heute getan hatte, war falsch! Erneut wollte ich mich selbst verfluchen. Aber hatte ich mir nicht noch soeben diese winselnde Reue und jegliches Selbstmitleid verboten? Ich fühlte, wie mich die Gefühle übermannten, und begann zu weinen. Und während meine Tränen in den Schnee tropften, dachte ich daran, dass ich heute bei der Erinnerung an den Schilfrohrsänger schon einmal geweint hatte. Dann erinnerte ich mich zugleich jener Freudentränen, als die Wolken aufbrachen und sich das erste Mal das Gebirge in seiner ganzen Großartigkeit vor mir präsentierte. Ich schien in den letzten Tagen empfindlicher geworden zu sein. Ob Bruder Matthias Recht hatte, als er behauptete, dass Tiere nicht weinen können?

*

Frierend und mit nassen Füßen folgte ich weiter dem Handelsweg. Es war bereits später Nachmittag, doch dank des Schnees musste ich die Dunkelheit nicht fürchten. Meine

Suche erschien mir mehr und mehr als eine kindische Träumerei und naive Dummheit, die nur im Scheitern enden konnte. Nur war es an mir zu entscheiden, wie dieses Scheitern aussehen sollte. Sollte ich umkehren? Bald konnte ich wieder in der heimatlichen Burg sein. Ich würde daheim von meinen Abenteuern berichten und niemand würde mir einen Vorwurf machen. Oder sollte ich weitergehen, um in einigen Tagen in den Bergen zu scheitern, indem ich dort entweder erfror oder verhungerte? War dies dann ein Heldentod oder der Tod eines Dummkopfs? Sicher gab es noch andere Möglichkeiten. Mit kalten Füßen ließ sich allerdings nicht gut nachdenken. Was hatte mir Bruder Matthias über das Scheitern beigebracht? Kein schönes Zitat von Cicero oder Plato fiel mir dazu ein. Ich würde wohl lernen müssen, damit allein umzugehen. Längst war mir klar, dass Scheitern zum Leben dazu gehörte. Es konnte nicht nur Gewinner geben. Jeder Wettstreit, jeder Krieg hinterließ Gewinner und Verlierer. Das eine gehörte zum anderen wie der Tod zum Leben und war zugleich ein wenig vertrackter. Konnte es nicht genausgut gescheiterte Gewinner und glückliche Gescheiterte geben?

Der Weg folgte inzwischen dem Lauf eines großen Flusses; vermutlich derselbe Fluss, den ich mit dem Fährmann überquert hatte. Während ich stromaufwärts ging, sah ich häufiger Zivilisationsspuren: hier einen verschneiten Heuhaufen, dort einen frisch gefällten Baum und ich war mir sicher, dass bald eine Siedlung kommen würde. Tatsächlich dauerte es nicht mehr lange, bis ich in der Ferne einige Dächer und Rauchschwaden erkannte. Ob des Anblicks fühlte ich weder Freude noch Erleichterung. Was würde mich dort schon erwarten? Eine Nacht auf feuchtem Stroh, dazu ein

Schälchen Milch und etwas Hirsebrei. Ein zahnloses Bauernpaar, mit dem ich über den frühen Wintereinbruch oder die diesjährige Ernte reden konnte. Und morgen würde es, mit nassen Stiefeln und notdürftig gefülltem Magen, höher ins Gebirge gehen.

Zunehmend bekam ich das Gefühl, dass ich mich nicht nur vorhin für den falschen Weg entschieden hatte. Hatte ich nicht ständig falsche Entscheidungen gefällt? Hätte ich nicht, nachdem mir klar wurde, dass meine Mutter offenbar freiwillig fortgegangen war, meine Suche beenden müssen? Statt einer abenteuerlichen Befreiung meiner Mutter als Höhepunkt der Reise war bei näherer Überlegung das Gespräch mit der Fährfrau ein Wendepunkt. Warum war ich danach überhaupt noch über den Fluss gesetzt und weiter zur Bischofsstadt gereist, statt zu Berta und meinem Vater zurückzukehren und ihnen die bittere Vermutung zu verkünden? Waren es womöglich Feigheit und Flucht vor der Wirklichkeit, die mich weiterreisen ließen?

Ich erinnerte mich an ein Ereignis aus meiner Kindheit. Ich war mit meiner Familie am Ostersonntag zur Messe in die Stadt gefahren. Mutter hatte Berta und mir unsere beste Kleidung angezogen: Berta trug ein grünes Kleid und ich einen gelben Rock aus zartem, seidigem Tuch, dazu helle Strumpfhosen. Immer wieder hatte sie uns eingebläut, nicht herumzutoben, um unsere feinen Kleider nicht zu beschmutzen oder gar zu beschädigen. Es war ein kaltes Osterwochenende und bereits auf der Fahrt in die Stadt hatte ich in meinem dünnen Rock gefroren. Nach der Ostermesse plauderten unsere Eltern wie üblich noch mit den Würdenträgern der Stadt. Berta und ich nutzen die Zeit, um die Gegend hinter der Kirche zu erkunden. Dort lag auch das

Wohnhaus des Pfarrers. Neben dem Haus befand sich ein Teich mit einem kleinen Steg. Übermütig rannte ich auf den Steg, vergaß dabei allerdings, dass ich nicht meine Alltagsstiefel, sondern meine Sonntagsschuhe trug. Der Steg war feucht und die Sohlen meiner Schuhe glatt. Ehe ich wusste, wie mir geschah, rutschte ich aus und fiel in den Teich. Ich kann mich noch genau an den dreifachen Schreck erinnern. Der erste Schreck war der Sturz in das Wasser. Er war kurz und unangenehm. Danach folgte der zweite Schreck über das eiskalte Wasser. Es war so kalt, dass ich kaum atmen konnte, und obwohl der Teich flach genug war, dass ich darin stehen konnte, kostete es mich viel Mühe, die Kontrolle über meinen Körper zu behalten. Nach Luft schnappend hielt ich mich nur mühsam auf den Beinen. Es fiel mir schwer, in meinen nassen Kleidern aus dem Wasser zu gelangen und ich benötigte Bertas helfende Hand. Als ich endlich zitternd vor ihr am Ufer stand, folgte der dritte und furchtbarste Schock: Was würde Mutter sagen, wenn sie mich so sehen würde? Mein neuer Rock hing tropfnass und unförmig an mir herunter und war mit Algen und Entengrütze beschmiert. Meine hellen Strumpfhosen sahen nicht besser aus. Zudem hatte ich in dem morastigen Boden beide Schuhe verloren. Meine Schwester sah mich erschrocken an und ich begann zu weinen. Wie konnte ich so vor die Augen meiner Eltern treten?

Im Rückblick so vieler Jahre erscheint mir meine damalige Angst geradezu lächerlich. Vater und Mutter waren nie sonderlich streng zu uns Kindern und ich hatte weder Schläge noch harte Strafen zu erwarten. Bereits damals wusste ich wohl, dass sich meine Eltern nach meinem Sturz in den Teich mehr um mein Wohlergehen als die verschmutzte Kleidung gesorgt hätten. Und doch traute ich mich damals nicht zu meinen Eltern. Nicht aus Angst, sondern aus Scham. Die Kälte ließ mich immer stärker zittern und es war mir vollkommen unmöglich, einen klaren Gedanken zu fassen. Berta redete die ganze Zeit auf mich ein, um mich zu beruhigen. Ich nahm keines ihrer Worte wahr. Erst als sie mich heftig schüttelte, kam ich etwas zu mir. Berta wollte zu unseren Eltern laufen und diese zu Hilfe holen. Verzweifelt hielt ich sie fest und bat sie, bei mir zu bleiben und weder Vater noch Mutter davon zu erzählen. Die arme Berta wollte mir helfen und zugleich loyal sein. Was für innere Kämpfe musste sie damals geführt haben? Schließlich rannte sie zum Pfarrhaus und holte die Haushälterin. Das war eine energische Frau, die das Problem rasch löste. Sie riss mir kurzerhand die nassen Kleider vom Leib, trocknete mich ab und steckte mich in eine paar alte Gewänder des Pfarrers. Dann kochte sie mir einen warmen Tee und trocknete meine Sachen über dem Ofen. Als meine Eltern mich kurz darauf dort fanden, machte niemand mir Vorwürfe. Alle waren erleichtert, dass mir nichts Schlimmeres widerfahren war, und der Sturz in den Teich gehörte fortan zu den immer wieder gern erzählten Familienanekdoten. Und doch schien ich nichts daraus gelernt zu haben.

Handelte ich nun nicht wieder genauso? Statt Berta und meinen Vater zu berichten, dass Mutter uns offenbar freiwillig verlassen hatte, reiste ich ihr lieber weiter hinterher. Tat ich das nicht wieder aus denselben Gründen?

Es waren solche und ähnliche Fragen, die ich mir stellte, während ich frierend und hungrig auf das Dorf zulief. Auf der anderen Seite erschien mir die Fortsetzung meiner Suche nicht vollkommen sinnlos, wollte ich doch Gewissheit über den Verbleib und die Motive meiner Mutter. Konnte ich denn umkehren, bevor ich mit ihr gesprochen hatte und sie mir offen ins Gesicht sagte, dass sie aus freien Stücken fortgegangen war, selbst wenn mich der Gedanke an ein solches Gespräch erschauern ließ?

Langsam erkannte ich erste Einzelheiten des Dorfes. Die schneebedeckten Häuser waren aus dicken Bohlen von gutem Holz gebaut. Alle Gebäude wirkten massiv und solide. Dies waren Häuser von Menschen, die einen langen Winter nicht zu fürchten brauchten. Manche Scheunen erschienen mir groß wie Kirchen. Während ich in das Dorf hineinlief, kam mir ein Hund entgegen. Er schien mich nicht als fremden Eindringling zu betrachten, sondern begrüßte mich freudig und neugierig. Gern hätte ich ihm eine kleine Köstlichkeit gegeben, doch mein Proviantbeutel war leer. So kraulte ich ihm nur sanft das braun-weiße Fell und folgte ihm durch das Dorf. Es war die Zeit der Dämmerung und die Häuser und Bäume waren trotz des Schnees in jenes warme Abendlicht gehüllt, das immer wieder aufs Neue unsere Seele wohlig berührt.

Der Hund verschwand hinter einem dieser mächtigen Holzhäuser. Ich folgte ihm und strich mit der Hand über das gute, kräftige Holz. Die Bohlen waren so übereinandergeschichtet, dass weder Regen noch Wind ins Innere dringen konnten. Wer immer dieses Haus errichtet hatte, verstand sein Handwerk. Noch einmal schaute ich nach dem Hund, konnte ihn jedoch nicht mehr entdecken. Haus und Hof machten einen guten Eindruck auf mich und ich entschied mich, gleich hier um ein Nachtlager zu bitten. Immerhin kannte ich ja nun bereits einen Hausbewohner. Ich klopfte an die aus auffallend dicken Holzbohlen gezimmerte Tür.

Kurz darauf öffnete sich diese und vor mir stand ein junges Mädchen mit freundlichen Augen, blonden Zöpfen und roten Wangen, gekleidet in eine Wolljacke und einen bunten Bauernrock. Sie lächelte mich verlegen an. Ich wusste sofort, dass wir uns gut verstehen würden. Als ich sie fragte, ob ich die Nacht bei ihr verbringen dürfe, wurden ihre Wangen noch röter. Sie antwortete, dass ihre Eltern gerade im Stall seien. Gern würde sie diese fragen, während ich mich so lange in der Stube aufwärmen könne. Ich setzte mich auf einen der um einen gewaltigen Tisch herumstehenden Hocker und blickte mich in der Bauernstube um. Alles wirkte größer und solider als in den mir bekannten Bauernhäusern. An der Wand hingen Felle wie bei uns auf der Burg und im Kamin brannte ein so großes Feuer, dass es in der Stube fast so warm wie beim Fürsten war. Auf dem Tisch lag ein heller Laib Brot, kalter Braten und Käse. Ja, hier wollte ich gern die Nacht verbringen! Ich nahm mir etwas von dem Braten, drehte den Hocker herum, setzte mich vor den Kamin und hielt meine nassen Stiefel vor das Feuer. Die Wärme machte mich müde und schläfrig, sodass ich erschrocken aufsprang, als das Mädchen mit ihren Eltern in das Haus zurückkehrte. Der Bauer war ein kräftiger Mann mit dichtem Haar und buschigen Augenbrauen. Die Mutter hingegen, eine zierliche Frau mit offenbar früh ergrautem Haar, erschien mir bereits gebrechlich. Beide hatten dieselben offenen und freundlichen Augen wie ihre Tochter. Der Bauer bot mir herzlich an, die Nacht bei ihnen zu verbringen, zeigte mit seinen großen Händen auf die Speisen und forderte mich auf zuzugreifen. Ich mochte seine direkte Art. Ich spürte nach dem langen Tag in der Kälte und in meiner nicht länger zu unterdrückenden Erschöpfung, wie mir erneut die Tränen kamen.

Glücklicherweise konnte ich diese vor dem Bauernpaar und der Tochter verbergen. Früher konnte mich kaum etwas zu Tränen rühren. Nur gelegentlich Bertas Gesang, besonders ein Lied, in dem es um die unglückliche Liebe eines armen Ritters zu einem vornehmen Fräulein ging. Sie hatte das Lied zwar nie ganz ernsthaft vorgetragen, sondern sich gern über den Text lustig gemacht; mich hatte es trotzdem stets zu Tränen gerührt. Nun reichten bereits eine warme Stube und ein paar freundliche Worte.

Während des Essens war ich bemüht, mich von meiner besten Seite zu zeigen. Ich erzählte von meiner Reise und unterhielt die Bauernfamilie so gut ich konnte. Und doch war ich nicht so recht bei der Sache. Die Suche nach meiner Mutter fühlte sich nicht mehr richtig an. Während ich davon erzählte, kam ich mir vor wie ein Hochstapler, der von einer Sache berichtet, die so nie stattgefunden hat. Zudem fühlte ich, dass sich Dinge wiederholten. Drehte ich mich, während ich hier kalten Braten aß, nicht genauso im Kreis wie vorhin, als ich vergeblich den kleinen Fußstapfen folgte? Und würde ich nicht morgen, einen Tagesmarsch von hier entfernt, erneut bei einer Bauernfamilie am Tisch sitzen, ihre Gastfreundschaft in Anspruch nehmen und von der Suche nach meiner Mutter erzählen, ohne noch daran zu glauben? Während ich möglichst blumig die Bischofsstadt schilderte, verachtete ich mich selbst, besonders, wenn ich gelegentlich nach Beifall und Bewunderung haschend den Blick der Bauerntochter suchte.

Die Bäuerin stand auf, um von dem Braten nachzuholen, und ich nutzte die Gelegenheit, mich genauer in der Stube umzuschauen. Mir fiel eine Holzstatue auf, die in einer der Ecken auf einem Tischlein stand. Die Statue hatte vier

Gesichter, die in alle vier Himmelsrichtungen blickten. Die Gesichter sahen sich sehr ähnlich und ich war nicht sicher, ob es sich um ein und denselben Mann handelte. Er hatte längeres Haar, einen Bart und erinnerte mich an einen Berggeist. Der Bauer bemerkte meinen Blick und lächelte kaum merklich. Ich rechnete mit einer Erklärung, doch der Bauer schwieg. Ich stand auf, ging zu der Statue, ließ meine Finger über die vier Gesichter gleiten und fragte, was es damit auf sich habe. Wieder zeigte der Bauer nur jenes sanfte Lächeln. So blickte ich stattdessen fragend die Tochter an. Diese wich meinem Blick aus.

In der Zwischenzeit war die Bäuerin mit Nachschlag vom Braten zurückgekehrt. Ich griff kräftig zu. Immer wieder blickte ich auf die vierköpfige Statue und dann auf die Familie. Endlich erbarmte sich der Bauer meiner und sprach: „Na, ihr wundert euch über die Figur und sucht vergeblich ein Kreuz in der Stube. Hier in der Gegend glauben noch viele an die alten slawischen Götter. Ich weiß auch nicht, woran es liegt. Vielleicht sind wir einfach dickköpfiger als woanders. Oder sie haben immer nur schlechte Missionare in unsere Gegend geschickt. Jedenfalls ist es ihnen nie gelungen, unsere Götter gegen einen neuen Gott auszutauschen. Naja, ich hoffe, der Braten schmeckt euch trotzdem und ihr flüchtet nicht gleich aus unserem Haus. Unsere Nachbarn huldigen übrigens ebenfalls eher dem kräftigen Svetovid als eurem abgemagerten Jesus.“

Ich war erstaunt, dass ich solch einer Familie gerade hier, in dieser wohlhabenden Gegend im Süden, in einem feinen und gut gebauten Haus und so nah an der großen Handelsstraße begegnete. Bisher hatte ich stets geglaubt, dass die Anhänger jener alten heidnischen Glaubensrichtungen weitab der Zivilisation fast wie Wilde in entlegenen Landstrichen des Nordens und in Armut lebten.

Erst hatte der Fürst Judas zum Heilsbringer erklärt, und nun saß ich hier bei braven Leuten am Tisch, die gar nicht an unseren Gott glaubten. Es wurde mir unbehaglich, zu tief in diese Fragen einzudringen.

Obwohl niemand auf unserer Burg strenggläubig war, hatte ich nie infrage gestellt, dass es galt, hier auf Erden entsagungsvoll und sündenfrei zu leben, um dann im Jenseits erlöst zu werden und nicht im Fegefeuer zu schmoren. Genauso selbstverständlich hatte ich bisher das gesamte Sündenregister hingenommen. Wie oft hatte ich als Kind ein schlechtes Gewissen, weil ich gegen eines der zehn Gebote verstoßen hatte? Und sei es auch nur, weil ich mir, ohne zu fragen, noch ein zweites Apfelbrötchen aus der Küche genommen hatte. Hatte ich nicht ebenso auf dieser Reise gesündigt, als ich mit Branka im Stall und mit Mara im Wald lag und, wenn auch nur in Gedanken, die Fährfrau begehrt hatte? Je länger ich darüber nachdachte, desto sympathischer wurde mir dieser Svetovid. Ich wusste nichts über dessen Regeln und doch schien es mir, dass er wohl nichts gegen meine Küsse auf Maras spröde Lippen hätte. Vielleicht lag es auch nur an den schönen Augen der Bauerntochter, in denen ich mich, während ich darüber nachdachte, unbewusst immer wieder verlor. Sicher wunderte sie sich bereits über meine Blicke. Gern hätte ich in dieser warmen Stube mehr über Svetovid und die heidnischen Götter erfahren, doch der Bauer gemahnte zur Nachtruhe. Es sei bereits spät und er müsse früh hinaus. Schließlich wollten die Tiere bereits vor Sonnenaufgang gefüttert werden. Er gab mir eine warme Decke und zwei gute Felle und zeigte mir eine Ecke, in der ich die Nacht verbringen durfte. Kaum hatte ich mich dort niedergelassen, waren auch schon alle Lichter gelöscht und ich lag im Dunkeln.

Ich konnte und wollte noch nicht schlafen. So lauschte ich in der Dunkelheit auf die Geräusche im Bauernhaus. Es war eine andere Stille als die in den Nächten im Freien und im Gasthaus; eine beruhigende, wohltuende, Sicherheit ausstrahlende Ruhe. So wie die Stille daheim auf der Burg. Dafür, dass noch drei andere Menschen im Haus schliefen, war es erstaunlich ruhig. Nichts knarrte, niemand schnarchte und selbst Mäuse konnte ich nicht hören. Wie gern hätte ich mit der Bauerntochter in einem Raum geschlafen, ihren Atem und ihre Bewegungen gehört, vielleicht sogar gespürt, wenn sie träumte oder im Schlaf redete. Schlief sie allein oder in einem Raum mit den Eltern? Warum hatte ich das Haus nicht genauer erkundet? Ich wusste nicht einmal, wie viele Räume das Haus hatte. Es war jedenfalls viel größer als die einfachen Bauernkaten in unserer Gegend. Dort gab es immer nur einen Raum für alles: Wohnen, Kochen, Schlafen.

Nach dem langen Fußmarsch durch die Kälte hätte ich todmüde sein müssen. Stattdessen lag ich wach in meiner Ecke und meine Gedanken kreisten immer wieder um den im Zimmer stehenden Svetovid. Er strahlte eine Energie aus, die mich vom Schlaf abhielt. Ich wollte weder über Religion noch über den Tod nachdenken, doch beides ging mir in immer neuen Variationen wieder und wieder durch den Kopf. Je länger ich wach lag und darüber nachdachte, desto merkwürdiger erschien mir alles. Warum schuf sich der Mensch immer neue Götter? Und schuf nicht auch der Mensch mit seinen Göttern die scheinbar göttlichen Regeln, die er dann selbst einzuhalten hatte? Wer hatte sich Zeus auf dem Olymp oder diesen Svetovid ausgedacht? Und wer hatte die zu jedem Glauben gehörenden Regeln ersonnen? Statt Gott zu begegnen, wünschte ich mir, Jenen zu begegnen, die diese Götter geschaffen hatten. Wie gewaltig musste ihre Vorstellungskraft sein? Und doch blieb offen, ob sie diese Götter aus einer Kraft oder einer Schwäche heraus geschaffen hatten. Hofften sie so auf einen Halt im Leben, den sie sich selbst sonst nicht zu geben vermochten? In dem fremden Bauernhaus liegend, meine Sinne aufs Feinste geschärft, lauschte ich in die Stille und ließ meinen Gedanken freien Lauf. Wie stand wohl diese Bauernfamilie zum Tod? Gab es für sie, wie für uns Christen, ein Leben nach dem Tod oder war dann einfach alles zu Ende und man wurde von Würmern gefressen, wurde zu Staub und verschwand? Ich wusste bereits jetzt, dass ich morgen nicht danach fragen würde. Das war kein Thema, das man mit Fremden beim Hirsebrei zum Frühstück besprach.

Endlich kamen meine Gedanken zur Ruhe und die Müdigkeit übermannte mich. Bereits im Halbschlaf hörte ich, wie sich eine Tür langsam öffnete und jemand leise in der Dunkelheit auf mich zulief. Ich lag still und lauschte den sich mir nähernden Schritten. Mit jedem vernommenen Schritt begann mein Herz schneller zu schlagen. Nun glaubte ich sogar, über mir Atem zu spüren. Schließlich hörte ich die leise flüsternde Stimme der Bauerntochter: „Ich kann nicht schlafen und mich friert. Darf ich mich zu dir legen? Dann können wir uns gegenseitig wärmen.“

*

Der Schnee störte mich nicht mehr. Ganz im Gegenteil: Ich hatte ihn lieben gelernt. Alles wirkte ruhiger, friedlicher, sauberer. Kein Staub, keine Insekten, die die Augen verklebten. Die Luft so kalt und klar. Das tat auch meinen Gedanken gut.

Bereits kurz nach meinem Abschied von der Bauernfamilie war ich vom Handelsweg und dem großen Fluss abgebogen und folgte seitdem einem schmalen Bach entgegen seinem Lauf in die Berge hinauf. Es gab keinen triftigen Grund dafür, dass ich den Hauptweg verlassen hatte, und trotzdem tat ich es. Ich hatte ja bereits seit gestern das Gefühl, dass meine Entscheidungen zunehmend nicht mehr den Regeln der Vernunft folgten. Begann ich die Kontrolle über meine Suche, ja, über mich selbst zu verlieren? Fast schien es mir, als ob nicht *ich* den Handelsweg verließ, sondern eine fremde Macht meine Schritte lenkte und ich mich unter dem Einfluss höherer Kräfte befand, die meinen freien Willen ausschalteten. Während ich schnaufend berganstieg, erschien mir alles folgerichtig und nur genauso denkbar, um dann einen Moment später das Gefühl zu haben, dass ich vollkommen unvernünftig handelte und alles keinen Sinn machte.

Schwer atmend vorwärtsschreitend, erschien mir das Konzept der Willensfreiheit des Menschen auf einmal vollkommen lächerlich. Wie konnten wir nur glauben, dass wir selbstbestimmt Entscheidungen fällten und unser Schicksal besser selbst bestimmen konnten als ein Pferd oder Schilfrohrsänger? Diesen Gedanken fortführend, sah ich nun auch das Verschwinden meiner Mutter mit anderen Augen. Selbst wenn man sie nicht entführt hatte und sie uns aus freien Stücken verlassen hatte, tat sie oder ich oder irgendjemand überhaupt irgendetwas aus *freien Stücken*? Ohne die Zusammenhänge ganz zu verstehen, schien mir plötzlich manches klarer. Und war es nicht eigentlich egal, ob jene unsichtbare Hand, die mich vom breiten Handelsweg abbiegen ließ, nun Gott, Svetovid, den Nebelrittern oder gar meiner Mutter gehörte? Ich folgte ihr bereitwillig und war mir durchaus bewusst, dass sie mich womöglich in den Tod führte.

Der Schnee wurde stetig höher und der Anstieg immer mühseliger, und doch fühlte ich mich so leicht und stark wie schon lange nicht mehr. Ich dachte an die Bauerntochter. Womöglich war auch ihr nächtlicher Besuch nicht aus freiem Willen erfolgt. Vielleicht waren es nicht meine ebenmäßigen Gesichtszüge oder mein lockiges Haar, sondern nur jene alles lenkende unbekannte Hand; eine innere Stimme, ein Trieb, dem sie nichts entgegenzusetzen hatte. Hatte sie überhaupt bei mir gelegen oder hatte ich das nur geträumt; eine weitere nächtliche Fieberfantasie? Ich hatte sie nicht einmal nach ihrem Namen gefragt. Alles schien sich plötzlich aufzulösen und ich hatte zunehmend Mühe, Wirklichkeit und Vorstellung auseinanderzuhalten. Ich strich mir mit der Hand über die Stirn. Sie war heiß und feucht. Kam das vom mühsamen Anstieg oder einem erneuten Fieber?

Ich hatte die Bauernfamilie nicht um Proviant gebeten und so ahnte ich, dass bald wieder der Hunger kommen würde. Wenn sich gelegentlich zwischen den hochgewachsenen Tannen frei und gewaltig die Gipfel des Gebirges vor mir zeigten, spürte ich keine Furcht; höchstens Ehrfurcht und Demut. Durch den unberührten Schnee aufwärtssteigend, stellte ich mir vor, dass noch kein Mensch vor mir hier hinaufgegangen war. Ich spürte einen kindischen Stolz, obwohl ich wusste, dass der Handelsweg nur einen halben Tagesmarsch hinter mir lag. Dennoch mochte ich es, mich wie ein Entdecker zu fühlen, der in eine vollkommen unberührte fremde Welt vordrang. Zudem spürte ich einmal mehr, wie sehr mir die Einsamkeit behagte. Mit jedem Schritt, den ich aus der Welt hinaus tat, kam ich mir selbst einen Schritt näher. Zumindest redete ich mir dies ein. Ich fühlte mich unglaublich gut: leicht, stark und unbesiegbar. Und doch war ich weder entrückt noch euphorisiert genug, um nicht zu ahnen, dass ich womöglich bereits morgen tot sein konnte. Eine Nacht im Freien konnte ich hier oben in den winterlichen Bergen unmöglich überleben. Noch versuchte ich, diese Sorge zu ignorieren und stattdessen an meine gestrigen Gedanken anzuknüpfen. Worüber hatte ich nachgedacht, bevor das Bauernmädchen zu mir kam? War es nicht der Tod? Wie passend! Ohne mir darüber Rechenschaft abzulegen, hatte ich stets bewundert, wie wenig die Helden der griechischen Sagen den Tod fürchteten. Fast schien es untrennbar zu ihrem ruhmvollen Leben zu gehören, im Kampf für eine gute Sache jung zu sterben. Unweigerlich begann ich, mich mit Achilleus und seinen Mitstreitern zu vergleichen. Wenn ich jetzt hier oben in den Bergen erfrieren würde, war das allerdings kein rechter Heldentod. Weder war ich im Kampf gefallen noch hatte ich mein Leben riskiert, um mir den Weg zu meiner Mutter mit Gewalt zu bahnen. Hatte ich vor Kurzem nicht schon einmal über den schmalen Grat zwischen Heldentum und Dummheit nachgedacht? Offenbar hatte ich auch in dieser Frage nichts dazugelernt.

Der Anstieg wurde nun so steil, dass es mir zu anstrengend wurde, weiter darüber nachzudenken. Mochten sich doch Gelehrte oder Mönche in ihren warmen Schreibstuben bei Bier und frischem Brot den Kopf über den Heldentod zerbrechen. Achilleus hätte sich gewiss nicht kampflos seine Fellmütze wegnehmen lassen. Niemand nahm einem Helden vor dessen Tod ungestraft dessen Mütze weg. Aber dafür hatte ich eine zweite Mütze gekauft. Hätte Achilleus dies auch getan?

Ich blickte nach oben und sah, dass ich mich langsam der Baumgrenze näherte. In ein, zwei Stunden würde ich dort oben in der kargen Berglandschaft ankommen. Was würde mich dort erwarten – außer noch mehr Schnee und noch größerer Kälte? Bereits jetzt versank ich oftmals bis zu den Knien im Schnee und kam immer langsamer voran. Mein Herz schlug schnell und ich bekam nicht genug Luft. Ich musste durch den Mund atmen, sodass der Hals schmerzte. Nun wäre wohl die letzte Gelegenheit, noch umzukehren. Bergab ging es rascher und mit etwas Glück würde ich es noch vor Einbruch der Nacht zum nächsten Dorf schaffen.

Nein, ich wollte nicht umkehren und ging weiter bergauf, meinem unbekannten Ziel entgegen. Nach einer Weile begann neben meinem Hals auch mein Kopf zu schmerzen. Ich verschnaufte und aß etwas Schnee. Beides tat mir gut. Warum hatte ich diesen Weg, oder vielmehr diesen Nicht-Weg gewählt? Hoffte ich so rascher über den Pass und auf die andere Seite zu kommen? Glaubte ich so womöglich an eine Abkürzung und ein schnelleres Wiedersehen mit meiner Mutter? Ach, allmählich traute ich weder meinem Verstand noch meinen Gefühlen. Sagten die Leute nicht „Er fügt sich in sein eigenes Schicksal." War das mein Schicksal? War das meine Entscheidung oder die Entscheidung eines anderen? Gott? Höhere Mächte? Die Nebelritter? Gar meine Mutter? Wer wies mir diesen Weg, wenn nicht ich selbst? Ich dachte an Peters Frage nach dem *Warum*? Warum waren seine Frau und meine Mutter verschwunden? Warum hatte ich diesen Weg gewählt? Diese Frage schien mir nun ebenfalls vollkommen sinnlos. Wer sollte uns denn darauf eine Antwort geben?

Es dauert nicht lange, bis die Kopfschmerzen zurückkehrten. Mir wurde schwindlig und ich sah alles nur noch wie durch einen Schleier. Immer häufiger blieb ich stehen, aß etwas Schnee und gab meinem Herzen Zeit, sich vom steilen Aufstieg zu erholen. Meine Lungen begannen zu brennen und selbst in den Pausen schlug mein Herz schnell und hart. Nicht nur das Atmen fiel mir schwer, auch das Denken wurde mir zunehmend zur Qual. So viel wusste ich jedoch: Bald musste ich eine Entscheidung fällen, und die einzige vernünftige Entscheidung war die Umkehr. Trotz dieser Gewissheit setzte ich immer wieder aufs Neue mit gesenktem Kopf, hämmernden Schläfen und klopfendem Herzen einen Fuß vor den anderen und ging weiter bergauf.

Schließlich gelangte ich auf eine Lichtung und sah vor mir die unerreichbar scheinenden schroffen, schneeverhangenen Berggipfel. Selbst ganz ohne Schnee und an einem milden Sommertag würde ich diese Gipfel nicht bezwingen können. Statt niedergeschlagen zu sein, fühlte ich mich zufrieden. Die Kopfschmerzen waren einer großen Leichtigkeit gewichen und mein Herz schlug ruhig und gleichmäßig. Ich stand auf der Lichtung und blickte fast glücklich zu den Gipfeln hinauf.

Hier kam ich nicht weiter und war es zufrieden. Ich hatte es versucht und war nun an meine Grenzen gekommen. War ich damit zugleich am Ende meiner Suche angekommen? Würde ich nun kurz ausruhen, zurück ins Tal gehen, mich in einem dieser feinen und gut gebauten Bauernhäuser stärken und dann morgen auf besseren Wegen weitersuchen? Oder würde ich heimkehren zu Berta und meinem Vater? Zwischen diesen beiden Möglichkeiten hatte ich mich zu entscheiden. Das konnte jedoch bis morgen warten. Nun musste ich möglichst schnell umkehren, denn ich spürte, wie meine Kräfte mich verließen. Ich hatte den ganzen Tag nichts gegessen und der Anstieg im tiefen Schnee und der Kälte hatte mich viel Kraft gekostet. Der lange Abstieg würde genauso mühselig sein, und zuvor wollte ich mich noch einmal ausruhen. Ich setzte mich auf einen umgefallenen Baumstamm. Flüchtig wischte ich mit meinen Händen den Schnee weg. Es war schön, hier zu verweilen und auf die Gipfel zu blicken. Hier oben in der Einsamkeit, beim Blick auf die Berge, fühlte ich mich Gott näher als in unserer Kirche. Hier oben zweifelte ich nicht mehr an Gott.

Nur noch ein wenig länger wollte ich hier auf dem Baumstamm sitzen und Kraft sammeln. Der Abstieg würde lang und beschwerlich sein. Es war so schön, hier auszuruhen und auf die Berge zu schauen; ganz ohne Zweifel, ganz ohne Fragen. Alles war gut, so wie es war. Wie gern würde ich ein wenig schlafen. Aber warum tat ich dies nicht einfach? Und so legte ich mich neben den Baumstamm in den tiefen Schnee und schloss meine Augen. Die Kälte machte mich nur noch müder. Ich fühlte noch immer die Leichtigkeit, die mich schon den gesamten Aufstieg begleitet hatte. Im Schnee liegend wickelte ich mich fester in meinen

Reisemantel. Dabei schien es mir so, als ob ich Rauch riechen konnte. Wo sollte der hier oben herkommen? Dann
schlief ich ein.

205

6

Zeit ist eine merkwürdige Sache. Ein Tag ist immer gleich lang und doch erscheinen manche Tage wie ein Wimpernschlag und andere wie ein halbes Leben. Vater hatte stets gesagt, dass die Zeit mit zunehmendem Alter schneller vergehe. Für ein Kind dauere ein Tag gefühlt doppelt so lange wie für einen älteren Mann. Ich habe das nie verstanden. Nun wurde mir langsam klar, was er damit meinte.

Der Tag war hier oben meine einzige ernstzunehmende Zeiteinheit. Ich stand auf, aß, half in Haus und Stall, hackte Holz, ging mit Anton auf die Jagd, wärmte mich am Kamin und ging wieder schlafen. Stunden spielten hier keine Rolle. So eine kleine Zeiteinheit war hier oben etwas Unbedeutendes, Lächerliches, ebenso wie die Wochentage. Ich hatte keine Ahnung, wann Sonntag war. Im steten Gleichklang folgte hier ein Tag auf den anderen und in dieser Welt ohne Veränderungen ging es mir erstaunlich gut. Ich musste nicht frieren und hatte genug zu essen; sogar Gesellschaft hatte ich. Und trotzdem waren diese gleichmäßig dahinfließenden, langsam vergehenden Tage nur schwer zu ertragen. Noch schwieriger waren die Nächte. Es wurde früh dunkel in den Bergen. So lag ich oftmals viele Stunden mit offenen Augen in der Dunkelheit; zu müde zum Denken und zu wach zum Schlafen. Während ich dann auf die langsam im Kamin verglühenden Scheite blickte, dämmerte ich vor mich hin, nie sicher, in welchem Zustand ich mich gerade befand.

Hier oben konnte ich nicht nur meinen Vater besser verstehen, ich begriff nun endlich, warum Philosophen sich so gern mit dem Thema Zeit beschäftigten. Je länger man sich damit auseinandersetzte, desto vager wurde alles, und eine so einfach erscheinende Frage, was denn die Vergangenheit und die Gegenwart seien, wurde auf einmal zu einer kaum zu bewältigenden Herausforderung. Beim Nachdenken über die Zeit konnte ich auch jene Denker besser verstehen, die glaubten, das ganze Leben sei nur ein Traum. Ich hatte in letzter Zeit selbst zunehmend Schwierigkeiten, Traum und Realität voneinander abzugrenzen.

Zeit war ein so faszinierendes und unergründliches Thema, dass ich nicht daran zweifelte, dass die klügsten und besten Dichter noch in tausend Jahren darüber nachdenken und schreiben würden. Und gab es denn einen besseren Ort dafür als die luftigen Höhen der Berge? Entrückt vom menschlichen Treiben dort unten in den Ebenen und Tälern flossen die Gedanken einfach ungestörter und tiefer.

Wenn ich im Morgengrauen auf die Berge blickte, erschien mir die Zeit eher wie ein Kreis als eine Gerade.

Zugleich spürte ich, wie ich mich hier oben veränderte. Das viele Nachdenken tat mir gut. Manchmal fragte ich mich, was ich überhaupt noch mit jenem Baldur gemeinsam hatte, der damals von zu Hause aufgebrochen war, um seine Mutter zu suchen. Ich fühlte mich reifer, gelassener und ruhiger; oft zufriedener. Immer wieder mischte sich in diese neugewonnene Zufriedenheit jedoch rasch und unerwartet eine Unruhe, vermengt mit Zweifeln. Gelegentlich gab es allerdings Tage, an denen ich Zorn in mir spürte. Eine Wut über die fehlenden Möglichkeiten, etwas an meinem Schicksal und dem Schicksal meiner Mutter zu ändern. Das erinnerte mich an den Zorn des Scherenschleifers. Diese dunklen Gefühle dauerte nie lange und wurde immer seltener, und so lernte ich, während ich bei Anton lebte, Dinge zu akzeptieren.

Ich lernte, dass man um eine Sache mit Herzblut und vollem Einsatz kämpfen und trotzdem verlieren konnte.

Zugleich bezweifelte ich dort oben zunehmend all die von den Menschen erdachten und so fein ordentlich sortierten und schön klingenden Kategorien, wie Wahrheit und Lüge, Gut und Böse, Schön und Hässlich. Bei der Beschäftigung mit diesen Fragen hatte ich viel vom Fürsten gelernt. Und mehr als einmal kam ich dann zu dem Schluss, dass die von Bruder Matthias so belächelte Antwort: „Weil Gott es so will" doch gar nicht so übel war.

Ich sollte nun ein wenig mehr von Anton erzählen. Das ist gar nicht so leicht, denn er ist ein vielschichtigerer Charakter, als es auf den ersten Blick schien. Gerade in den ersten Tagen fiel es mir nicht leicht, Zugang zu ihm zu finden. Er redete nur selten, und wenn er mal etwas sagte, verstand ich ihn kaum, denn er sprach in einer so seltsamen Mundart, dass sie mir oft wie eine fremde Sprache vorkam. Ich begriff rasch, dass er die Menschen zwar liebte, den Umgang mit ihnen jedoch möglichst mied und deshalb allein hier oben in der Einsamkeit der Berge lebte. Es war eine selbstgewählte Einsiedelei und er bevorzugte das harte Leben in der Höhe gegenüber dem bequemeren Leben in seinem Dorf.

Offenbar hatte er sogar eine Frau und Kinder, die er unten im Tal zurückgelassen hatte. Er erzählte, dass im Sommer gelegentlich sein ältester Sohn zu ihm hinaufkam, um nach ihm zu schauen, Proviant hochzubringen oder bei größeren Reparaturen am Haus zu helfen.

Ich hatte keine Vorstellung, wie alt Anton war. Sein hageres, bärtiges Gesicht schien alterslos. Er war schlank, groß und erstaunlich kräftig. Wenn er mit seinen blassgrauen Augen die Berge musterte, hatte sein Blick etwas Entrücktes. Seine Haare leuchteten im Morgenlicht oft blond, doch die meiste Zeit eher grau. Seine Zähne waren schlecht und sein Atem roch sauer. Und doch hatte er etwas Jugendliches, fast Kindliches an sich. An einem Lederband trug er ein kleines Holzkreuz um den Hals. Das Holz war alt und ausgeblichen und so grau wie seine Augen.

Das Kreuz wollte nicht so recht zu ihm passen, denn ich sah ihn nie beten. Wenn die Sonne schien, setzte er sich manchmal nachmittags vor das Haus und schnitzte; bevorzugt kleine Figuren, die in ihrer Schlichtheit etwas Rührendes hatten. Eine der Figuren stand in der Stube auf dem Fensterbrett. Es war ein schlanker und doch muskulöser Mann mit einem Bart. Wenn ich diesen gelegentlich im Gegenlicht des Fensters betrachtete, erschien er mir wie eine Mischung aus Christus, Svetovid und Anton selbst.

*

Anton hatte mich im Schnee gefunden. Ohnmächtig und unterkühlt. Bis heute weiß ich nicht, wie lange ich dort gelegen habe, wie er mich dort überhaupt finden konnte und es dann auch noch schaffte, mich in seine Hütte zu bringen. Ohne ihn wäre ich längst tot – erfroren, zugeschneit und vergessen. Daher betrachtete ich diese Rettung wie eine zweite Geburt und fürchtete von nun an den Tod noch weniger als zuvor.

Es muss mehrere Tage gedauert haben, bevor ich ansprechbar war. Anfangs fiel es mir schwer, mich zu erinnern, warum ich überhaupt hier oben war. Anton wollte zudem lange gar nicht wissen, wo ich herkam und was ich hier oben suchte. Er sprach nur das Nötigste und stellte fast nie Fragen. Stattdessen reichte er mir in den ersten Tagen nur schweigend warmen Tee und eine kräftige Brühe aus Ziegenfleisch. Die Fragen stellte ich mir selbst. Während ich zugedeckt von schweren Fellen mit geschlossenen Augen in meiner Ecke lag, zogen immer wieder die Bilder meiner Reise an mir vorüber. Diese vermischten sich jedoch zu neuen Bildern, sodass ich schon bald selbst nicht mehr wusste, was Erinnerungsstücke und was Einbildung war. In meinen Tagträumen bekam Branka die aufgesprungenen Lippen von Mara und die Frau des Fährmanns bat mit der Stimme von Peter, mich auf meiner Reise zu begleiten. Immer wieder tauchte meine Mutter auf. Sie war zwar äußerlich unverändert und doch unnahbarer und kühler als in der Wirklichkeit. Mit ihrer sanften und gütigen Stimme versicherte sie mir, alles sei gut, so wie es war, und ich möge doch endlich heimreisen und Vater und Berta auf der Burg helfen, statt ihr zu folgen. Manchmal erschien mir ihre Stimme trotz ihrer Sanftheit fast ein wenig vorwurfsvoll, so als ob ich mich nicht länger in Sachen einmischen solle, die mich nichts angingen.

Anton erzählte mir später, dass ich in den ersten Tagen oft im Schlaf geredet hätte. Immer wieder hätte ich mit kläglicher Stimme gerufen: „Mama, ich will nicht sterben. Rette mich!" Er erzählte dies in einem Ton, der mir gar nichts anderes übrig ließ, als mich für mein Gejammer zu schämen.

Antons Haus lag in einer kleinen Senke knapp oberhalb der Baumgrenze. Fast jeden Tag gingen wir mit seinem Schlitten in den Wald. Entweder um einen Baum zu fällen oder einen der bereits gefällten Bäume zu Brennholz zu schlagen. Es war erstaunlich, wie viel Holz wir jeden Tag benötigten, um das kleine Haus warm zu halten. Die Temperaturen waren besonders nach Sonnenuntergang eisig und viel kälter als alles, was ich von daheim kannte. So mussten wir selbst noch kurz vor dem Schlafengehen kräftig nachheizen, um nicht über Nacht zu erfrieren, und oft stand Anton gar nachts auf, um noch einige Scheite nachzulegen. Zudem war das Kaminfeuer nach dem Abendessen die einzige Lichtquelle, denn seine Talglichter verwandte Anton äußerst sparsam.

Es hatte nach meiner Ankunft fast täglich geschneit und der Schnee lag so hoch, dass selbst der kurze Weg zum Waldrand kaum zu bewältigen war. Immer wieder mussten wir die wichtigsten Wege, etwa zum Stall, freischaufeln. An einen Abstieg ins Tal war nicht zu denken.

Das Essen war eintönig und der kulinarische Tiefpunkt meiner Reise. Jeden Tag gab es Ziegenkäse und etwas Fleisch von den auf der Jagd erlegten Tieren. Getreide oder gar Mehl besaß Anton genauso wenig wie Obst oder Gemüse. Immerhin hatte er im Herbst einige Pilze und Kräuter getrocknet und einen schier unerschöpflichen Vorrat an Honig. Während wir zusammen schweigend das trockene und schlecht gewürzte Fleisch aßen, wanderten meine Gedanken immer wieder nach Hause und ich stellte mir vor, wie Berta und Vater gerade von Jörg mit immer neuen Köstlichkeiten bewirtet wurden. Anfangs hatte ich versucht, selbst ein wenig mehr Raffinesse in die Küche zu bringen, aber die zur Verfügung stehenden Zutaten waren so spärlich, dass ich bald aufgab.

Wenn ich abends wach lag und in das Feuer blickte, kam ich nicht umhin, meinen Aufenthalt bei Anton als Prüfung oder gar Strafe zu betrachten. Hätte ich auf Berta gehört, hätte ich den Winter bequem daheim verbracht und mich erst im Frühjahr auf die Suche begeben. Und hatte nicht auch der Fürst mich nachdrücklich vor der Weiterreise gewarnt? Ich mochte mir kaum vorstellen, um wieviel angenehmer es gewesen wäre, den Winter in seinem komfortablen Haus bei wohliger Wärme und feinstem Essen zu verbringen. Bei sonnigem Wetter würde ich mit Suri ausreiten und sicher hätte ich mich inzwischen mit den drei Mädchen angefreundet.

Anton konnte weder lesen noch schreiben und hatte vor meiner Ankunft noch nie von Sokrates oder Aristoteles gehört, und doch erinnerte er mich zuweilen an einen Philosophen, der hier oben fernab der Menschen über den Sinn des Lebens nachdachte – allerdings ohne den geringsten Ehrgeiz, seine Erkenntnisse mit anderen zu teilen. Da er fast nie sprach, gewannen seine wenigen Äußerungen fast zwangsläufig eine höhere Bedeutung. Selbst wenn es sich um mir bereits bekannte Redewendungen oder Alltagsbanalitäten handelte, verlieh er ihnen aufgrund seines so sparsamen Gebrauchs der Sprache neuen Glanz und eine bedeutungsvolle Schwere; etwa, wenn er nach langem Schweigen auf der Jagd plötzlich sagte: „Geduld ist die wichtigste Eigenschaft des guten Jägers." Ich hatte denselben Satz oft von meinem Vater gehört, doch aus seinem Mund erhielt diese Jägerweisheit eine höhere, fast transzendente Weihe.

Geradezu gesprächig habe ich Anton nur einmal erlebt. Während des gemeinsamen Schneeschaufelns hatte ich ihn gefragt, ob es denn in der Nähe seines Hauses einen Pass über das Gebirge gäbe. Zuerst hatte er in gewohnter Kürze nur mit „Nein" geantwortet. Doch am Abend desselben Tages erzählte er mir, dass er diesen Platz nicht ohne Bedacht gewählt habe. Hier sei vermutlich der Ort, wo sich das Gebirge am schwierigsten überqueren ließe; ja, es war eigentlich vollkommen unmöglich, von hier aus weiter gen Süden zu reisen. Der Grund dafür sei die unweit des Hauses gelegene Belzeschlucht, die das Gebirge unüberwindbar in zwei Teile spalte. Die Schlucht sei unvorstellbar steil und tief. So tief, dass man meinen könnte, bei einem Sturz direkt in der Hölle zu landen. An einen wie auch immer aussehenden Handels- oder Reiseverkehr sei daher in diesem Teil des Gebirges ganz gewiss nicht zu denken. Und genau das sei ja das Schöne an dieser Gegend, denn hier würde sich für gewöhnlich niemand hin verirren. Die Belzeschlucht sei allerdings so beeindruckend, dass er mir diese gern einmal zeigen wolle. Wenn es das Wetter zuließ, würde er mit mir den Anstieg wagen. Eine Besichtigung sei aber frühestens im fortgeschrittenen Frühling möglich und vermutlich wäre ich dann bereits längst auf dem Heimweg.

An jenem Abend lag ich noch länger wach als üblich. Auf die langsam verglühenden Holzscheite blickend, dachte ich an die Belzeschlucht. Zu gern hätte ich sie mit eigenen Augen gesehen, hinübergeschaut auf die andere Seite und einen Blick gewagt hinab in ihren Schlund, der scheinbar direkt in die Hölle führte. Allein bei dem Gedanken durchfuhr mich ein wohliger Schauer. Ich malte mir aus, wie ich allein im Schnee den Anstieg wagen würde und an der Schlucht angelangt doch eine Möglichkeit fand, auf die andere Seite zu gelangen. Vielleicht mit einem gewaltigen Sprung an einer besonders schmalen Stelle. Es war eine so schöne Vorstellung, dass ich endlich darüber einschlief und zu träumen begann.

In meinem Traum fand ich mich ebenfalls an der Schlucht wieder. Spielend leicht war ich durch den Schnee emporgestiegen. Ohne Anstrengung gelang es mir, auf die andere Seite zu springen, gar wie ein Vogel über der Schlucht hin- und herzufliegen. Es war ein herrliches Gefühl! Flugträume gehörten zu meinen schönsten Kindheitserinnerungen und seit Langem hatte ich nicht mehr einen so intensiven Traum gehabt: Höher und höher flog ich und überblickte die gesamte Berglandschaft. Auf der anderen Seite der Schlucht entdeckte ich zwischen den Gipfeln einen Bergsee, und mühelos flog ich dorthin. Erstaunt bemerkte ich, dass es dort weder kalt noch karg war. Vielfarbige Blumen blühten auf saftig grünen Wiesen und Vögel sangen wie im Frühling. Das Wasser war ungewöhnlich klar. Am Ufer des Sees standen ein Mann und eine Frau.

Mich ihnen halb laufend, halb im Fluge nähernd, erkannte ich den Fürsten mit meiner Mutter. Die Haare des Fürsten waren länger und nicht mehr schwarz, sondern grau. Sein ehemals schöner brauner Reisemantel schien ebenfalls gealtert und war nun grau wie sein Haar. Meine Mutter hingegen sah jünger und strahlender aus als je zuvor. Sie trug ein schlichtes Kleid und wirkte geradezu mädchenhaft. Weder der Fürst noch meine Mutter wirkten überrascht, mich zu sehen. Meine Mutter hatte einen Stoffball in der Hand, den sie von Zeit zu Zeit in die Luft warf.

Die beiden blickten mich zwar freundlich an, schwiegen jedoch. Ich wollte meiner Mutter so viele Fragen stellen, doch wir standen uns nur schweigend und lächelnd gegenüber. Selbst im Traum erschien mir das Ganze merkwürdig und ich wurde schließlich wütend. Ich wollte ihr den Stoffball aus der Hand schlagen und sie um eine Erklärung bitten; selbst das gelang mir nicht. Stattdessen begannen der Fürst und meine Mutter, sich den Ball gegenseitig zuzuwerfen. Immer wenn ich versuchte, den Ball zu erhaschen, warfen sie ihn wieder zum anderen und lachten dabei. Wenn der Fürst lachte, sah ich, dass ihm nun nicht nur einige Backenzähne, sondern auch zwei Vorderzähne fehlten.

Irgendwann verlor ich die Lust an dem Spiel. Ich drehte mich um und wollte zurückfliegen. Aber fliegen konnte ich nun nicht mehr. So lief ich zurück zur Belzeschlucht. Der Rückweg war lang und beschwerlich und jeder Schritt kostete mich Mühe. Erschöpft dort angelangt, blickte ich in den Abgrund. Dieser war so tief und dunkel, dass mich schauderte. An ein Überspringen der Schlucht war nun nicht mehr zu denken. Mit zitternden Beinen einen Schritt zurücktretend blickte ich mich hilflos um. Der See mit meiner Mutter und dem Fürsten war hinter einem Bergrücken verborgen. Dafür entdeckte ich in der Ferne eine Burg. Sie erschien mir gewaltig und ihre grauen Mauern hoben sich leuchtend vom dunkler werdenden Himmel ab.

Ich wollte um Hilfe rufen, doch brachte ich keinen Ton hervor. Endlich gelang es mir doch und ich rief verzweifelt: „Mutter, was soll das? Mutter!" Dann wurde ich wach. Anton ebenfalls. Grummelig rief er aus seiner Schlafecke, dass er genug von dem nächtlichen Gejammer nach meiner Mutter hätte. Ich solle endlich erwachsen werden. Während er sofort wieder einschlief, lag ich trotz der Kälte verschwitzt wach und versuchte, meinen Traum zu verstehen.

*

Am nächsten Morgen suchte ich nach dem Aufstehen vergeblich meine Fellmütze. Ich hatte sie vor dem Schlafengehen zu meinen anderen Sachen gelegt. Als ich vor die Hütte trat, sah ich, dass Anton meine Mütze trug. Ich wollte ihn darauf ansprechen, verzichtete dann jedoch darauf. Seitdem setzte er die Mütze nur noch nachts ab.

An den eintönigen, gleichförmigen Verlauf der Tage hatte ich mich bald gewöhnt. Nach den Reisetagen war es anfangs geradezu wohltuend, kaum noch Entscheidungen fällen zu müssen. Hier oben war alles vorgegeben: Keine Wegkreuzungen, vor denen ich abwägend stand, keine Sorgen, wo und wie ich die nächste Nacht verbringen würde, keine Fragen, wie es morgen weitergehen würde.

Diese Fragen kamen dafür in der Dunkelheit. Wenn ich am Ende des Tages in meine Felle gehüllt in den Kamin blickte, kreisten meine Gedanken immer länger um eine Frage: Was würde ich tun, sobald ich weiterreisen konnte? Auf den ersten Blick gab es nur zwei Möglichkeiten: Weiter nach meiner Mutter suchen oder zur heimatlichen Burg zurückkehren. Doch je länger ich, müde vom Tag, auf die niederbrennenden Holzscheite schaute, desto schwieriger und komplizierter erschien mir alles, fast so wie beim Nachdenken über die Zeit und die Grenze zwischen Vergangenheit und Gegenwart. Sollte ich meine Suche nicht doch gleich von hier fortsetzen und im Frühling versuchen, die Belzeschlucht zu überwinden? Konnte mein Traum nicht ein Zeichen sein und dies war womöglich der beste oder gar einzige Weg zu meiner Mutter? Zum anderen wollte ich gern Mara wiedersehen; wollte sie besser kennenlernen und mehr Zeit mit ihr verbringen.

Nach einigen Tagen bemerkte Anton meine abendlichen Grübeleien und fragte, warum ich nicht schlafen konnte. Als ich ihm von meinen Zweifeln und Fragen erzählte, schüttelte er nur unwirsch den Kopf und bezeichnete diese als Zeitverschwendung. Wenn der Schnee zu schmelzen beginne, würde ich schon die rechte Entscheidung fällen. Ich erwiderte, dass ich ja hier oben immerhin genug Zeit zum Nachdenken hätte und es keinen besseren Ort dafür gäbe. Er antwortete, ich solle die Zeit von nun an besser nutzen und ihm lieber jeden Abend eine Geschichte erzählen.

Dieser Vorschlag gefiel uns beiden und von da an erzählte ich ihm jeden Abend vor dem Schlafengehen all die Sagen, Märchen und Geschichten, die meine Mutter und Bruder Matthias Berta und mir erzählt hatten. Anton liebte besonders die Abenteuer der kleinen Haselnuss. Es waren einfache Geschichten, in denen die kleine Haselnuss sich wie eine gute Fee für Kinder und Schwächere einsetzte. Wie jede reine und einfache Seele hatte Anton ein starkes Gerechtigkeitsempfinden: Diebe und Schurken mussten bestraft werden und das Gute musste gewinnen. Irgendwann hatte ich allerdings alle mir bekannten Geschichten erzählt und so begann ich, mir eigene Geschichten auszudenken. Es bereitete mir Freude und Anton war es zufrieden.

Eines Abends wollte mir keine neue Geschichte einfallen. Ich sagte Anton, dass ich müde vom Holzschlagen sei und es heute keine Geschichte geben würde. Er lag in seiner Schlafecke und ich spürte seine Enttäuschung. Nach einer Weile schlug er vor, dass ich ihm dann einfach noch einmal ausführlich von der Suche nach meiner Mutter erzählen solle. Da müsse ich mir schließlich nichts ausdenken und einfach erzählen, was ich jeden Tag erlebt hatte. Bei der Erzählung solle ich bloß nichts auslassen und ihm alles so detailliert wie möglich schildern, sodass meine Geschichte mindestens Stoff für eine Woche bot. Ich willigte ein und begann beim Tag vor meiner Abreise.

Rasch bemerkte ich, dass Anton es besonders liebte, wenn ich ausführlich vom Essen redete. Er unterbrach mich dann immer wieder und fragte nach weiteren Details. Ausführliche Personenbeschreibungen oder die wortgenaue Wiedergabe von Gesprächen langweilten ihn hingegen schnell. Er begann dann immer, sich leicht grummelnd von einer auf die andere Seite zu drehen. Szenen, die er mochte, lauschte er still und voller Andacht.

An einem der folgenden Abende, ich hatte gerade von meiner Begegnung mit Mara erzählt, unterbrach mich Anton. Ich erwartete eine seiner zahlreichen Zwischenfragen. Stattdessen richtete er sich von seiner Schlafstelle auf, sodass ich in der Dunkelheit schemenhaft seinen sehnigen Körper sehen konnte, und sagte: „Baldur, deine Erzählung weckt in mir so ein merkwürdiges Gefühl. Ich glaub, ich komm im Frühjahr mit hinunter ins Tal. Ich würde gern mal wieder meine Frau und meine Kinder sehen. Und dann will ich auch einmal in die große Stadt. Ich war nie dort und meine Beine sind noch gut. Ich möchte auch einmal die gewaltige Kathedrale sehen. Im Gegensatz zu dir würde ich sie aber auch von innen sehen wollen. Ich finde es reicht nicht, die Dinge nur von außen zu betrachten. Tja, und mit etwas Glück treffe ich auf dem Marktplatz sogar deine Mara!"

Eine Weile sagte keiner von uns ein Wort. Dann fuhr ich, ohne dass Anton mich dazu auffordern musste, mit dem Erzählen meiner Geschichte fort.

Es war einige Tage später, als mir beim Gang vor das Haus zwei Dinge klar wurden: Zum einen würde ich heute Anton meine Geschichte zu Ende erzählen. Nicht ohne Sorge überlegte ich bereits, was ich ihm danach erzählen könnte. Vielleicht würde ich einfach versuchen, in die Zukunft zu blicken und mir ausmalen, wie die Suche nach meiner Mutter weiterging. Ich könnte von Abenteuern in den Bergen, Kämpfen mit Bären und den Nebelrittern, kühnen Befreiungsplänen und schmerzhaften Verletzungen erzählen. Ich könnte die Belzeschlucht überfliegen und mich auf den Weg zu der im Traum erblickten grauen Burg machen. Wenn ich die Geschichte gut ausschmücken würde, könnte ich ihn damit sicher noch weitere drei, vier Tage unterhalten. Nebenbei könnte ich mir Abenteuer ausdenken, die Anton in der Stadt erleben würde. Ich malte mir eine Begegnung Antons mit Peter aus.

Zum anderen bemerkte ich, dass die Tage wieder länger wurden. Es war bereits Abend, der Himmel war jedoch noch immer erstaunlich hell und der Mond zeigte sich nur blass und schemenhaft. Weihnachten musste bereits weit hinter uns liegen und bald würde der Frühling kommen. Rings um das Haus lag unverändert hoch der Schnee, doch die Luft war in den letzten Tagen wärmer geworden und es gab nur noch in den Nächten harten Frost. Während ich auf den Mond blickte, schien es mir bereits aus dem nahen Wald nach Frühling zu riechen.

Ich bemerkte einen Steinadler, der über dem Haus kreiste. Er schien nicht fern von hier sein Nest zu haben, denn ich sah ihn nicht zum ersten Mal. Ob mein Vater je auf seinen Reisen einen Steinadler gesehen hatte? Schade, dass er nicht hier war. Nach meiner Rückkehr würde ich ihm den Adler so genau wie möglich beschreiben; vor allem die großen kräftigen Klauen und rostfarbenen Federn.

Lange muss ich den Adler so beobachtet haben, denn er war in der zunehmenden Dunkelheit kaum noch zu erkennen. Dafür leuchtete der Mond nun umso heller. Er erschien mir besonders groß. Ohne dass ich ihn bemerkt hatte, stand Anton neben mir. Er blickte ebenfalls auf den Mond und sagte: „So oder so ähnlich hat Peter damals auf dem Marktplatz neben dir gestanden. Ich würde übrigens nicht nur Mara, sondern auch den Fürsten gern kennenlernen. Er scheint viel zu wissen. Allerdings habe ich nicht verstanden, was er damit meinte, dass du die Suche nach deiner Mutter bereits *vor* ihrem Verschwinden hättest beginnen sollen.“ Ich zuckte mit den Schultern und blickte hinüber zu Anton. Wie üblich trug er meine Fellmütze und ich konnte mir nicht verkneifen ihm zu sagen, dass dies eigentlich eine Damenmütze sei und er damit ziemlich albern aussah. Er erwiderte: „Wenn du deine Mutter gefunden hast, gebe ich sie dir zurück.“ Anton begann neben mir in den Schnee zu pinkeln. Dabei schaute er noch immer auf den Mond und sagte: „Baldur, ist dir schon mal aufgefallen, dass Urin und der Mond dieselbe Farbe haben?“ Dann lachte er übermütig, klopfte mir auf die Schulter und fügte hinzu: „Und während ich so darüber nachdenke, fange ich an zu ahnen, was Schattogri bedeutet und wo du es suchen kannst.“